Gustave Flaubert

福 楼 拜 小 说 集

上海译文出版社

萨郎宝

Salammbô

[法] 居斯塔夫·福楼拜 著

李健吾 李昡 译

“她在扁柏林道走着，在队长席间缓缓地走着。”（第一章　庆典）

——噢，达妮娓！你爱我，不是吗？（第三章　萨郎宝）

他吼着。司攀笛觉得他变了样，身子也高多了。（第五章　达妮媞）

三具尸身背朝天躺着，像三座泉眼一涌一涌往外冒血。（第六章　哈龙）

望见萨郎宝，哈米加站住了。（第七章　哈米加·巴喀）

萨郎宝让它绕在自己胁部、胳膊底下和两膝之间。(第十章　蛇)

他跪在她面前的地上，用两条胳膊搂住她的身子。（第十一章　营帐下）

眼泪引发出更多的眼泪，呜咽声变得越来越尖锐刺耳。（第十二章　引水渠）

——这就是他，主人！把他带走吧！（第十三章　摩洛神）

巨大的翅膀在他们周围投下晃动的阴影（第十四章　斧子隘）

目录

一　庆典*

这是在麦嘉辣，迦太基的关厢，哈米加①的花园里面。

他从前在西西里率领的士卒，举行一个盛大的宴会，庆祝艾里克斯②之战的周年纪念，因为主人不在家，人数众多，他们大吃大喝，漫无法纪。

队长蹬着古铜厚底靴，坐在中央小道，上面是金流苏的紫帐，由厩墙一直架到宫殿的第一层平台。普通兵士在树下散开，掩映之中可以望见许多平顶的房屋，压榨间、储藏间、库房、面包房、军械库、一所象院、好些猛兽池、一座奴隶牢。

好些无花果树围绕着厨房；一座枫树林子远远连接一丛一丛的花草；好些石榴在草棉③的白花簇中间辉耀。好些结了实的葡萄高高挂在松枝当中：一片玫瑰在篆悬木④下面怒放；这里，百合花在青草上面摇曳；搀杂珊瑚粉的黑沙，撒满了小径；中央的扁柏林道，仿佛两排绿菁菁的方尖碑，从头一直竖到末梢。

紧里是奴米第亚⑤黄斑云石的建筑，宽大的石阶，托起有四层平台的宫殿。笔直的大乌木楼梯，每级的角隅露出一只征服的战舰的船首，一个黑十字分开的红门，防御下边蝎子的铜栅栏，封闭上面窗口的镀金小棒：富丽雄浑，对于兵士，它们就和哈米加的面孔一样，庄严，不可臆度。

国务会议指定他的府第给他们举行这次宴会；睡在艾实穆⑥庙养病的兵士，黎明就开始走动，拄着他们的拐杖，挨蹭了来。每分钟全有人来。沿着所有的小径，不断涌出士卒，仿佛湍流，急急汇在一个湖泽里面。厨房的仆役，惶惶张张，裸着半个身子，可以看见在树木中间跑来

---

* 本书的前半部（约七章半）根据译者李健吾先生生前未出版的手稿排校，后半部由李健吾先生旅居加拿大魁北克省的孙女李昡补译完成。前半部中个别译名由李昡略作修正，注释由李昡按手稿中的提示添加。

① 哈米加是萨郎宝与她的弟弟汉尼拔（第二次布匿之战时迦太基的统帅）之父，第一次布匿之战时哈米加和哈龙同为徐率特，即迦太基最高执政官和海军统帅。为抗议迦太基国务会议向罗马割岛、赔款求和的决定，哈米加将其率领的在西西里岛作战的佣兵交给部将吉斯孔带回迦太基，自己流亡海外。布匿是古代罗马人对腓尼基人特别是迦太基人的称呼。

② 艾里克斯是古西西里的城市，以山为名，是哈米加率军与罗马作战的重要据点。

③ 草棉又称非洲棉，比亚洲棉植株矮小，品质差，但抗性好，现多作为种质资源使用。

④ 篆悬木亦称悬铃木，俗称法国梧桐。

⑤ 奴米第亚是古罗马时期柏柏尔人在北非迦太基以西建立的王国，大致在今阿尔及利亚东北部，以骁勇善战的骑兵著称。

⑥ 艾实穆是古代腓尼基传说中的医神。

跑去；草地的羚羊一边咩，一边逃走；日落了，柠檬树的芬芳加重这群出汗的人们嘘息的恶浊。

这里有各国人：里古芮亚人、吕西塔尼亚人、巴莱阿里人①、黑人和罗马的逋客。在多利安②浊重的方言一旁，可以听见凯尔特人③战车一样乱哄哄的音节，同时沙漠④的子音，砾砾如胡狼的嗥叫，和爱奥尼亚⑤的语尾碰在一起。细腰是希腊人，肩膀上耸是埃及人，腓肚宽大是坎达布里亚人。有些喀芮安人傲然拴着他们的盔翎，有些喀巴多西亚的弓手，用草汁往身上涂着好些大花，若干吕第亚人用餐，穿着妇女的长袍，趿着便鞋，戴着耳环⑥。有些人，为了炫耀，抹了一身朱红，活像一尊珊瑚雕像。

他们有的躺在垫子上，有的蹲下来围着大盘子吃，或者，背向天，把大块肉扯到跟前，拄着臂，大吃大嚼，一

---

① 里古芮亚人是地中海西北岸从西班牙到意大利几个古代民族的通称；吕西塔尼亚人是生活在伊比利亚半岛西部的古代民族；巴莱阿里人是西地中海巴莱阿里群岛上的古代居民。

② 多利安人是古希腊的一个部族，属于印欧语系的游牧民族。

③ 凯尔特人是古代中欧一个由共同语言和文化传统凝合起来的松散族群，也是欧洲最早制造使用铁、金制品的民族，一度广泛分布于欧洲大陆并占领不列颠诸岛，公元前385年还曾洗劫过罗马。

④ 指非洲撒哈拉大沙漠，居民游牧无定。

⑤ 爱奥尼亚人是古希腊的一个部族，居住在希腊中东部和土耳其安纳托利亚地区。

⑥ 坎达布里亚是西班牙北部濒临大西洋比斯开湾的一片高地。喀芮安人是土耳其安纳托利亚西南部的古代居民。喀巴多西亚位于土耳其中部，以奇异的地貌著称。吕第亚是小亚细亚中西部濒临爱琴海的古国。

副狮子撕烂捕获的东西的平和姿态。后来的兵士，靠着树，站直了，看着一半消失在朱红毡子下面的矮桌，等候轮到他们。

哈米加的庖厨不够用，国务会议事先给他们送来奴隶、器皿、床榻。花园的中央，犹如战场焚化死尸，可以看见明熠的大火熏炙牛肉。巨大的干酪，比铁饼还重，和撒茴香的面包夹杂在一起；靠近镶金线的花篮，樽斟满了酒，缶盛满了水。他们终于能够痛痛快快，大吃大嚼一顿，欢悦胀大了所有的眼睛，远远近近，歌唱开始了。

最初给他们端上来绿汁鸟，盛在黑花红底的陶土盘子里面；随即是布匿海滩拣拾的各色贝介、小麦羹、蚕豆羹、大麦羹和小茴香蜗牛，盛在黄琥珀盘子里面。

饭桌随即摆满了肉：有角的羚羊、有羽的孔雀、甜酒烧烤全羊、母骆驼腿、水牛腿、鱼汁刺猬、油煎知了和糖渍睡鼠。大块脂肪，介乎藏红花之间，漂浮在当辣巴尼[1]木盆里面。盐卤、松露和阿魏，泛成一片；水果金字塔般垒高了，滚落在蜜糕上面；而用橄榄渣滓喂肥了的粉红细毛大肚子小狗，这道别的民族厌恶的迦太基菜，也没有被遗忘。食品新颖的惊奇，刺激肠胃的饕餮。高卢人[2]，长

① 当辣巴尼指当今的斯里兰卡或南印度的坦拉巴尼河地区。

② 高卢人是古代居住在西欧的凯尔特语系民族，其西南是伊比利亚人，东南部有里古芮亚人。

头发，当顶挽结，抓起西瓜和柠檬，连皮啃。有些黑人，从来不曾见过龙虾，脸让红刺扎破了。刮了脸的希腊人，比大理石还要白，把盘子里的残余扔在身子后面，同时布鲁提屋穆[①]的牧人，穿着狼皮，脸埋在他们分到的食物里面，静静地吞咽。

夜来了，扁柏林道的天幕被取去，火把送了来。

石油在红云白斑的石瓶里焚烧，明光闪闪，惊到那些献给月神的猴子。它们在雪松顶上乱喊乱叫，成就了士卒的欣忭。

长焰映在铜甲上面颤栗。嵌玉的盘子发出万千的光色。形象映在凸镜镶口的尊上面，扩大了，增多了。兵士聚在四周，往里观看，显出惊异的样子，同时做鬼脸，引自己发笑。他们在桌子上空互相投掷象牙凳和金抹刀。他们牛饮皮囊之中所有的希腊酒，盛在双耳尖底瓮[②]里面的坎巴尼亚[③]酒，用桶运来的坎达布里亚酒、枣子酒、肉桂酒、芙蕖酒。酒在地上成了滩，人在上面滑倒。肉气和嘘息升在枝叶之间。同时可以听见颚骨的响动、话语的喧豗、歌唱声、杯盏声、坎巴尼亚瓶罐稀里哗啦摔得粉碎的

① 布鲁提屋穆即今意大利南端的卡拉布里地区，隔墨西拿海峡和西西里岛遥遥相望。

② 双耳尖底瓮是古希腊一种双耳齐瓶口的容器，也用作花瓶、装饰品或运动竞赛的奖品。

③ 坎巴尼亚是意大利南部以那不勒斯为首府的农业区。

声音，或者一个大银盘碰出的清澈颤音。

他们越来越醉，也就越发记起迦太基的不公道。说实话，共和国苦于战争，无力应付，听凭回来的兵士成群结队，在城内聚合。不过，他们的将军吉斯孔，谨慎将事，为了易于偿付饷糈，一批接一批把他们遣回，国务会议相信他们最后会同意于若干减缩。但是，今天，无力偿付，大家怨恨他们。在人民心目之中，这笔债和路塔提屋斯①要索的三千二百埃维厄达郎②没有分别。他们犹如罗马，成了迦太基的一个仇敌。佣兵明白这个，所以，他们的忿怒流于非分，变为恐吓。最后，他们要求聚在一起，庆祝他们作战中的一次胜利，和平派依顺了，转而拿哈米加出气，因为他从前那样子支持战争。不顾他所有的心力，战争宣告结束，他对迦太基太失望了，把军权交给吉斯孔。指定他的府第招待他们，等于把一部分仇恨他们的心思转移给他。而且，消费一定庞大，差不多全部由他担负。

佣兵使共和国屈服了，得意之余，相信他们终于能用一口钟③的风帽兜着他们的血汗钱，回转乡里了。但是，隔着酩酊的酒意，他们觉得自己辛劳万分，酬谢太少。他

---

① 路塔提屋斯是罗马执政官，第一次布匿之战后从迦太基手中夺占西西里岛并索要巨额赔款。

② 达郎（《圣经》中译为他连得）是古代的重量和货币单位，约为36公斤，希腊埃维厄岛出产的金币被称为埃维厄达郎。

③ 一口钟是古代一种宽大的类似披风的外套。

们指点他们的创伤，他们叙说他们的交锋、他们的旅行、故乡的行猎。他们模仿野兽的呼号，跳跃。随即是肮脏的赌注，他们拿头伸到双耳尖底瓮里面，仿佛渴了的骆驼，不住口地喝着。一个吕西塔尼亚人，巨灵一样身材，每条胳膊的末端架着一个人，鼻孔喷着火，沿着酒席奔驰。有些拉塞代冒[①]人，不脱他们的铠甲，用一种沉重的步伐蹦跳。有些人往前行走，类似妇女，做出淫荡的姿势；有些人脱光了，在杯盏之中，学角力的武士比斗；一队希腊人围住一只画着仙女的瓶子跳舞，同时一个黑人，拿起一根牛骨，敲打着一个铜盾伴奏。

忽然，他们听见一种哀怨的歌唱，一种高大温柔的歌唱，仿佛一只受了伤的鸟扇动翅膀，在空里上下起伏。

这是地窨牢房里面奴隶的声音。若干兵士去救他们，一跃而起，消失了。

他们回来了，在尘埃里面，在呼喊之中，吆喝着二十来个男子，可以由他们分外苍白的面孔辨识。一顶圆锥形小黑毡帽盖着他们的光头；他们全都穿着木头鞋，仿佛大车走动，发出一种烂铁的响声。

他们来到扁柏林道，受人盘问，在群众里面散失了。中

---

① 拉塞代冒是古代斯巴达地区的别称，神话传说中他是宙斯的儿子和斯巴达城的建立者。

间有一个人闪在一旁，站直了。隔着衬衣撕破的地方，可以瞥见肩膀上面一道一道长长的伤口。他低着下颌，不放心，向四周窥望，同时慑于灯火熠耀，微微闭拢眼帘；但是，看见这些武人没有一个人憎恨他，他的胸脯迸出一声高大的呻吟：他口吃着，他苦笑着，清澄的眼泪浴着他的脸；随后，他抓起一只盛满了水的缶的耳环，高高举在空中，胳膊吊着链子，于是他望着天，一直举着杯子，说：

——救苦救难的艾实穆神，我的家乡把他唤做艾斯库拉庇俄斯[①]，我先向你致敬！泉林和光明的仙灵，我向你们致敬！藏在峰峦之下和洞穴里面的神圣，我向你们致敬！最后，铠甲闪耀的勇士，你们给我自由，我向你们致敬！

随后，他放下杯子，演述他的身世。人家叫他司攀笛。阿吉纽西[②]之役，他做了迦太基人的俘虏。他用希腊话、里古芮亚话和布匿话又谢了一遍佣兵，他吻他们的手，最后，他恭维他们的酒筵，奇怪没有看见禁军的杯子。这些杯子，六面金，每面镶着一枝翡翠葡萄，属于一个纯粹由身材最高的年轻贵人组成的军团。这是一种特

---

① 艾斯库拉庇俄斯是古希腊神话中的医神，和腓尼基人说的艾实穆相当。

② 阿吉纽西是希腊在爱琴海东部的群岛，在伯罗奔尼撒战争中，斯巴达舰队曾在此处被雅典舰队击溃。

权，简直是一种祭师的荣誉；因而共和国的宝库，也就没有别的更其使佣兵垂涎的了。为了这个缘故，他们憎恨禁军，同时为了这种不可思议的用金杯饮酒的愉快，往常他们中间就有人冒百死而不惜。

所以，他们吩咐去取杯子来。这存放在席西特[①]那边，一群商人聚餐的会所。奴隶回来禀告：席西特的会员全睡觉了。

佣兵答道：

——叫醒他们好了！

经过第二次索取，人家向他们解释，它们锁在一座庙里面。

他们回道：

——打开庙门好了！

奴隶颤栗了，招了实话，说是由吉斯孔将军保存。他们嚷道：

——叫他拿来！

不久，在禁军护卫之下，吉斯孔在花园紧底出现了。一顶镶玉的金冠在头上收煞他宽大的黑色一口钟。一口钟垂在四周，碰到他的马蹄，远远和夜色混成一片。大家仅

① 席西特是当时最高阶层的男人才能参加聚餐并议事的会所，被视为国家的实际决策核心。

仅辨出他的白胡须，闪烁的冠饰和胸前飘打的三道大蓝片的项圈。

他一进来，兵士发出一声欢呼致敬，全喊道：

——杯子！杯子！

他第一句话是：假如就他们的勇敢来看，他们配用它们。群众拍手，由于喜悦嗥叫着。他曾经在那边统率他们，曾经和最后的军队乘最后的船回来，他很清楚他们的勇敢！他们道：

——对！对！

吉斯孔继续道：不过，共和国也一直尊重他们民族的区分、他们的风习、他们的信仰，他们在迦太基是自由的！至于禁军的酒杯，这是一种特殊的财产。忽然，靠近司攀笛，一个高卢人跳上桌子，向前直扑，舞动两把利剑，恐吓吉斯孔。

将军一边演说，一边举起他沉重的象牙权杖打他的头，野蛮人[①]倒下去了。高卢人哗然了，他们的愤怒感染别人，简直要火并禁军。吉斯孔看见禁军失色，耸了耸肩膀。对付这些狂暴的野兽，他想，他的勇敢是没有用的。倒是将来用狡计报复更好，于是，他做手势给他的卫兵，慢慢地走开。随后，在门底下，他转向佣兵，喊道：他们

① 古希腊、古罗马和迦太基人都把其他外族人称作野蛮人。

会后悔的。

酒筵重新开始。但是，吉斯孔可能折回，围住贴连最外一道城墙的关厢，把他们挤到城边歼灭。虽说数目众多，他们感觉孤单；同时，他们下面阴影之中的大城，阶梯堆聚，房屋高而且黑，还有比人民更其野蛮的暧昧的神仙，沈沈入睡，忽然也让他们怕了起来。远处有些灯火在港口移动，嘉蒙[①]庙也发出光亮。他们想到哈米加。他在什么地方？和约订好，他为什么把他们丢开？他和国务会议的冲突，不用说，只是毁灭他们的一种把戏。他们没有满足的憎恨又落在他身上，他们诅咒他，各自的愤怒夹杂在里面互相煽动。就在这时，篆悬木下面聚了一群人。他们在看一个黑人，瞳仁定定的，扭着颈项，嘴唇冒着沫，四肢打着地，滚来滚去。有人嚷，他中了毒。人人自以为中了毒。他们扑向奴隶，起来一阵可怕的喧嚣，一种破坏的晕眩，仿佛旋风，袭向酩酊的军伍。他们随手乱打，他们向四外不是砸，就是杀：有些人把火炬扔进树叶；有些人倚住狮子的栏杆，放箭屠射；最狂妄的奔往大象，要敲断象鼻，吃掉象牙。

同时，有些巴莱阿里的投弹兵，为了抢掠方便，绕过

---

① 嘉蒙是古代地中海东岸迦南人和后来的腓尼基人信奉的主神，也称为巴力或太阳神。

殿角，被一片白藤编成的高栅栏挡住。他们拿刺刀割断锁上的皮带，于是来到另外一座树木修剪整齐的花园，正好瞭望迦太基的前脸。好些白花，一行接连一行，在天蓝颜色的地面形成悠长的抛物线，仿佛星星的流射。黑郁郁的小树丛放出蜜一般温暖的香味。有些树身涂着朱砂，活像血的柱子。当中是十二只铜座，各自托着一颗巨大的琉璃球，淡红光零乱地填满这些空球，仿佛巨大的瞳仁还在闪烁。兵士用火把给自己打亮，一边趹趹打打，在深深翻掘过的土坡上面行走。

但是他们望见一座小湖，用蓝色石墙隔成几个水塘。水清澄极了，火把的光焰在小白石头和金沙铺成的湖底颤摇。水在冒泡，发光的亮片流过，好些嘴边挂着宝石的大鱼浮上水面。

兵士一面大笑，一面拿手指塞进鱼鳃，把鱼带回桌子。

这是巴喀[①]家族的神鱼。全是古代江鳕的种鱼，据说曾经孵养过月亮女神匿身的卵。犯神的观念重新激起佣兵们的饕餮；他们急忙在铜盆底下燃火，高高兴兴，看着美丽的鱼在滚水里面挣扎。

兵士像浪一样涌动。他们不再害怕了。他们重新喝酒。额头流下来的香水，一大滴一大滴沾湿了他们的褴褛

① 巴喀是哈米加的姓，在腓尼基语中有“闪电”之意。

的战袍，同时两个拳头拄着桌子，觉得桌子摇摇晃晃和船一样，他们向四外旋转他们醉了的大眼睛，拿视线来吞咽那取不来的东西。有些兵士在紫桌布上面的盘子当中行走，踩碎象牙凳子和推罗①小瓶。歌声和奴隶在破杯碎盏之间垂死的喘吼混成一片。他们要酒，要肉，要金子。他们喊着要女人。他们以一百种语言呓语。有些人以为自己是在浴室，由于四周水汽飘浮，要不然，看见树叶，他们想象自己是在打猎，把他们的同伴当作野兽追逐。树是一棵又一棵烧了起来，成片高大的绿树丛冒出螺旋状的白烟，好似火山口开始喷发。喧嚣加倍，受伤的狮子在阴影里面吼着。

宫殿最高一层平台忽然亮了，正中的门打开，一个女人，哈米加的女儿本人，一身黑衣服，在门限露面了。她走下斜斜盘绕第四层的楼梯，然后第三层，第二层，在末一层平台停住，站在船形楼梯的高处。她动也不动，低着头，望着兵士。

在她身后两侧，各自站着一排面色苍白的男子，穿着红流苏滚边的白袍，一直垂到他们的脚面。他们没有胡须，没有头发，没有眉毛。他们的手因为戒指闪闪有光，

---

① 推罗又称泰尔，古代腓尼基人在地中海东岸的城邦，即今黎巴嫩南部的港口城市苏尔。传说中迦太基就是推罗公主狄东率众逃亡至北非所建立的。

抱着很大的里拉琴①，声音尖尖的，一同唱着迦太基的神的赞美歌。他们是月神达妮媞庙的净身祭司，萨郎宝常常唤到家里。

她终于走下船形楼梯。祭司跟着她。她在扁柏林道走着，在队长席间缓缓地走着，他们看她过来，不由向后退了退。

她的头发，洒着紫粉，依照迦南②姑娘的时样，梳成塔的形状，把她显得分外高了。珠辫从鬓角一直垂到嘴角，嘴红红的活似一个半开的石榴。胸前亮晶晶一串串宝石，斑驳不一，模仿海鱼的鳞甲。胳膊缀着金刚钻，赤裸裸探出没有袖管的黑底洒红花的长裙。脚胫之间系着一条小金链，调节她的步子，身后拖曳着她的深紫色宽大的一口钟，说不清是什么料子做的，好像一个大的浪头随着她的每一步晃动。

祭司不时弹着他们的里拉琴，声音差不多发闷，逢到停顿的时候，可以听见小金链的窸窣和她的纸莎草鞋的整饬的响声。

始终没有人认识她。大家仅仅知道她退居独处，练道修行。有些兵士曾经在夜晚望见她，在她的宫殿的高处，

① 里拉琴是古希腊的一种竖琴。

② 迦南人被认为是最早居住在巴勒斯坦地区的闪族人，腓尼基人的祖先。

介乎燃烧的香炉的袅袅轻烟之间，当着星星跪下。是月亮让她这样苍白，仿佛有神灵如细雾笼罩着她。她的瞳仁仿佛凌越大地的空间，远远望了开去。她垂下头走路，右手握着一把小的乌木里拉琴。

他们听见她唧哝：

——死了！全死了！你们不再循着我的声音过来了，从前我坐在湖边，往你们的喉咙扔瓜子！达妮媞的神秘在你们的眼睛紧底旋转，你们的眼睛比水还要清澄。

于是她唤着它们的名字，按十二个月来称呼：

——西弗！西弯！塔莫斯！以禄，提斯利，细罢特！[①]

——啊！可怜我，女神！

兵士不明白她的话，聚在她的四周。她的服饰让他们奇怪，但是她的受惊的目光在他们的身上久久盘旋，随即把头缩回肩膀，伸开胳膊，她重复了好几次：

——你们这是做什么！你们这是做什么！

——可是寻欢取乐，你们有的是面包、肉、油、仓廪里的月桂香料！我叫人运来海喀东皮勒[②]的牛，我派了猎户到沙漠地里去！

---

① 萨郎宝按犹太教历的月份给喂养的神鱼起名，分别表示犹太教历的2月、3月、4月、6月、7月和11月。

② 海喀东皮勒在希腊语意为“百门之城”，这里指埃及尼罗河中游的古城底比斯，来源于荷马的史诗《伊利亚特》。此外，伊朗东北部的安息古国（又称帕提亚）的首府也曾被称为“百门之城”。

她的声音胀大了，脸也发紫了，她接下去讲：

——你们到底是在什么地方，请问？是在一座被征服的城，还是在一个主子的宫殿？主子是谁？徐率特哈米加我的父亲，神祇的仆役！你们的兵器，是他不肯给路塔提屋斯缴去的，如今却红红地染着他的奴隶的血！在你们的家乡，你们谁认识一个比他更会打仗的？看呀！我们宫殿的台阶堆满了我们打胜仗得来的东西！接着闹吧！烧好了！我会带着我的家神——那条黑蛇一块儿走的，它就睡在那边楼房里的荷叶上！我一打嘘，它就跟我来了；我要是上船，它就随着我的船掀起的浪花，在水面奔跑。

她秀丽的鼻孔翕动着，指甲顶住她的胸前的宝石。她的眼睛有了倦意，她继续道：

——啊！可怜的迦太基！伤心的城！再没有从前到海洋对岸修庙的壮士来保护你了。从前所有的邦国为你劳作，你的桨犁着海的田野，你的收成在海上摇摆。

于是她开始歌唱麦喀耳提的遭遇，西顿[①]人的神，她的祖先。

她说起艾耳西浮尼山的攀缘，塔耳特苏司的旅行，讨伐马西萨巴勒，为蛇后复仇：

---

① 西顿也是古代腓尼基人的奴隶制城邦，和推罗相邻，即今黎巴嫩南部的赛达。麦喀耳提是西顿人信奉的保护神，类似于太阳神巴力和火神摩洛。

——他在森林里面追赶女妖，女妖的尾在枯叶上面荡漾，好像一道银河。他来到一块草地，有些龙屁股女人，尾梢竖直，正围着一团大火。血颜色的月亮在一个苍白的圆圈里面熠耀，她们的朱红舌头，分开如鱼叉，鬈曲而前，一直伸到火边。

然后萨郎宝，并不中断，演述麦喀耳提在征服马西萨巴勒之后，怎样把他的头割下来挂在船头。

——每逢波涛击打，头就浸在浪花底下；但是太阳把它晒干，比金子还硬；可是眼睛不停在哭，眼泪继续不断地落到水里。

她用一种野蛮人听不懂的迦南古语歌唱。他们看着她的可怕的手势陪伴她的演述，互相问询她同他们说了些什么；——于是围在她的四周，站在桌面和床榻上，枫树的杈桠当中，嘴张着，脖子伸长了，他们直想了解这些模糊的故事，它们透过神谱的阴霾，在他们的想象之中摇曳，仿佛幽灵之于云霓。

只有没有胡须的祭司明白萨郎宝。他们老皱的手搭在琴弦上面颤索，不时弹出一种悲愁的音调：比老妇人还要衰弱，由于神秘的情绪，同时由于这些兵士引起的畏惧，他们在哆嗦。野蛮人根本就没有想到他们，而是一直在听女孩子歌唱。

看她看得最起劲的，是一个奴米第亚的年轻头领，坐在队长席，在本国的兵士中间。他的腰带插满了标枪，把他用皮带在两鬓挽住的宽大的一口钟胀成了一个鼓包。衣幅在肩膀分开，把脸包在阴影当中，人只看见他的定定的眼睛的光焰。他参加宴会是偶然的，——父亲派他住到巴喀府第，依照习俗，帝王差遣公子到名门世家住宿，做为缔婚的准备；然而纳哈法来了半年，始终没有见到萨朗宝；所以，盘腿坐在脚踵上面，胡须俯向他的标枪的柄，他张开鼻孔端详她，仿佛一只豹子蹲在竹林。

在酒席的另一侧，坐着一个利比亚人，身材高大，鬈鬈的短黑头发。他仅仅穿着他的军服，上面的铜片撕破了红床褥。一串银月项圈和他的胸毛纠结在一起。脸上染着血点子，他拄着右臂，嘴张大了，他微笑着。

萨朗宝不再演唱神曲。她以女人的细心，同时用各种野蛮人的语言来缓和他们的怒火。她对希腊人说希腊话，然后转向里古芮亚人、坎巴尼亚人、黑人，人人从她的声音听出故乡的甜蜜。基于对迦太基的回忆，她如今歌唱往昔兵临罗马的战争，他们喊好。利剑的光彩煽起她的热情，她伸开臂呐喊。琴摔下去，她住了口；——于是两手捺住心，她有好几分钟闭拢眼帘来领会这些男子的骚动。

利比亚人马道俯向她。她不自觉地走了过去，而且出于骄傲的感激，表示和军队修好，她往一只金杯斟了满满一杯酒。

她说：

——喝呀！

他举起杯子，端到唇边，忽然一个高卢人，正是吉斯孔击伤了的那人，打了一下他的肩膀，一边一副轻快模样，用本国语言讲些趣话。司攀笛相离不远，他自愿加以解释。

马道说：

——讲好啦！

——神保佑你，你就要发财了。什么时候成亲？

——成什么亲？

高卢人道：

——你的亲事呀！因为在我们那边，一个女人请一个兵喝酒，那就是她自己愿意了。

他还没有说完话，纳哈法一跃而起，从腰带抽出一根标枪，右脚蹬住桌沿，照准马道扔了出去。

标枪嘶的一声在杯盏之间穿过，连利比亚人的臂一同钉在桌布上面，劲儿太足了，标枪的握手直在空里颤动。

马道立即拔出标枪，但是他没有带兵器，身子光光的，最后，两臂举起摆满东西的桌子，穿过奔来调解的群众，他照纳哈法丢了过去。兵士和奴米第亚人挤成一团，没有办法亮刀。马道一边走，一边拿头往前撞。等他抬头再看，纳哈法不见了。他拿眼睛寻找。萨郎宝也走了。

于是他的视线转向宫殿，他望见高处黑十字红门正在关闭。他赶了过去。

大家看见他在船头之间奔驰，然后沿着三层楼梯重新出现，当着红门站住，拿身子乱撞。他直喘气，倚住墙，怕倒下去。

有一个人跟着他。他隔着黑夜，因为宴会的灯光被殿角挡住了，认出是司攀笛。

他说：

——滚开！

奴隶不回答，拿牙撕烂他的军服，然后他靠近马道跪下来，轻轻举起他的臂在阴影之中摸着，寻找伤口。

一线月光穿下云隙，司攀笛在臂上看见一个大伤口。他拿撕下来的布条子捆扎，但是另一个人，不耐烦地喊：

——离开我！离开我！

奴隶道：

——噢，不！你从地窖把我救出来。我成了你的！你是我的主子！吩咐好了！

马道摸着墙，绕着平台走了一匝。他走一步听一下，顺着镀金的芦管，窥到沉静的房间里面。他最后停住，一副绝望的模样。

奴隶向他道：

——听我讲！噢！不要因为我弱就看不起我！我在宫

里住过。我可以像一条蝮蛇穿墙。来！祖祠每方砖底下有一块金锭，一条地道通着他们的坟。

马道说：

——哎！关我什么事！

司攀笛住口了。

他们站在平台。一大片阴影在他们面前展开，仿佛由什么模糊的东西堆积而成，活像石化了的黑色海洋的巨浪。

但是一条亮晶晶的光带在东方升起。紧底，左手边，麦嘉辣的运河开始以它蜿蜒的白线划分葱茏的花园。七角形庙宇的圆锥屋顶、楼梯、平台、壁垒，逐渐在黎明的苍白之上显露，一条白浪的带子围着迦太基半岛摇摆，同时碧玉颜色的海水，好像在晨氛之中冻凝了。随后，由于玫瑰色的天往开里扩展，俯向斜坡的高楼更高了，聚成一堆，仿佛一群黑山羊下山。冷清的街道放长；棕榈这里那里钻出墙缝，动也不动；蓄满水的水池好像扔在院子的银盾，海耳买屋穆岬[①]的灯塔开始黯淡。在卫城[②]高处，扁柏树林里，艾实穆庙的马群觉得光明来了，蹄子踩着大理石的垒台，对着太阳那边嘶鸣。

---

① 海耳买屋穆岬和下面提到的马巴勒岬分别是迦太基海湾的北岬和南岬。

② 卫城是建在山城最高处的城堡。

太阳出来了，司攀笛举起臂，发出一声呼喊。

在一片红光之中，凡百骚动，因为上帝，仿佛割破自己，把血管的金雨熠熠倾注到迦太基。尖尖的船艏闪烁着，嘉蒙庙的屋顶好像着了大火，门开了，露出里面的光芒。乡间来的大车在街石上面转动它们的轮子。运行李的骆驼走下斜坡。钱商在十字街口移开铺子的挡板。好些仙鹤在飞，好些白帆在动。达妮媞庙的树林传来神妓的鼓声：在马巴勒岬的尖梢，烘焙陶棺的炉灶开始冒烟。

司攀笛俯在平台外面，牙咬着响，他重复道：

——啊！是呀……是呀……主子！我明白你方才为什么不屑于打抢金锭了。

他的嗞嗞的声音好像唤醒了马道，他似乎听不懂，司攀笛继续道：

——啊！真富裕呀！这些阔人真还没有铁来保护财富呀！

于是，伸出右手，让他看若干贱民匍匐在堤外的沙滩淘金。

他向他道：

——看呀！政府好比这些苦人，趴在海边，把贪婪的胳膊伸进所有的沙滩，涛声充满耳朵，听不见后头有主子的脚步来了！

他把马道拉到平台的另一端，指花园给他看，兵士的剑在树当中，迎着太阳熠耀。

——可是这儿有的是壮士，怀恨到了极顶！又对迦太基毫无挂虑，没有家室，没有誓约，也不信这儿的神！

马道倚着墙不动，司攀笛走近了，继续低声道：

——兵大爷，你懂不懂我的意思？我们也好披着紫袍，和贵官达人一样散步。我们也好用香料沐浴，我也该轮到有了奴才！你在硬地上睡，喝营盘的醋，老听着军号，不也嫌腻？过后儿你会安息的，是不是？剥掉你的铠甲，把你的尸首丢给老鹰！要不然，拄着一根拐棍，瞎了眼，瘸了腿，身子弱弱的，挨家挨户对小孩子和卖盐卤的讲着你的少年。你只要想想你的头目所有的不公平，在雪地扎营，在太阳地奔波，操练的专横，十字架的永生的恐吓！吃了这么多的苦，你得到一条荣誉项圈，就像驴脖子挂了一圈铃铛，让它们在旅途变麻木，不觉得疲倦。一个像你这样的人，比皮洛斯[①]还勇猛！可是，只要愿意！啊！在清凉的大厅，听着琴声，躺在花儿上面，旁边是丑角儿，是女人，你要多快活有多快活！别对我讲，这干不得！难道佣兵不曾在意大利占领过赖吉屋穆[②]和别的重

① 皮洛斯是古希腊小国伊庇鲁斯国王，2岁即被逐，颠沛流离，成年后依仗显赫战功重夺王位并曾多次征服过马其顿、罗马和迦太基。

② 赖吉屋穆是意大利南端靠近墨西拿海峡的市镇，即今雷焦卡拉布里亚。

镇！谁拦着你！哈米加不在，人民憎恨富室，吉斯孔拿他四围的懦夫没有办法。可是你，你勇敢！佣兵们会服从你的。指挥他们！迦太基是我们的，我们扑上去就是了！

马道说：

——不！摩洛神[①]的诅咒压在我的心上。我从她的眼睛已经感到了，就是方才，我看见一只黑公羊在一座庙里往后退。

他朝四外望了望，接着道：

——她在什么地方？

司攀笛明白他的心灵极不安宁，他不敢再多嘴了。

他们后面的树木还在冒烟；从熏黑了的树枝上，不时有烧焦一半的猴子的尸骸，跌在杯盘之间。醉了的兵士张着嘴，在死尸一旁打呼；没有睡觉的兵士低下头，怕阳光耀眼。踏平的土地消失在血水下面。象在象院的柱子当中甩着它们血淋淋的鼻子。打开的仓廪露出散了一地的小麦口袋，门底下是厚厚一行野蛮人堆集的大车；孔雀栖在柏树林里，打开它们的尾巴，开始啼叫。

然而马道的呆滞引起司攀笛的惊惶，看到他脸色比方才更苍白了，瞳仁定定的，两个拳头拄着平台的边沿，望

---

① 摩洛神也称米勒公，是古地中海东南沿岸流行的主神，有火祭儿童的传说，甚至有学者认为他也就是太阳神巴力。

着天边什么东西行动。司攀笛弯下腰，最后发现了他瞭望的东西。

在去雨地克[①]的大路上，一个金点子远远在尘土之中滚动；这是一辆驾着两匹骡子的大车的车毂；一个奴隶在辕前跑着，握着缰绳。车里坐着两个女人。骡子的鬣毛在耳朵当中蓬起，仿照波斯时样，搭着一面蓝色的珠网。司攀笛认出她们，他没有喊出口。

一幅大的面网在后边随风飘扬。

① 雨地克是迦太基西北约三十公里的港口城市，也是古代腓尼基人的殖民地。

二　在西喀*

两天以后，佣兵离开迦太基。

每人给了一枚金币，条件是他们开到西喀驻扎，还拿种种的甜话哄他们：

——你们是迦太基的救命恩人！可是住在这儿，你们会把她弄穷的，那她就一筹莫展了。住远点儿！你们肯受这个委曲，共和国以后会感激的。我们马上就加捐，你们的饷会付清，还配几条船送你们回到故乡。

你一言，我一语，他们就不知道怎么样回答才是。这些人习于征战，住在城市感觉无聊，说服他们离开原也不费什么气力。人民上到墙头看他们开拔。

他们列队走过嘉蒙街和西耳塔①门，熙熙攘攘，弓箭手和重装步兵，队长和兵士，吕西塔尼亚人和希腊人。他们迈步而前，沉重的厚底靴蹬着石地响。炮弹给盔甲留下高低痕迹，战场的阳光晒黑了他们的脸。浓密的胡须下发出沙哑的呼喊，破烂的护身甲拍打着刀柄，从铜片孔洞可以看到他们的裸臂，和作战机器一样怕人。枪、斧、棒、毡帽和铜盔，全以一个动作同时摇曳。他们塞满了街道，墙要裂开了；介乎涂抹沥青的六层高楼之间，拥出一片长浪似的武装兵士。妇女们头上蒙着一块面网，站在铁的或者芦苇的栅栏后面，静静地看着野蛮人走过。

平台、城堡、墙壁，在成群的穿黑衣服的迦太基人下面，全消失了。穿着红套衫的水手站在黑魆魆的群众中，像是些血点子。好些差不多赤身的小孩子，皮肤映着铜镯子发亮，攀在柱头或者棕榈的杈桠之间，指手画脚。若干元老站在碉楼顶上瞭望。谁都不明白，何以相隔不远就有一位长胡须人物，以一副思维的姿态这样站立。他在天际遥遥出现，迷迷蒙蒙如同幽灵，石头一样动也不动。

其实，人人感到同样忧惧，大家害怕野蛮人觉出自己这样强大，一发脾气赖着不走。但是看到他们怀着信任真在移动，迦太基人有了胆量，也和兵士混在一起。他们拼命发誓、搂抱。有些人甚至以夸张的词令和厚颜的虚伪劝他们不要离开城市。他们扔给佣兵香料、花和银币。他们送佣兵除病的符咒，但是事先在上面唾过三次促他们早死，或者里面包过豺狗毛要他们变成懦夫。大家高声祈求

---

* 西喀是迦太基西南方向的一座古城，是迦太基人进入奴米第亚的门户，也是建有宏大月神庙的圣地。

① 西耳塔是奴米第亚王国的首府，即今阿尔及利亚的君士坦丁，这里是借来称呼迦太基的一座城门。

麦喀耳提保佑他们，回过头来低声祈求诅咒。

随后，来了乱七八糟的行李、牲畜和落后的兵士。有些病人在骆驼上面哼唧，有些人拄着断枪一跛一瘸地走。醉鬼抱着酒袋，馋痨抱着大肉、糕饼、水果，无花果叶子包着牛油，布袋盛着雪块。手里是阳伞，肩头有鹦鹉。后面跟着獒犬、羚羊或者豹。有些利比亚妇人，骑在驴背上，骂着那些跑出马喀[①]的妓院跟兵士走的黑女人；有的喂婴儿吃奶，婴儿用皮带吊在她们的前胸。刀尖刺打着骡子，它们驮着帐幕，背快压折了；另外还有一群憔悴的侍从、水伕，因为发烧，脸也黄了，一身虱子，他们是迦太基贱民的渣滓，随野蛮人生活。

他们一走过，城门就在后面关上，人民并不走下城墙，军队不久就在地峡的幅面散开了。

军队分成多少不等的人群。先是长枪小到和高高的草叶一样，最后全在一阵尘土之中不见了；有些兵士扭转头望迦太基，仅仅看见长长的城墙，在天边显出空空的雉堞。

这时野蛮人听见一声狂喊。他们以为有些伙伴留在城里（因为他们不清楚他们的人数），野兴发作，抢掠庙宇。这样一想他们大笑了，于是继续赶路。

---

① 马喀是迦太基靠海的一个郊区，居民以水手和染工为主。

看见大家和往常一样，聚在田野行走，他们异常欢喜；有些希腊人唱着马麦耳提人①的古歌：

我有剑戟，
亦耕亦获；
我是一家之长。
败寇跪于前，
呼我主兮呼我王。

他们叫嚣，蹦跳，最快活的讲着故事，灾难的年月告终了。来到突尼斯，有些人注意到少了一队巴莱阿里的投弹兵——没有问题，肯定相离不远，他们不再搁在心上了。

有的寄宿到人家，有的在墙底下扎营，城里的居民过来和兵士谈话。

一整夜，他们望见迦太基那边有火在天边燃烧，火光仿佛庞大的火把，延扩到静静的湖水上面。佣兵的队伍里没有一个说得出那里在庆祝什么节日。

第二天，野蛮人走过一片耕种的田畴。沿着大路是不

---

① 马麦耳提人指从意大利南部坎巴尼亚来到西西里岛，为锡腊库扎王国服役的佣兵，在马麦耳提率领下发动叛乱，占据西西里岛东北角的墨西拿城宣告独立，成为第一次布匿战争的导火索。

断的贵族的租田，水从水渠流进棕榈树林，橄榄树形成悠长的绿线，玫瑰色的水汽在山豁子飘浮，后面高高竖起蔚蓝的峰峦。一阵阵热风吹来。变色龙匍匐在仙人掌的大叶子上面。

野蛮人放慢步子。

他们行走，分成孤零零的小队，或者拖拖沓沓，留出一个大空当。他们在葡萄园的边沿吃葡萄。他们在草里睡觉，他们惊奇地望着牛的人工扭曲的大角，披着兽皮保护毛色的羊，交错成菱形的犁路，船锚一般的犁刃和用掺席芙穆[①]的水灌溉的石榴树。对着土地的肥沃和智慧的创造，他们眼花缭乱了。

晚晌，他们躺在没有打开的帐幕上面，脸朝着星星，他们一边睡，一边追想哈米加的宴会。

第二天中午，他们在河边一丛一丛的夹竹桃里面歇息。于是他们急急忙忙丢下枪、盾和腰带，一边呼喊，一边沐浴；他们用盔兜汲水，有的背朝天，在卸了行李的牲畜当中掬水喝。

司攀笛坐在一匹从哈米加的园子偷来的骆驼上面，远远望见马道，臂挂在前胸，光着头低着脸，一边看着水

---

① 席芙穆是一种已灭绝的阿魏属伞状植物，古代视为不可或缺的调料和药，甚至钱币上都刻有它的图案。

流，一边在饮他的骡子。他立即穿过人群，一边直叫他：

——主子！主子！

马道对于他的祝福差不多是谢也没有谢。司攀笛并不介意，跟在他后面走，不时朝迦太基那方面转回他的不安宁的眼睛。

他是希腊一个辩士和坎巴尼亚一个妓女的儿子。他起先贩卖妇女发了财，其后船沉了，他破了产，加入萨莫奈[①]的牧人，和罗马人作战。他被俘了，逃走，又叫人捉回来，在石矿做苦工，在浴室当仆役，在刑罚之下呼喊，换了好些主子，尝遍怨毒。终于有一天，他在战船摇橹，越想越没有意思，跳海寻死。哈米加的水手把他救活了，带到迦太基，关在麦嘉辣的地窨。但是，因为照规矩应当把逃犯送还罗马人，他就利用混乱，和兵士一同逃了出来。

他一路待在马道的近旁，端饭给他吃，扶他下骡子，晚响，把毡子给他在头下铺好。他的殷勤最后感动马道，渐渐松了口，谈起自己。

他生在锡尔特湾[②]。父亲曾经带他到阿蒙庙[③]朝拜。随

---

① 萨莫奈是意大利中南部的山区，以牧业为主。萨莫奈人，也称桑尼特人，是当地的一个古代民族。

② 锡尔特湾是地中海南岸最大的海湾，在利比亚境内。

③ 阿蒙神是古埃及人信奉的太阳神，人身羊首，头上有弯曲的角。这里说的阿蒙庙是古埃及尼罗河中游的太阳神庙。

后他在嘉辣芒特[1]森林猎象。后来，他就到迦太基入伍。攻下德赖帕纳穆[2]，他升为分队长。共和国欠他四匹马，二十三买定诺[3]小麦和一冬的饷银。他害怕神，希望死在家乡。

司攀笛同他谈起他的旅行、种族和他朝拜过的庙宇。他晓得许多事情，他会做皮带鞋和长矛，会织网、驯兽、烧鱼。

他有时停住，喉咙紧底发出一声沙嗄的呼喊，马道的骡子立即放快了蹄子，那些落后的也都往前赶，司攀笛永远担着心思，时不时又叫唤起来。直到第四天黄昏，他才放心。

他们并着肩，在山侧军队的右边行走。平原在下面展开，笼罩在夜气之中。兵士的行列在他们下边走过，在阴影里面忽起忽伏。行列不时走过月光照耀的丘陵，于是一颗星星在斧钺的尖头闪烁，盔兜一时发亮，一时全不见了，随即又有了，接连不断。远方，惊醒的羊群在叫，仿佛一片无限的温馨降落地面。

---

① 嘉辣芒特是非洲撒哈拉沙漠东部的地区。

② 德赖帕纳穆是西西里岛西部的港口城市，即今特拉帕尼，第一次布匿之战中迦太基人曾在此处海战中打败过罗马人。

③ 买定诺是古代雅典计量谷物的单位，约合 51.84 升，即 1.5 蒲式耳。

司攀笛仰起头，眼睛阖住一半，发出沉重的呻吟，吸着风的清爽。他伸开臂，动着手指，为了更好体味那流沁全身的柔绥。报复的希望又有了，他感到兴奋。为了防止呜咽，他拿手堵着他的嘴，于是心醉神怡，他放松缰绳。骆驼以整齐的大步朝前走动。马道重新坠入忧郁，他的腿垂到地面，草打着他的高底靴，发出继续不断的窸窣。

但是，道路悠长，永远无终无了。走到一片平原的末端，永远又是一块圆形的高地，随即下到一座山谷，峰峦似乎堵住天边，然而走近了，却又滑着似的溜开了。不时一条河在柳绿之中出现，沿着山的拐角又消失了。有时突起一块大石头，恍如一座船头，或者巨像丢失的底座。

在相等的距离，他们遇见四方的小庙，这是接应香客朝拜西喀的驿站。门关着和坟墓一样。利比亚人要开门，拼命砸撞。里头没有人回应。

随即农植更稀少了。他们猝然进入荆棘丛生的沙漠地带。羊群在石头中间吃草，一个腰里捆着一块蓝羊皮的女人在看守。一望见石头中间露出兵士的斧钺，她就喊着跑了。

他们走到一个地方，仿佛一条大过道，两旁是绵延不断的浅红岗阜，一阵腥臭吹到鼻孔。他们相信看到什么怪样东西吊在一棵红树梢头，树叶子上面露出一只狮子的头。

他们跑过去。那是一只狮子，四肢钉在十字架，犹如一个囚犯。它的大脸垂在前胸，两只前爪一半隐在茸茸的鬣毛下面，远远分开，仿佛一双鸟翅。肋骨在绷紧的皮底下一根一根突出，后腿钉在一起，微微上耸，黑血从毛间往下淌，在尾梢聚成了钟乳，尾笔直垂在十字架上面。兵士在四围寻开心，把它喊做罗马的执政官和公民，拿石头扔它的眼睛，好让小苍蝇飞。

百步之外，他们又看到两只，随即忽然来了长长一行钉着狮子的十字架。有的死了许久，木架只剩下一堆残骨；有的腐烂了一半，歪着嘴，做出一副怪脸；有的大极了，木架让压弯了，在风里飘摇，同时上空盘旋着成队的乌鸦，永不休止。迦太基乡下人捉住了什么野兽，就这样报复，他们希望以一儆百。野蛮人收了笑，惊呆了。他们心想："以钉死狮子为乐，这种民族真够瞧的！"

而且他们迷迷蒙蒙感到不安、惶乱，特别是北方来的人，早已抱病；芦荟的尖刺撕破他们的手；大蚊子直在耳根营营；军队开始闹痢疾。看不见西喀，心中腻烦。他们害怕迷路，害怕走进沙漠，砂砾和恐怖之国。许多人不肯走了。有的折回迦太基。

最后第七天，沿着一座山绕了许久，他们忽然转到右手。于是露出一片城墙，雄踞白石，合而为一。全城忽然耸现；在墙上，在黄昏的红光里面，飘荡着青的、黄的、白的面网。这是达妮媞庙的女祭司，赶来欢迎这些男人。她们沿堞墙排列，敲着鼓，弹着琴，摇着响板。太阳落向奴米第亚的后山，余辉掠过里拉琴的弦子，照着她们伸长的裸臂在琴上拨弄。有时，乐器忽然停了，爆出一声尖锐的呼喊，急遽，激奋，连续，仿佛犬吠，用舌头打着嘴的两角。有的拄着肘子，手托着下颌，比狮身人面女妖斯芬克司还要凝重，大而黑的眼睛射向攀登的军队。

西喀虽是一座圣城，也容纳不下这么多的人。仅仅庙和它的附地就占了半座城。于是野蛮人随意在平原扎营，有的受过正式军队的训练，有的以国家区别，或者按照各自的高兴。

希腊人把他们的皮帐搭建成平行的行列；伊比利亚人[①]把他们的布幕摆成圆圈；高卢人用木板搭成小房子；利比亚人用干石头垒，黑人则用指甲在沙子里面刨坑睡觉。许多人不晓得怎么办，在行李中间踱来踱去，晚晌裹着他们的破一口钟，就地一躺。

四面环山的平原，在他们的四周铺开。这里那里，会有一棵棕榈树斜斜挂在沙丘，松树点染着悬崖的腹侧。有时

---

① 伊比利亚人是居住在西班牙南部和东部的古代民族，整个伊比利亚半岛因之得名。

候，一阵暴雨恍如一幅长的肩巾悬在天上，而田野处处全是碧蓝和晴朗，随即一阵热风追逐尘埃回旋；———道细流从西喀的高处瀑布一般下来。高处金瓦铜柱，是迦太基的维纳丝[①]神庙。一方之主，她的灵魂汪洋一切。她以大地的激变、寒暑的更迭、明暗的游戏，显示力的浪费和永生的微笑的美丽。山顶是一个半月形，有的山仿佛妇女的前胸，鼓起膨胀的乳房，野蛮人在疲倦之上感到一种愉快的压抑。

司攀笛卖掉骆驼，给自己买了一个奴才。他一整天躺在马道的营帐前面。有时他在睡梦之中听见皮鞭响声惊醒，然后，带着微笑，拿手摸着腿上的疮疤，脚镣长久锁着的地方，随即又睡熟了。

马道接受他的陪伴，出去的时候，司攀笛在屁股上挂了一把长刀，护送他如一个卫士。有时马道随意拿臂倚靠他的肩膀，因为司攀笛身子矮小。

有一夜晚，他们一同穿过营盘的走道，望见一些披着白色一口钟的男人，其中有纳哈法，奴米第亚人的太子。马道颤栗了。

他喊：

——拿剑来！我要杀他！

司攀笛拦住他道：

---

① 迦太基的维纳丝，就是指月神达妮媞。

——还不到时候！

纳哈法已经朝他走来了。

他吻他的两个拇指，表示讲和，用酒醉来解释他的忿怒，随后骂了半天迦太基，但是并不提起自己到野蛮人中间的缘故。

是为了出卖他们，还是为了出卖共和国？司攀笛自问自，因为他想利用一切混乱，所以对于纳哈法，虽说疑心他有背信的一天，反而感激。

奴米第亚人的首领在佣兵中间留下。他好像用心讨马道欢喜。他送他肥山羊、金屑和鸵鸟毛。利比亚人想不到他这样亲热，答礼也不是，怄气也不是。但是司攀笛劝住他，马道也就由着奴隶管他，——永远没有主意，陷入一种不可抑制的昏沉状态，就像那些服毒等死的人们一样。

有一早晨，三个人一同去猎狮子。纳哈法在一口钟里面藏了一把刺刀。司攀笛一直跟住他，于是刺刀动不得，他们回来了。

又有一回，纳哈法把他们带到极远的地方，直到他的王国的边境。他们走到一个窄狭的山峡，纳哈法微笑着，说他不认识路，司攀笛寻到了路。

但是，马道总是忧郁如同一个占卜先生，天一亮就到乡野散步去了。他躺在沙地，动也不动，待到黄昏。

他向一个又一个算命先生请教，有的观察蛇的行走，有的研究星宿，有的吹尸灰。他吃阿魏、西风芹和能凝冷心脏的蝮蛇的毒液；求在月亮地唱蛮歌的黑女人，用金针扎他的额头；他戴各样项圈和符箓：轮流祈奉巴力-嘉蒙神、摩洛神、喀毕尔七妖[①]、达妮媞和希腊人的维纳丝。他在一块铜板上面刻了一个名字，埋在营帐门口。司攀笛听见他呻吟，自言自语。

有一夜晚，他走进营帐，看到马道赤裸裸像一个尸首，背朝天躺在一张狮皮上面，手捧着脸，一盏挂着的灯照亮他头上悬在帐柱上的武器。

奴隶向他道：

——你在难受？你要什么？回我的话！

他摇着他的肩膀，重复了好几遍：

——主子！主子！……

马道最后朝他抬起他那惘惘然的大眼。

他低着声，一个手指放在唇上，道：

——听我讲！我招了神怒！哈米加的女儿缠着我！我害怕，司攀笛！

他抱住前胸，仿佛一个小孩子受了鬼惊。

——告诉我！我病了！我想治好！我全试了！可是，

① 喀毕尔诸神是古希腊爱琴海北部岛屿和中东部底比斯一带信奉的一组地下冥界的神祇，数目不定。

你也许知道一些更灵的神，或者什么上达天庭的祷告？

司攀笛问道：

——做什么用？

他拿两个拳头打着头回答：

——为了解除我的魔难！

随后，他自言自语，中间停顿半晌：

——我想必是她答应下神的什么燔祭的牺牲罢？……她拿一条看不见的链子拴着我。我要是举步，是她在走路；我停步，她休息！她的眼睛在烧我，我听见她的声音。她包住我，进了我的身子。我觉得她变成我的魂灵儿！可是，在我们两个人中间，好像有无边无涯的海洋掀起看不见的波涛！她在老远的地方，根本不可能接近！她的美丽的光晔在她的周围做成一片明霞。我有时相信，我从来没有见过她……她不存在……这一切是一个梦！

马道这样在黑地里哭着，野蛮人都睡了。司攀笛看着他，想起从前自己带着成群的妓女游城的时候，那些年轻人，捧着金瓶，苦苦求他。他起了怜悯，说：

——硬气些，我的主子！唤起你的意志，不要求神了，因为他们听见人的呼喊，也不管账的！你这样哭着，像一个懦夫！一个女人会让你这样痛苦，你倒不难为情！

马道说：

——我是一个小孩子？你以为她们的脸和她们的歌还

动得了我的心？我们在德赖帕纳穆有的是女人，为我们打扫马厩。冲锋陷阵的时候，天花板往下掉，投石机还在颤响，我照样儿玩女人！……可是这女人，司攀笛，这女人！……

奴隶打断他：

——假使她不是哈米加的女儿……

马道嚷道：

——不！她不和别人的女儿一样！你没有看见她眉毛底下的大眼睛，就像凯旋门下面的太阳？你倒记记看：她出现的时候，火烛全黯然无光了。她的赤裸的胸脯，在她的项圈的金刚钻之间，有些地方熠熠发光；你像闻着她的身后缭绕着庙宇的香火，有些什么东西从她的生命发散，比酒还甘，比死还可怕。可是她在走，后来又停住了不走。

他张着嘴，低着头，瞳孔定定的。

——但是我要她！我非她不成！我为她死！一想到搂她，我禁不住一阵欢狂，然而我恨她，司攀笛！我直想打她！怎么好？我直想把我卖了，去当她的奴隶。你呀，你本来就是！你从前看得见她，同我谈谈她！是不是，她每天夜晚上到她宫殿的平台？啊！石头在她的皮带鞋底下应当颤索，星星应当弯下身子看她才是！

他又倒下去发狂，像一只受了伤的公牛喘吼。

马道随即唱着：

——他在森林里面追赶女妖，女妖的尾在枯叶上面动荡，好像一道银河。

于是拉长声音，他模仿萨郎宝的声音，同时他的手展开，仿佛两只轻悠悠的手弹奏琴弦。

任凭司攀笛慰解，他向他重复着同一语言，他们的夜晚就在呻吟和劝告之中消磨。

马道想拿酒来麻醉自己。酒疯发过，他更愁了。他试着掷骰子消遣，他一个一个输掉他项圈上的全部金片。他由人带他去玩女尼，但是下山的时候，他呜呜咽咽地哭了，好像出殡回来。

司攀笛正相反，越来越胆大，越快活。有人看见他在绿叶扶疏的酒馆，在兵士当中演述。他修理旧铠甲，他拿刺刀变戏法，他为病人到田地去采药草。他有急智，总有话说，滑稽、精细，野蛮人安于他的操劳，他叫他们爱。

同时，他们等待着一位迦太基专使来，他会为他们带来整筐的金子，驮在骡背，他们拿手指在沙上写着数目，永远重复同一的计算。每个人都在预先安排自己今后的生活，他们要弄一些姘头、奴隶、土地，有人打算埋藏他们的财宝，或者投资在一条船上碰运气。但是，整日浮闲，性情全坏了。骑兵与步兵，野蛮人与希腊人，无时不在争吵，妇女的尖锐的声音不断磨人。

每天跑来成群的男人，差不多光着身子，头上顶着草挡太阳，他们欠下迦太基富人的钱，被迫为他们耕田，逃了出来。还有利比亚人、毁于捐税的农民、流放在外的人、匪徒。再次便是一群商人，全是酒贩、油贩，收不回账，恨极了共和国，司攀笛就趁机大骂共和国。不久给养短缺。大家谈起要结队开往迦太基，还说要把罗马人请来。

有一天黄昏，用晚饭的时辰，大家听见沉重杂乱的声音往近里来，远处有什么红东西在高低不平的地面上出现。

这是一顶大红轿，四角装璜着一丛鸵鸟毛。水晶缨络和珠环拍打着帐幔。跟在后面的骆驼摇响着胸前的大铃铛，周围可以望见好些骑兵，从脚跟到肩膀，披着一身金鳞铠甲。

他们在离营帐三百步的地方停住，为了从驮在后背的鞘袋里抽出他们的圆盾、他们的大刀和他们的拜奥夏①式的战盔。有些人和骆驼一同停住，其他人继续朝前走。共和国的标志终于出现了，那就是说，尖梢雕着马头或者松果的蓝木棒。野蛮人全体站起欢呼，妇女奔向禁军，吻他

① 拜奥夏是希腊的中东部地区，也称维奥蒂亚，是古希腊底比斯城邦国的所在地。

们的脚。

轿子架在十二个黑人的肩膀，小步又快又齐，往前走来。帐幕的绳索、乱走的牲畜、烤肉的三角架，随地皆是，他们不得不一时左走走，一时右走走。有时候，一只戴满戒指的肥手掀开一半轿帘，一个沙哑的声音发出诅咒，于是轿夫停住，然后换一条路穿过营帐。

终于红幔子掀开了，大家看见一个大枕头上面，靠着一颗虚肿的没有表情的人头，眉毛好像两张乌木弓，在尖梢连起；金叶子在鬈皱的头发中间闪烁；脸灰灰的仿佛上面洒了一层大理石粉。此外的身子消失在塞满轿子的羊毛下面。

这样躺着的这位先生，兵士认出是徐率特哈龙，曾经由于迟缓促成艾嘉特群岛之役[①]的失败；至于战胜利比亚人的海喀东皮勒之役，其所以显得宽厚，野蛮人以为是由于贪婪，因为他把俘虏全都卖掉，记在他的账上，对共和国却说他们死了。他用了些辰光寻找一个适当地点对佣兵训话，然后做了一个手势，轿子停下，哈龙扶着两个奴隶，摇摇晃晃下了地。

---

① 艾嘉特群岛之役是第一次布匿战争的最后一场海战，哈米加率军在西西里岛作战，负责运送给养的哈龙所指挥的庞大舰队在西西里岛以西的艾嘉特群岛海上被路塔提屋斯指挥的罗马舰队击溃，使哈米加失去后援，迦太基元老院也因此决定向罗马乞和。

他穿着一双撒银月的黑毡靴。绦带捆扎他的腿，仿佛捆扎一具木乃伊，肉在交缝中间露出。朱红上衣掩住他的屁股，肚子挺起；颈项的肉褶搭到前胸，活像牛脖下的垂皮；画着花儿的长内衣在腋下崩裂开来；他搭着绶带，束着腰带，披着一件重袖有纽的宽大的黑一口钟。衣服的丰富、蓝宝石的大项圈、金纽和重耳环只有让他的丑恶更加丑恶，真可以说是拿一块石头瞎搞出来的奇胖的神像；因为一层灰白的癞疮，铺遍他的身体，给了他一副木然的容颜。然而他的鼻子，弯弯曲曲如鹰嘴，大张大阖，呼吸空气，同时他的小眼和胶着的睫毛，发出一种坚固金属的光彩。他握着一管沉香木如意给自己搔痒。

两个传令兵终于吹响他们的银角；骚动平静了，哈龙开始谈话。

他最先颂扬神和共和国，野蛮人应以曾为共和国效劳自相庆幸。但是年景坏，大家必须更有理性：

——主子只有三颗橄榄，留两颗给自己，不也应该吗?

于是老徐率特在他的演说中间夹上格言和寓言，一面直点头，暗示大家赞同。

他说的是布匿语言，环绕在他四围的（最轻捷的没有拿武器就跑来了）却是坎巴尼亚人、高卢人和希腊人，这群人就没有一个懂得他的话。哈龙感觉到了，他住了口，一边思索，一边腿搭着腿，重重地摇摆。

他想到召集队长，于是传令兵拿希腊语言喊着这个命令，——自从桑地浦①以来，迦太基军队就拿希腊语言发号施令。

禁军用鞭子轰开下等兵士，不久，斯巴达式步兵方阵的队长和野蛮人的头目全来了，穿着各自国家的盔甲，戴着各自级位的徽章。天黑了，原野发出一片洪大的喧嚣；远远近近燃着火；大家来来去去，相互询问，想知道出了什么事和为什么徐率特不散饷银。

他向队长解释共和国的无限的担负。国库是空的。罗马人的勒索害苦了共和国。

——我们不知道怎么办才好！……共和国真也可怜！

他不时拿着沉香木如意搔扒他的四肢，要不然，停住就着一个银杯喝水，一个奴隶捧给他，里面是鼬鼠灰和醋煮的龙须菜煎成的汤药；他随即拿一块朱红帕子揩揩嘴唇，继续道：

——从前值一个银西克的东西今天合三枚金谢克②，战时荒了的田又是什么也没有收获！海螺的采集差不多全

---

① 桑地浦是斯巴达军人，在第一次布匿战争中指挥希腊籍雇佣军在迦太基本土作战，击溃了渡海奔袭的罗马军队。

② 西克和谢克（《圣经》中译为舍客勒）都是古代希伯来的重量单位和货币，西克为6克，谢克约为12克。

停了，珍珠越出越少，供神的香油我们也不多了！至于宴席上的东西，我就无需说了，糟不可言！没有船，我们运不来调味的作料；又因为昔兰尼[1]的边境叛乱，席芙穆的供应也是若断若续。西西里多的是奴隶，可我们现下也去不成！就是昨天，一个伺候洗澡的和四个厨役，我花的钱比从前买一对大象还要多！

他展开一张长长的纸卷，他读着政府的支出，一个数目字也不漏掉：为了修庙、铺路、造船、打捞珊瑚、扩建席西特，还有为了坎达布里亚地区采矿的机器都花了多少。

但是队长，犹如兵士，也不懂布匿语言，虽说佣兵全用这个语言致敬。平常在野蛮人军队，全有迦太基军官充当翻译；战争以后，害怕报复，他们躲藏了，哈龙事前没有想到带他们一同来；而且，他的声音太幽沉，迎风散失了。

铁腰带上束着挂剑的希腊人伸长耳朵，猜测他的词意；同时狗熊一样披着皮衣的山民，拄着他们的铜刺棒，看着他，不信任，或者打哈欠。不在意的高卢人冷笑着，摇晃着他们高高的头发；沙漠地的男子裹在灰呢衣服当

---

① 昔兰尼是利比亚东北部濒临地中海的著名古城，最初是希腊人的殖民地，由于它掌控重要调料席芙穆的供应和交易，成为当时极其重要的经济中心，其周边整个利比亚东部地区也因之被称为昔兰尼加。

中，动也不动地听着；不断有人从后面拥来；群众挤得卫士直在马上摇晃；黑人举着燃烧的松树枝；肥胖的迦太基人站在草丘上面继续训诫。

但是野蛮人不耐烦了，唧唧哝哝，全在数落他。哈龙拿着他的如意指指画画，有些人要别人安静，可自己喊声更高，加重了喧哗。

忽然，一个模样微贱的人跳到哈龙的脚底下，抢过一个传令兵的喇叭，往里吹着。司攀笛（正是他）用希腊、拉丁、高卢、利比亚和巴莱阿里五国语言急急忙忙宣称：他有要紧话讲。那些队长半笑半受惊地回道：

——说好啦！说好啦！

司攀笛迟疑了，他颤栗着，终于先对人数最多的利比亚人道：

——你们全听见这家伙的可怕的威吓！

哈龙并不驳斥，那么，他不懂利比亚话，于是司攀笛继续试验，用其他野蛮人的土话重复同一的词句。

他们互相观看，全在吃惊。然后，仿佛由于一种默契，或许以为听懂了，全低下头，表示同意。

于是司攀笛开始以一种激昂的声音道：

——他先说其他民族所有的神，和迦太基的神一比只是梦幻罢了！他把你们唤做懦夫、小偷、撒谎的、狗和狗养的！没有你们，共和国（他说的！）就不至于被迫献贡给罗马人了。由于你们瞎闹，你们弄光了香料、香水、奴隶和席芙穆，因为你们和昔兰尼边境的游牧人有来往！但是罪人要受惩罚的！他一条一条念着刑罚的种类：他们将被罚去铺街，去装船，去修席西特，有些人将被送到坎达布里亚去开矿。

司攀笛把同样的话说给高卢人、希腊人、坎巴尼亚人、巴莱阿里人听。原先听见的好几个专名词，佣兵现在又听到了，便以为他真是一五一十重述徐率特的演说。有些人朝他喊：

——你撒谎！

他们的声音在别人的骚乱之中散失了，司攀笛添话道：

——你们没有看见，他在营帐外边留下部分骑兵吗？一看到信号，他们就赶过来，把你们全都弄死。

野蛮人往那边望。人群于是分开了，就在他们中间，幽灵一样晃晃悠悠地走来一个人，弯着腰，瘦骨嶙峋，完全赤裸，头发杂着枯草败叶、尘土和荆棘，长长的，一直掩到他的腰胁。围着腰和膝盖的是草梗和破布，枯羸的四肢上搭着土一样的软塌塌的肉皮，仿佛褴褛破布搭在干树枝上面，手不断在颤抖，他拄着一根橄榄树棍子走路。

他走近举着火炬的黑人。一种痴呆的冷笑露出他的苍白的牙龈，畏惧的大眼睛打量着四周的野蛮人群。

但是，他惊恐了，发出一声喊，躲到人群后面，藏在他们的身后。他结结巴巴地说：

——是他们，就是他们！

他指着徐率特那些铠甲熠耀、一动不动的卫士。他们的马打着地，火把的光照花它们的眼睛，火把在黑夜里爆响着，那似鬼非鬼的人挣扎着，嗥叫着：

——他们把我的伙伴们全杀死了！

听见他嚷嚷的是巴莱阿里话，过来一些巴莱阿里人，认出他是谁了。他不回答他们，重复着：

——是的，全杀了，统统杀了！像葡萄一样压瘪了！那些好看的年轻人！那些投弹兵！我的伙伴，也是你们的！

大家拿酒给他喝，他哭着，然后他话多了起来。

司攀笛几乎包不住他的喜悦，——一边向希腊人和利比亚人解释查耳萨斯所讲的可怕的事，来得太是时候了，他简直不能够相信。巴莱阿里人的面色苍白了，知道了他们的伙伴是怎样受了害。

这是一队三百人的投弹兵，头天夜里上岸，当天睡得太迟了。等他们赶到嘉蒙广场，野蛮人已经动身，又因为土弹和别的行李已经放在骆驼上面，他们没有东西自卫。人民先由他们聚在萨泰布街，直到包铜的橡木城门前，然后一下子，朝他们拥了过去。

不错，兵士记起那声喊，司攀笛为了抢在队伍前面逃走，不曾听见。

随后，尸首放在沿着嘉蒙庙两边那些巴泰克[①]凶神的两臂上。人民把佣兵的罪过全给了他们：他们的饕餮、窃盗、亵渎、轻蔑和对萨郎宝花园内神鱼的屠杀。尸体遭到残毒的肢解；祭司焚烧他们的头发，折磨他们的阴魂；尸体一块一块挂在肉店；有些人简直拿牙来咬；夜晚在十字街口点起柴火，一烧了之。

就是这个火，远远在湖上照耀。但是有些房子也着了火，他们便把残余的尸首和没有断气的兵士急忙从墙头扔了过去。查耳萨斯藏在湖边的芦苇当中，一直藏到第二天，然后他在田野乱走，顺着尘土上面的脚迹追寻军队。早晨，他躲在洞里；夜晚，他开始上路，血淋淋的伤口、饥饿、疾病，吃草根和兽骸；终于有一天，他望见天边的枪矛，跟了过来，因为他的理智由于恐怖和苦难已经不很清楚了。

他说话的时候，兵士们忍着忿怒，他一终止，便暴风雨一样爆发了；他们要屠杀徐率特和卫士。有些人居中调处，说应当听他讲完，至少要弄清楚关不关饷。于是全体

① 巴泰克是腓尼基人给想象中的凶神恶煞所起的名字，所塑的神像也极其恐怖吓人。

嚷嚷：

——我们的饷银！

哈龙回答他们，他已经带来了。

大家奔往前哨，徐率特的行李被野蛮人推到营帐中间。不等奴隶动手，他们很快就把筐子打开；他们在这里寻到赭玉色袍子、海绵、刮刀、刷子，香料和画眼睛的锑笔；——全是那些卫士，习于考究的富人的日用品。他们最后在一只骆驼背上发现一个古铜大盆，是徐率特一路洗澡用的；因为他事前准备周详，连海喀东皮勒的鼬鼠也装在笼子里带来，活烤了煎汤用。因为他的病让他食欲大增，还带了许多食品和酒、盐卤，科马建①小罐里装着用蜂蜜保存的肉和鱼，或是拿雪和碎草护住的融炼过的鹅油。物品真是丰富，筐子一个个打开，东西越堆越多，于是笑声爆发了，仿佛相击相溅的波浪。

至于佣兵的饷银，勉强装满了两只棕草篓了，有一只甚至于还装了一些共和国替代硬币使用的皮钱。看见野蛮人显出十分惊奇的模样，哈龙向他们宣称，他们的账太难结算了，元老们没有闲暇加以审核。暂时先送这个给他们。

---

① 科马建是安纳托利亚半岛东南部的古国，其境内的内姆鲁特山上有国王安条克一世的宏伟陵墓。

于是一切全被弄翻了，推倒了：骡子、侍从、轿子、日用品、行李。兵士从袋里抓起钱来打哈龙。好不容易爬上一头驴，他抓牢鬃毛逃命，嗥叫、哭号、震撼、受创，呼喊所有的天神降祸军队。他的大宝玉项圈跳动到耳根。他拿牙咬住一口钟，因为它太长了，拖在后面碍事。远远野蛮人在嚷：

——滚罢，懦夫！猪猡！摩洛神的屁眼！带着你的金子和瘟病去死吧！快！快！

扈从溃不成军，在他的两旁奔驰。

但是野蛮人并不就此罢休。他们记起有几个弟兄折返迦太基没有回来，不用说，被杀死了。为种种暴行激怒，他们动手拔掉帐幕的桩子，卷起一口钟，套好他们的马；人人拿起军盔和剑，一刹时全收拾齐备。没有武器的弟兄，跑到树林去砍棍棒。

天亮了，西喀的居民醒了，在街市骚动。大家说：“他们去迦太基，”消息立刻传遍了四乡。

从小道，从洼地，冒出了好些人。大家望见牧羊人从山上往下跑。

随后，野蛮人开拔了，司攀笛在平地转了一匝，骑着一匹布匿的种马，带着他的奴隶，奴隶还牵着第三匹马。

只有一个帐幕留着。司攀笛走进去。

——起来，主子！起来！我们走了！

马道问道：

——你们到什么地方去？

司攀笛喊道：

——迦太基！

马道跳上奴隶牵在门口的马。

三　萨郎宝

月亮升在水面，犹然黑暗的全城有些亮点，发出白色的闪光：停在院落的一辆车的辕、挂着的什么破布、一堵墙的犄角、神像前胸的一串金项圈。庙瓦上面的琉璃球，仿佛大金刚钻，远远近近放光。然而迷蒙的废墟，成堆的黑土，还有花园，在黑夜形成更为阴沉的块垒，同时，在马喀郊区的尽头，一家又一家伸出的渔网，好像大蝙蝠展开它们的翅膀。车水到最高层宫殿的砾砾的水轮声已经听不见了；骆驼贴着地，学鸵鸟的模样，静静伏在平台上休歇。看门的靠着门道，在街上睡觉；石像的影子在荒凉的广场往长里伸；远处，还在燃烧的牲祭的余烟，有时冒出铜瓦，而沉重的微风，挟着香料的馥郁，带来海水的腥味和太阳蒸晒的墙的气息。平静的波浪围着迦太基熠熠发亮，因为月光同时照着四山环绕的海湾和突尼斯湖。火烈鸟在沙丘之间形成长长的红线，同时远远在地下墓穴的下方，巨大的咸水潟湖仿佛一块银子闪烁。蔚蓝的穹苍在天边一面陷入原野的尘氛，一面陷入海上的大雾；邻近艾实穆庙的金字塔形的扁柏，在卫城的顶端摇曳着，呢呢喃喃，犹如有规律的波浪，沿着坝，在城堞底下慢悠悠地敲打。

萨郎宝上到宫殿的平台，一个女仆扶着她，端着一铁盘燃烧的炭。

平台当中放着一架小象牙榻，盖着猞猁皮，放着鹦鹉（未卜先知的神鸟）羽毛的靠垫，四角立着四只长炉，盛满了甘松香、乳香、肉桂和没药。女仆点燃香料。萨郎宝望着北极星，她慢慢地朝拜四方，跪在模仿天空铺着蓝粉又撒着金星的地面。然后两肘贴住上身，臂往前伸，手摊开，头在月光之下后仰，她道：

——噢，辣拜媞娜！……女神！达妮媞！

她的声音如泣如诉，拉长了，好像呼唤着什么人。

——婀娜伊媞丝！婀丝达泰！黛塞陶！婀丝陶赖媞！米里达！婀塔辣！艾里萨！媞辣塔！[①]……凭着隐秘的信经、琤玐的弦子、土地的犁痕、永生的沉默和永生的繁衍，向你，黑暗海洋和天蓝沙滩的统治者，噢，湿界的女王，敬礼！

她摇摆了两三回身子，然后臂伸开，把前额贴到尘土里面。

女仆敏捷地扶起她，因为依照仪式，必须有人过来把

① 从辣拜媞娜到媞辣塔，都是人们给月神起的名字。

敬神者从礼拜之中拉起；这等于对他说，神依允他了；萨郎宝的乳媪从未忽略这种虔敬的职责。

乳媪在顶小的时候，皆土里-达里蒂安①的商人把她带到迦太基，等到自由以后，她不肯舍弃她的主子，她的右耳扎着一个大洞可以证明。一条有着五颜六色纹路的裙子，包紧屁股，垂到有两个锡环打着响的脚胫。她的脸有一点平，黄黄的如同她的上衣。一些极长极长的银针在后脑做成一个太阳头饰。鼻孔戴着一枚珊瑚扣，她立在床边，眼帘下垂，站得比赫耳墨斯雕像②还直。

萨郎宝一直走到平台的边沿。她的眼睛浏览了一下天边，然后俯视着睡熟的城市，她的胸脯因她叹气而凸起，同时那件没有勾子和带子的白袍虚虚垂在她的四周，也因之自上而下在波动。碧玉盖住她的尖翘的皮带鞋，红网兜住她的散乱的头发。

她仰起头来看着月亮，话里杂有片段的赞美诗，呢喃道：

——你在不可触摸的以太扶持之下，旋转得多么轻巧啊！你的周围高雅晶莹，是你的行动散布风和滋润的露。随着你的消长，猫的眼和豹的斑点伸长或者收缩。妻子在

---

① 皆土里-达里蒂安是古代非洲西北部的一个地区。

② 赫耳墨斯是古希腊司畜牧、道路、体操、辩论和商业之神，也被看做信使。

分娩的痛苦之中呼号着你的名字！你使介类膨胀！你使酒沸腾！你使尸身腐烂！你使海底的珠子成形！

——噢，女神！所有的胚种在你的阴湿的深处滋生。

——你一出现，地上便是一片静谧；花儿闭了，波涛息了，疲倦的人朝你挺起胸脯，高山大水的世界在你的脸上看到自己，恍如照着一面镜子。你是雪白的、温柔的、晶莹的、洁净的、助人的，净化的、爽朗的。

月牙这时升到海湾的另一边，温泉山的两峰的空隙。底下是一颗小星，四周是一圈白晕。萨郎宝继续道：

——不过你也是可怕的女主！……妖异、吓人的鬼怪和蛊惑人的梦，全都因你而生；你的目光吞噬楼阁的基石。你每次返老还童，猴子就要生病。

——你到什么地方去？你为什么永远改变形体？你一时又细又弯，在天空滑过，活似一条没有桅的船；或者在星宿中间滑过，好像一个看管牛羊的牧人。你一时又亮又圆，拂过峰峦，仿佛一个车轮。

——噢，达妮媞！你爱我，不是吗？我望着你不知道有多少回！不！你在你的碧空奔跑，我呀，我待在动也不动的地面。

——达纳克，拿起你的乃巴，轻轻地拨动它的银弦，因为我的心是忧郁的！

女仆竖起一架比她还要高的乌木古琴，三角形，把尖端嵌在一个水晶球里面，两臂开始弹奏。

声音一个接一个，低沉、飚急，仿佛蜜蜂的嘤嘤，越来越响，飞入夜空，伴着波涛的嗟叹和卫城顶端大树的颤栗。

萨郎宝喊道：

——停住！

——你怎么了！小姐？吹着的风，浮去的云，如今一切让你不安，让你骚动。

她道：

——我不知道。

——祷告太久，你疲倦了。

——噢！达纳克，我真想融化在祷告之中，像一朵花在酒里面！

——那也许是你香料的气味熏的？

萨郎宝道：

——不对！神灵就住在香味之中。

于是女仆同她谈起她的父亲。人家以为他去了琥珀的国度，在麦喀耳提神殿的柱子后面。

她道：

——但是万一他不回来，你就应当，因为这是他的愿望，在元老的公子当中挑选一位丈夫，那时候你的苦恼就在一个男人的搂抱之中消散了。

——为什么?

女孩子问。所有她看到的男子，野兽般的笑和粗犷的四肢，早已使她厌恶。

——有时候，达纳克，从我生命的底里涌出一股热气，比一座火山的雾气还要沉重。有些声音呼唤我，一个火球在我的胸口滚动上升，堵住我的咽喉，我像要死了。然后，说不清什么柔和的东西，从我的额头流到我的两脚，经过我的肉体……我感到一种抚摸，我觉得自己被什么压坏了，好像一尊神躺在我的身上。噢！我真想把自己消散在夜雾之中、泉水之中、树液之中，脱出我的身体，变成一口气，一道光，滑过去，一直升到圣母，你的跟前，噢!

她尽量举高两臂，身子向后，苍白、轻盈，衣服长长的，如同月亮。她随即倒向象牙榻，喘吁着；但是达纳克给她挂上了一串琥珀和海豚牙的项圈，驱邪压惊。萨郎宝差不多是有气无声地道：

——给我找沙哈巴瑞来。

她的父亲早先不准她进女尼学校，也不许人教她达妮媞宗教的世俗传说。他留着她做缔结政治上的婚姻使用，所以萨郎宝只是一个人住在宫殿之中；母亲久已去世了。

她在静修、斋戒与净身之中长大，四周永远是精美庄严的物事，身体熏香，灵魂充满祷告。她从来没有尝过酒，吃过肉，碰过一只龌龊的牲畜，进过死人的住宅。

她不知道有淫猥的偶像，因为神常以不同的形象现身，往往矛盾的信仰同时证明同一法则，萨郎宝所膜拜的只是星体形象的女神。月亮对于童贞女具有巨大影响，每逢月亮往小里缩减，萨郎宝就转弱了。一整天无精打采，夜晚她又有了精神。遇到月蚀的时候，她就欠一死。

但是妒忌的辣拜媞娜因为得不到童贞供奉牺牲，反而加以蹂躏；她的信仰当中散布着若干传说，唯其茫昧，更为强烈，她把它们弄活了，折磨萨郎宝。

哈米加的女儿痴心地关切达妮媞。她熟知她的奇遇、巡游和所有的名字，虽说反复记诵，得不到清切的意义。为了深入她的教义，她直想走到神庙最秘密的所在，瞻拜那个古老的偶像和她身上披着的关乎迦太基命运的华丽的圣衣，——因为从描述中不能清楚神的意境，所以得到或者甚至于看到神的偶像，就等于取得一部分神力，而且在若干情形之下，等于统治了神。

萨郎宝转回头。沙哈巴瑞的下摆缝着金铃，她听出金铃的响声。

他走上楼梯，然后，站在平台的入口，交起两臂。

下陷的眼睛似墓穴的长明灯一样闪耀，瘦长的身体在袍子里面晃荡，下摆交错坠着铃铛和碧玉球，垂在脚跟。四肢孱弱，斜脑壳，尖下巴；皮肤似乎碰上去冰冷，黄脸刻着深深的皱纹，像是在一种欲望，一种永生的忧患之中形成的。

这是达妮媞的大祭司，是他把萨郎宝教大的。

他说：

——讲好啦！你要什么？

——我希望……从前你差不多答应了我的……

她呢喃着，心乱了，忽然脱口而出：

——你为什么讨厌我？难道我忘了什么祭神的礼节？你是我的师傅，你曾经对我讲，没有人比我更懂女神的了；可是有些事你还瞒着我。不是吗，噢，神父？

沙哈巴瑞记起哈米加的命令，他回道：

——不，我没有什么好教你的了！

她继续道：

——一种精灵引着我爱神。我爬上艾实穆庙的台阶，行星和智慧之神；我睡在麦喀耳提庙的金橄榄树底下，推罗属地的主宰；我推开嘉蒙神的庙门，光和肥沃的施与者；我祭祀地下的喀毕尔，树林、风、河和山的神祇：然而他们全都太远，太高，太无情义，你明白吗？然而女神，我觉得和我的生命打成一片；她充满我的灵魂，我因内心的激奋而颤栗，好像她为了溜走在跳跃。我觉得我就要听见她的声音，看见她的面貌，光一闪一闪照晕了我，然后我重新跌进黑暗。

沙哈巴瑞缄默着。她以哀求的视线看着他。

最后，他做手势叫女仆走开，她不是迦南人种。达纳克走后，沙哈巴瑞在空里举起一只胳膊，开始道：

——在神祇以前，仅有黑暗，浮动着一片嘘息，沉重、模糊，如人在梦中所有的感觉。嘘息收缩，创造欲望和云，从欲望和云出来最初的物。这是一种泥泞的黑水，冰冷、深沉，里面关着没有知觉的妖异，待生的形象的不连贯的部分，画在神殿的墙壁上面。

——物随即凝结，变成一枚蛋。蛋破裂了，一半做成地，另一半做成天。太阳、月亮、风、云出现了，雷声震醒了有智慧的动物。于是艾实穆在星空展开，嘉蒙在太阳里面熠耀，麦喀耳提拿臂把太阳从嘉代司[①]后面推出来，众喀毕尔下到火山底下，辣拜媞娜犹如乳媪，俯视人世，倾出光明如奶，倾出黑夜如一口钟。

她道：

——以后呢？

他对她讲述本原的秘密，希望她从较高的境界得到消遣；但是听到末了这些话，童女的欲望又被燃起，于是沙哈巴瑞让了一步，继续道：

---

① 嘉代司又译加的斯，是西班牙最南端直布罗陀海峡西侧古老的海港城市。

——她激起并且管辖人类的爱情。

萨郎宝思索的样子重复道：

——人类的爱情！

祭司继续道：

——她是迦太基的灵魂，虽说照临四方，但披着神圣的面网，只在这里居住。

萨郎宝嚷道：

——啊，神父！我会看见她的，不是吗？你领我去！我迟疑了好久，我恨不得看见她的形象。可怜我！救救我！走罢！

他以一种热烈的手势推开她，充满骄傲。

——决不！你不知道人会因之而死吗？雌雄同体的神祇仅只对我们显露真身，我们既有男人的理性，又有女人的软弱。你的欲望是一种渎神的行为，拿你已有的学识满足自己！

她跪在地上，两个手指顶住耳朵，表示忏悔。祭司的语言压住了她，然而同时对他充满忿怒、恐惧和屈服，她呜咽了。沙哈巴瑞直直立着，比平台的石头还要无情。他从上往下看她在他的脚边颤索，感到一种愉悦，因为她为她的神明痛苦，正如他，也不能全部领会。鸟已然在啁哳，一阵冷风吹来，小块的云在更苍白的天空跑着。

忽然他望见天边，在突尼斯城后面，仿佛轻雾，在地面拖曳，随即一片灰粉的大幕在展开，在这熙熙攘攘的旋涡之中，出现了骆驼的头、枪和盾。野蛮人的军队奔向迦太基来了。

四　迦太基城下

乡民骑着驴或者撒开两脚跑着，面无人色，喘着气，怕死了，来到城里。他们在军队前面逃走。军队为了来到迦太基，毁灭一切，三天赶完西喀的道路。

城门刚关，野蛮人就立即露面，于是他们在湖边的海峡中间停了下来。

起初，他们没有宣示任何敌意。有些人手里握着棕榈树枝要过来。他们被箭射了回去，恐怖到了极度。

早晨和黄昏，有时候有人沿着城墙徘徊。大家特别注意到一个矮人，拿一口钟紧紧地裹起，帽檐低极了，脸看不见。他待好几个钟头端详水道，全神贯注，显然有意要叫迦太基人猜错他的真情。伴着他的还有一位，光着头，一个巨灵似的人物。

然而迦太基有宽阔的海峡作为防御：先是一道沟，次是一道草垒，最后是一道石墙，三十肘[①]高，两层。第一层里面有象房，容得下三百头象，还有库房存放它们的披甲、脚链和粮草；然后是马厩，容得下四千匹马、大麦和鞍鞯；另外还有营房，容得下两万兵士、盔甲和全部武器。第二层立着碉楼，全有孔眼，外边是挂在铁钩上的铜盾。

这第一线城墙直接掩护马喀，水手和染工聚居的郊区。远远可以望见晾着红帆的桅杆，在最高的平台上有熬盐卤的土灶。

再过去，立方形体的高楼大厦，一层一层叠满了全城。石头的、木板的、鹅卵石的、芦苇的、介壳的、泥土的，各种各样。在这五颜六色的层峦上面，庙宇的林木仿佛碧绿的沼泽。公共广场又以不等的距离把它削平，无数互相交错的小巷又从上到下把它割开。三个老城区本有墙隔开，如今已然分不出了，留存的残垣远远近近凸起，恍如高大的礁石，或是伸出的巨大墙幅，——一半被花草湮没，发黑，由于倾倒秽物，到处是道子，同时街道穿过它们豁开的大口，仿佛河在桥下流过。

一片凌乱的纪念物挡住了比耳萨[2]正中的卫城那座小山。它们是些庙宇，有螺旋形的柱子，古铜的柱头，还有金属链子；天蓝道子的石头垒积成的圆锥体；圆铜屋顶；大理石柱额；巴比伦式墙垛；尖头着地的方尖碑，就像倒

① 肘是古代长度单位，由人的肘到中指端，1 肘约为 0.445 米。

② 比耳萨是古代推罗王国的狄多公主逃亡北非创立迦太基时依山所建的城堡，位置在麦嘉辣区的南面，是迦太基的核心要塞。

过来的火炬。廊柱紧承着三角楣饰；涡形装饰在柱与柱间展开；花岗岩墙架着瓦挡；它们一个高似一个，一半挡住了，看不见，不可思议，无从了解，让人感到岁月的推衍，仿佛忘怀了的祖国的遗念。

在卫城后面，去马巴勒岬的路穿过红土地，介乎坟墓之间，由岸边笔直伸到地下墓穴，接着就是有花园隔离的宽适的住宅：这就是第三区，麦嘉辣，新城，一直拓展到悬崖边沿。一个夜夜发光的灯塔耸立在悬崖之上。

迦太基就这样当着驻在平原的兵士摊开。

他们远远认出市场，十字路口，他们为庙宇的地点争执。嘉蒙庙，正对席西特，是金瓦。麦喀耳提庙在艾实穆庙的左手，房顶上面有珊瑚枝；再远处是达妮媞庙，在棕榈树中露出圆圆的铜顶；黑黑的摩洛神庙是在蓄水池下方，靠近灯塔。在三角楣饰的角上，在墙头，在广场的角隅，处处可以望见神祇，凶恶的面孔，高大的、矮粗的、大肚子的，或者凹进去的，张着嘴、伸开臂，手里拿着叉、链子或者标枪；在街道深处可以瞥见海的蔚蓝，显得街道格外险峻。

从早到晚，街道充满了骚动的人民：年轻孩子摇着铃铛，在澡堂门口呼喊；热饮店冒着热气；铁砧的响声震撼空气；祭献太阳的白公鸡在平台上面啼叫；要宰的牛在庙里哞吼；奴隶头顶着篮筐奔跑；在门洞深处有祭司出现，披着一件深沉的一口钟，光着脚，戴着尖帽子。

迦太基的景象刺激野蛮人。他们羡慕，他们憎恨，他们真想一下子毁灭了它，住了过去。但是在三道城墙环护的军港里面藏着什么？再说，城后面，麦嘉辣的深处，高于卫城，有哈米加的府第在。

马道的眼睛时时朝那边望。他爬上橄榄树，手放在眉前，倾斜着身子。花园是空的，黑十字红门经常关着。

他围着城堞转了二十多匝，寻找进城的豁口。有一夜，他跳进海湾，一口气足足游了三小时。他泅到马巴勒岬底下，打算爬上悬崖。膝盖流血，指甲破了，他摔到水里，只好回来。

他为他的无能为力气闷。他妒忌这拥有萨郎宝的迦太基，就像它是一个占有她的什么人。他的麻痹过去了，如今是一阵狂烈的不断的动作的兴奋。火炽的面颊，恼怒的眼睛，嗄哑的喉咙，他在营盘快步走动；或者，坐在岸边，他拿沙子揩着他的大刀。他拿箭射飞过的秃鹫。他的心汪洋着疯狂的语言。

司攀笛道：

——你生气就生个痛快，像一辆乱跑的战车。喊、骂、蹂躏、杀戮。血流了，痛苦也就轻了；既然你不能满足你的爱情，填饱你的怨恨；你会好过的！

马道重新统率兵士。他加紧操练，无所怜惜。大家敬重他的勇敢，特别是他的气力。而且他仿佛激起人一种神秘的畏惧，大家以为他夜晚在和鬼怪说话。他的榜样激励别的队长。军纪不久变好了。迦太基人在家里听见指挥操练的军号。最后，野蛮人逼近了。

要想在海峡歼灭野蛮人，必须同时有两队人马包剿他们的后路，一队在雨地克海湾的深处登陆，一队在温泉山登陆。但是仅仅仗着禁军，多也不过六千人，济得了什么事？万一他们朝东转向，勾结游牧部落，就可以截断迦太基去昔兰尼的道路和沙漠的交通。万一他们往西退，奴米第亚就翻身了。最后，粮草缺少，他们迟早会和蝗虫一样，毁坏四外的田野，富人为他们美丽的堡子、葡萄园和农产担心。

哈龙建议了些残忍和不实用的办法，例如悬重赏买每个野蛮人的头，或者利用船舶和器械焚烧他们的营寨。他的同僚吉斯孔不以为然，主张发还欠饷。然而元老们恨他，由于他的名望太高，因为他们怕有制造独裁的机会，唯恐帝国再现，用力消除余孽或者有助于复辟的力量。

城堡外面住着一群来源不明别属一种的人，——猎豪猪，吃软体动物和蛇。他们到洞穴捉来活的鬣狗，夜晚放在麦嘉辣的沙滩，在墓碑之间驰逐作乐。他们的小房子是用水藻和烂泥糊的，挂在悬崖上面，仿佛燕子窝。他们住在那里，没有政府，没有神祇，乱七八糟，完全赤裸，说软弱却又凶狠，由于吃“脏东西”，若干世纪以来就为人民所厌恶。哨兵发现有一天早晨他们全走了。

终于有些国务会议的委员决定了。他们来到营盘，不戴项圈，不系腰带，云靴敞开，好像近邻的样子。他们安详地往前走，向队长们致敬，或者站住同兵士谈话，说误会解除了，他们的要求就要成功了。

他们中间有些人第一次看见佣兵的营寨。他们原先以为是乱糟糟一片，想不到竟是可怕的有秩序和肃静。一道高高的草墙翼蔽军队，弩炮打来也纹丝不动。走道洒着清水，他们望见帐孔露出褐色的瞳仁，在阴影之中熠耀。一束一束的枪矛和悬挂的甲胄，仿佛镜子，照花他们的眼睛。他们相互低声谈话。他们害怕自己的长袍弄翻了什么东西。

兵士要求食物，发清欠饷。

给他们送来了牛、羊、珠鸡、干果和绿豆，还有熏鲭鱼，是迦太基运到外埠卖的著名的鲭鱼。但是兵士围着肥大的牲畜，反而显出不屑的表示。他们故意贬低自己想望的东西，一只公羊只出一只鸽子的价钱，三只母山羊只出一枚石榴的价钱。吃脏东西的贱民担任评判，硬指他们受骗，于是他们拔出刀来，以杀人相威胁。

国务会议的专员写下每一兵士欠饷的年月数目。但是想要知道从前招募了多少佣兵，如今就不可能，而这笔要付的巨款吓坏了元老们。必须出售存留的席芙穆，增加商业城市的税收。佣兵表示不耐烦，突尼斯已经站在他们那边，哈龙的忿怒和他的同僚的指摘更搅昏了那些富人的头，凡可能认识野蛮人的市民，他们都求他立即去看野蛮人，说些好话，恢复友谊，指望这种信任或许能让他们安静。

商人、文书、制造军火的工人，一家大小全到野蛮人那边去了。

兵士放进所有的迦太基人。但是路窄极了，四个人并排走过，就要身子碰身子。司攀笛站在栅栏口，监督兵士细搜这群来人，马道站在对面观察，希望发现一个他曾经在萨郎宝家里见过的人。

营寨活似一座城，全是人，全在活动。两群人分得清清楚楚，一方面穿的是布，是毛，戴的是松果一样的呢帽；另一方面穿的是铁，戴的是盔；合在一起，并不混淆。在奴仆和行贩之间，来来往往的是各国的妇女，肤色各异：熟海枣一样棕，橄榄一样浅绿，橘子一样黄；来历各异：水手所卖，污泥中所拣，驼队中所盗，攻城时所掠。年轻时候苦于爱情，年老时候挨打挨踢，遭逢溃败，便在行李之间，和丢弃的牲畜一同死于道边。游牧人的妻穿着的骆驼毛织的褐色方格袍子，垂在脚跟上摇摆；昔兰尼加的乐妓披着紫绡，画着眉毛，蹲在席上歌唱；奶头下垂的老黑女人拾捡晒干的兽粪烧火；锡腊库扎[1]女人在头发里插着金片，吕西塔尼亚女人戴着贝壳项圈，高卢女人用狼皮盖着白皙的胸脯，还有结实的儿童，一身虱子，光光的，阳势不割，拿头顶撞行人的肚子，或者仿佛小老虎，从后面过来咬他们的手。

迦太基人在营盘踱来踱去，看见里面存储的东西都要堆积不下了，很是惊讶。最穷苦的人们感到忧郁，其他人也都掩饰着他们的杌陧。

兵士拍打他们的肩膀，激逗他们快活。一见有人来，他们就请过去和他们一同娱乐。扔铁饼的时候，他们安排好了踩他们的脚；斗拳的时候，头一回合就打碎他的牙床。投弹兵以他们的土弹、玩蛇者以他们的蝮蛇、骑兵以他们的马，吓唬迦太基人。这些安分守己的人们，碰到任何强暴，低下头，强勉自己微笑。有些人表示勇敢，做手势愿意当兵。他们被带去劈柴，刷洗骡子。他们被扣在铠甲里面，像桶一样在营盘的走道滚动。随后，他们想走了，佣兵又以做鬼脸揪头发假意挽留。

许多佣兵由于愚蠢或者成见，天真烂漫地以为迦太基人全都非常富足，跟在后面，求他们赏点儿东西。他们要

---

① 锡腊库扎，又称叙拉古，古代西西里岛东部的城邦国，第一次布匿之战中受迫支持罗马与迦太基作战，第二次布匿之战时坚决抵抗罗马入侵，支持迦太基，但最终被罗马所灭。

一切他们认为美丽的东西：戒指、腰带、皮带鞋、袍子的流苏，等迦太基人被剥光了，嚷嚷："我什么也没有了。你们还要什么？"他们回答："你的女人！"有的就说："你的性命！"

欠饷清单交给队长，念给兵士听，完全同意了。他们还要营帐，营帐也给了他们。接着希腊的军官又要迦太基制造的美丽的甲胄，国务会议公决了一个数目去买。然后骑兵又说，共和国应当赔偿他们的马匹：一个说在某次攻城丧失了三匹，另一个说在某次进军损失了五匹，又一个说在某次翻越深谷死了十四匹；给他们送来海喀东皮勒的种马，他们却只愿要钱。

随后他们要求拿现银（银币，不是皮钱）付清积欠他们的全部麦子，照战争期间最高的售价计算，结果一份面粉的要价会比一袋小麦高出四百倍。这样的不公道也太欺人了，但是必须接受。

于是佣兵的代表和国务会议的代表达成一致，以迦太基的守护神和野蛮人的神灵宣誓。他们以东方繁琐的礼貌和冗赘的语言互相道歉，互表亲爱。然后佣兵要求惩罚那些诬使他们叛离共和国的奸人，作为一种友谊的证明。

迦太基人假装没有听懂。他们往更清楚里解释，说他们要哈龙的脑袋。

白天，他们走出营寨好几次。他们在城墙底下散步，喊着要他们丢下徐率特的头颅，摊开袍子来接。

国务会议眼看就要认输，然而来了一个最后的异常浑账的要索：他们要求挑选名门闺秀和他们的首领缔婚。这是司攀笛的主意，好些人也就以为应当，办得到。但是妄想和布匿的血统混合，却惹翻了迦太基人。大家干脆向他们表示，不再接受任何条件。于是他们闹闹嚷嚷，说他们受骗了；假如三天以内不关饷，他们就要亲自到迦太基来取。

佣兵们一再失信，他们的敌人以为无过于此，其实还有甚于此者在。哈米加曾经许下他们一些过分的希望，虽说模糊，却也严肃而又重复了好些次。他们原以为回到迦太基，城就归了他们，宝藏由他们均分。等他们一看连饷银几几乎都不关，因而幻灭的不仅是他们的骄傲，正也是他们的贪婪。

戴尼①、皮洛斯，阿嘉陶克来斯②和亚历山大③的将军

---

① 戴尼又译狄奥尼修，公元前405—前367年的锡腊库扎国王，曾一度战胜迦太基成为西西里岛的霸主。

② 阿嘉陶克来斯，出身低微，甚至做过陶工，因军事天才步步高升，在贫民和佣兵支持下经过三次努力终于政变成功，公元前317—前289年成为叙拉古的僭主，曾率军渡海与迦太基争战，并自封为西西里王。

③ 亚历山大，这里应指公元前336—前323年马其顿国王亚历山大大帝，他是著名的军事统帅，建立了马其顿领导下的统一的希腊诸城邦，并征服了波斯及其他亚洲王国，直至印度的边界。

们，不全都是运气异常好的榜样？海尔库勒[1]，迦南人当作太阳，是所有军队天边熠耀的理想。大家知道，小兵也加过冕，高卢人在他的橡树林，埃塞俄比亚人在他的沙漠，听见帝国倾覆的声响，不由起了遐想。同时另有一种人民永远准备好了利用别人的勇敢：部落驱出的窃贼，道路流亡的杀父奸宄，神灵追逐的回邪，所有的饿汉，所有的亡走，全都设法抵达迦太基招募兵士的码头。平时它还说话算话。然而这次，过度的吝啬把它卷入一种不名誉的险境。奴米第亚人、利比亚人、全非洲眼看就要朝迦太基扑去。似乎只有海是平安的，可是在这方面又遇到罗马人，仿佛一个人碰到好些刺客，他觉得四周全是死亡。

必须再求吉斯孔出面，野蛮人接受他的调解。有一天早晨，他们看见码头的铁链放下，三条平底船，穿过代尼亚运河，进了潟湖。

在第一条船的船头，大家望见吉斯孔。身子后面，比灵台还高，立着一个大柜，垂着一个花冠一样的铁环。再次是一队翻译，头梳得如同斯芬克司，胸脯画着一只鹦鹉。好些朋友和奴仆跟随着，全没有武器，肩碰肩，多到不可胜数。三条长船，满到要沉了，在遥望的军队欢呼之

---

① 海尔库勒，希腊神话中著名的大力神，也被称为赫拉克利斯，是宙斯的私生子，不惧天后赫拉的贬斥，神勇地完成了十二项伟业还解救了被缚的普罗米修斯。

中驶来。

吉斯孔一下船，兵士立刻跑来迎他。他拿口袋搭成一个讲台，宣布他在欠饷没有全部付清之前绝不走开。

一片喊好的声音，他许久不能够讲话。

他接着责备共和国和野蛮人各自的过错，承当过失的应是少数几个乱徒，他们的暴烈吓坏了迦太基。它的好意的最好的证明，就是派他到他们这里，他，徐率特哈龙的死对头。他们千万不要假想人民胡闹，有意招惹勇士们生气，也不要以为人民忘恩负义，否认他们的功绩。然后吉斯孔着手发饷，由利比亚人开始。因为他们曾经宣称名单不实，他就不再使用。

他们按照国籍，挨次在他面前走过，伸出手指，表示年限；然后一个挨一个，左臂画一道绿；文书在敞开的箱口掏摸，有的拿小锥往铅板上戳窟窿。

过来一个人，牛一样慢条斯理走着。

徐率特疑心有弊，说：

——上来，靠近我，你干了多少年？

利比亚人答道：

——十二年。

吉斯孔拿手指伸到他的下巴底下，因为盔带绑久了，会在这里留下两块胼胝，大家把这叫做荚儿，“结荚儿”就等于说那人是老兵。

徐率特喊道：

——浑账！脸上没有，你肩膀上也应当有！

他撕开他的军服，露出他的血淋淋的长癣的背脊，这是伊包茶芮特[①]的一个佃夫。起了骂声，他被砍了头。

到了夜晚，司攀笛就去喊醒利比亚人。他对他们讲：

——里古芮亚人、希腊人、巴莱阿里人和意大利人关过饷，就全回去了。可是你们，你们待在非洲，在你们的部落零星散开，没有一点抵挡的东西！那时候呀，看共和国不报仇的！出门千万要提防！你们真就相信他的话吗？两位徐率特是一伙的！这家伙明明在欺负你们！你们想想白骨岛[②]和拿烂船送回斯巴达的桑地浦吧！

他们问：

——我们怎么办？

司攀笛道：

——细细想想！

结连两天付清马格达拉人、莱浦地司人[③]、海喀东皮勒人，司攀笛来到高卢人当中挑拨：

——利比亚人付清了，接着要付的是希腊人，再后是

---

① 伊包茶芮特是腓尼基人建立的殖民地，北非最北端的城市，即今天突尼斯的比塞大港。

② 白骨岛，指西西里岛，战场上留下成千上万佣兵的残骸。

③ 马格达拉即《圣经》中所称加利利海附近的抹大拉；莱浦地司在奴米第亚境内，即今利比亚的胡姆斯地区。

巴莱阿里人、亚细亚人，所有别人！可是你们人数不多，人家什么也不会给你们！你们再也不会看见你们的祖国！你们也不会有船！他们会弄死你们，为了节省粮食。

高卢人来看徐率特。欧塔芮特，被他在哈米加府上打伤的那个人，向他提出质问。欧塔芮特被奴隶推开，不见了，但是发誓要报仇。

要求和怨言增加了。最固执的冲进徐率特的帐幕。为了感动他，他们拿起他的手，要他摸摸他们没有牙的嘴、消瘦的臂和伤疤。没有关到饷的发怒了，关了饷的又想为他们的马多要钱；流氓、被放逐的人们，拿起兵士的武器，硬说他们被遗忘了。每一分钟，旋风一样赶来一群人；帐幕响着，倒了；人群挤在营垒之间，从门到中央，叫嚣着，摇曳着。骚乱太厉害了，吉斯孔便拿一个肘子拄着他的象牙权杖，一动不动，手指伸在胡须里面，望着海。

马道时常走开和司攀笛谈话，然后他站在徐率特对面，吉斯孔永远感觉他的瞳孔像两枝火箭向他射来。好几回隔着群众，他们互相咒骂，但是谁都听不见；然而分发在继续，徐率特遇见困难，总想出办法救急。

那些希腊人有意在货币兑换上寻事。他详详细细为他们解释，他们哑口无言地走开。黑人要非洲腹地做交易用的白贝。他说他差人到迦太基去取，于是，他们就如别人一样接受了银钱。

但是曾经许下巴莱阿里人更好的东西，就是女人。徐率特回答，正有一队姑娘为他们运来，道路长，还得等六个月。等她们长胖了，抹上安息油，会拿船送到巴莱阿里人的码头的。

忽然，查耳萨斯，如今将息得又美又壮，像一个卖艺人跳上朋友的肩膀，指着迦太基城内的嘉蒙庙门，喊道：

——你给死人也留的有吗？

从上到下护着庙门的铜片迎着夕阳辉耀，野蛮人相信望得到上面残留的血迹。每逢吉斯孔要说话，他们的呼声就又开始了。最后，步子重重地，他走下来，把自己关在帐幕里。

黎明他走出帐幕，他的翻译睡在外面，全不动弹；他们朝天躺着，眼睛定定的，脸发青，舌头垂在牙边。鼻子流出一些白浆，四肢僵挺，好像一夜的寒冷把他们全冻死了。每人颈项扣紧一匝灯心草。

从这时起，反叛再也止不住了。查耳萨斯提醒人杀害巴莱阿里人那件事，证实司攀笛的疑惧。他们想象共和国永远设法欺骗他们。必须告终！勿需乎翻译！查耳萨斯拿投弹带扎头，唱着战歌，欧塔芮特挥动他的大刀，司攀笛对这个人耳语几句，送那个人一把刺刀。最强项的试着自己关饷，火气最小的要求继续分发。人人如今不离开武器。所有忿怒联合起来对付吉斯孔，合成一种乱纷纷的憎恨。

有些人上来，站在他的两旁。只要他们是在咒骂，大家耐住心听，但是他们要是有半个字回护他，他们不是马上挨石头打，就是后头要来一刀，砍下他们的脑袋。口袋堆积的讲台变得比一座祭坛还红。

用过饭，喝了酒，他们才叫可怕！布匿军队是把喝酒的愉快当死罪禁止的，他们却朝迦太基那边举起杯子，讥笑它的纪律。然后他们走向管钱的奴隶，重新开始屠杀。“打”这个字，各种语言不同，然而人人听得懂。

吉斯孔清楚祖国舍弃他了，然而尽管祖国忘恩负义，他不愿意玷辱。他们提醒他曾经许下他们船舶，他以摩洛神发誓，会亲自出钱解决，并且抓下他的蓝宝石项圈，丢进人群，作为信物。

于是非洲人根据国务会议的契约，要求麦子。吉斯孔摊开席西特提供的用紫颜色写在羊皮上面的账目，按着时间，一月又一月，一天又一天，读着一切迦太基的进货。

忽然两眼睁圆，他住了口，仿佛在数字中间发见死刑的宣告。

说实话，元老们舞弊，减小数字，在战争最艰难的期间，麦子的卖价低到除非是瞎子才会相信的程度。他们嚷道：

——念呀！高点儿声！啊！懦夫，他想撒谎！别相信他。

他迟疑了一时。最后，他继续他的任务。

兵士想不到元老舞弊，当真接受席西特的账目。于是迦太基的富裕使他们陷入一种疯狂的嫉妒。他们打开空了四分之三的枫木柜。他们看见里面出来那么多钱，以为取之不竭，吉斯孔想必拿钱埋在帐幕里了。他们攀着口袋往上爬。马道领头。他们嚷着："银子！银子！"吉斯孔最后回答：

——叫你们的将军给你们！

他看着他们的脸，不言语，眼睛大而黄，脸长长的比他的胡须还白。飞来一枝箭，羽翎阻住，停在他的大金耳环里面。血从他的金冠流到他的肩膀。

看见马道挥手，大家全往前冲。吉斯孔伸开两臂，司攀笛拿一个活结套住他的手腕，另一个人把他放倒，群众在口袋上面跌跌打打，他消失在混乱之中。

他们进攻他的帐幕。他们只在这里寻到生活必需的东西，然后，细加搜索，三个达妮媞的神像，一张猴皮包着一块月亮掉下来的黑石。许多有身份的迦太基人愿意陪伴他，全属主战的一派。

他们都被拖到帐外，丢在粪坑里面。铁链兜住肚子把他们拴在牢实的木桩上面，食物拿枪尖伸给他们。

欧塔芮特一边看守他们，一边拿话咒骂，然而因为他们不懂他的语言，他们并不还口。高卢人不时拿石子丢他们的脸，为听他们叫唤。

从第二天起，一种类似厌倦的感觉侵袭军队。如今怒火消了，他们感到不安。马道为一种迷蒙的忧郁所苦。他觉得他像间接污渎了萨郎宝。这些富人仿佛是她的一种附属品。他夜晚坐在他们的坑沿，他从他们的呻吟听到什么汪洋在他的心田的声音。

然而人人怨尤利比亚人，只有他们关过饷。不过，种族间的恶感和个人的恩怨虽说复苏，大家同时却也感到其中的危险。在这样一种杀害之后，报复会是可怖的。所以必须预防迦太基报仇。聚会和议论就没有一个终止。人人说话，谁也不听谁，司攀迪平时多嘴多舌，如今听到各种建议就只是摇头。

有一天黄昏，他随意地问马道城内有没有泉眼。马道回道：

——没有！

第二天，司攀笛把他带到湖滨。

旧日的奴隶道：

——主子！你要是有胆子，我带你到迦太基去。

另一位喘吁道：

——怎么样去？

——你发誓执行我的一切命令，跟着我如一个影子！

于是马道，朝沙巴行星[①]举起臂，喊道：

——达妮媞在上，我全依你！

司攀笛继续道：

——明天太阳落了以后，你到引水渠的尽头等我，在桥洞九和十之间。你带一把铁斧、一顶没有帽缨的军盔、一双皮带鞋。

他所说的引水渠，斜斜穿过全部海峡，——一件了不起的工程，后来再经罗马人加宽。虽说蔑视其他民族，正如罗马仿造布匿式战船，迦太基也向他们拙笨地学来引水渠这种新发明：五排叠杂的拱架，一种臃肿的建筑，靠底有支墙，尖端饰以狮首，在卫城的西部收煞，然后进入城底下，差不多河水一般注入麦嘉辣的蓄水池。

临到约好的时间，司攀笛在这里寻到马道。他在一条绳子的末梢拴了一个鱼叉模样的东西，迅速旋转如一条投弹带，于是铁器钩牢了，他们便一个跟一个，缘墙而上。

然而等他们爬上第一层，他们每次往上抛的鱼叉都掉了下去；为了寻找裂缝，他们不得不在飞檐的边沿行走；每上一层拱架，他们就发现飞檐越发窄了。随后绳子也变松了，好几次险些断掉。

他们终于上到最高的平台。司攀笛不时弯下身子，用

---

① 沙巴行星就是金星。

手试探石头。

他道：

——就是这里。动手好了！

于是顶住马道带来的棍棒，他们总算撬开一块石板。

他们望见远远驰来一队骑兵，骑着不戴笼头的马。他们佩戴的金镯随着一口钟上襞褶的波动而跳跃。他们看清领头的一个人戴着鸵鸟羽毛，一手握着一管枪。

马道喊道：

——纳哈法！

司攀笛道：

——管它哪！

他跳进他们方才掀开的窟窿。

马道依从他的命令，试着推动一块石头。但是没有空地，他伸不开两肘。

司攀笛道：

——我们回来再说，你领前。

于是他们钻进水管。

水淹着他们的肚子。不久就蹒跚了，他们必须游泳。他们的四肢撞着太窄的运河的墙壁。水差不多就贴着头上的石板流，他们的脸剐破了。水涌着他们流。一种比冢穴还要阴沉的空气压抑他们的胸脯，头在两臂中间，膝盖并紧了，尽量往长里伸，他们箭也似的在暗中流过，噎窒，喘吼，差不多和死了一样。忽然，眼前一片黑，水速加快，他们沉了下去。

等他们重新浮到水面，他们好几分钟仰天不动，吸着空气，心神感到舒畅。宽大的墙壁把水塘隔开，拱洞就在墙壁当中挖成，一个接一个。所有的水池都是满满的，彼此相通，连成一片。从天花板圆顶上的风眼射下一道道苍白的光线，在水面上摊开，仿佛若干光盘。而四周的黑暗，离墙越近越厚，把墙推向一个无限的距离。一点点声音引起一片大的回声。

司攀笛和马道重新游泳，穿过拱洞，一边泅过好几个水房。两排较小的水塘，在两旁平行地展开。他们迷了路，转着圈，又回来了。最后，有什么东西抵住他们的脚跟。这是沿着池塘边的走廊的石地。

于是他们小心翼翼地往前走，摸着墙，寻找出路。但是，脚滑了，他们跌进深深的水潭。他们浮上来，又沉了下去。他们感到一阵可怕的疲倦，好像游泳时节，四肢在水里融化了。他们闭住眼睛，他们等死。

司攀笛的手触到一个栅栏的铁棍。他们摇动它，栅栏倒了，他们爬上一座楼梯的台阶。顶高处有扇关住的铜门。他们拿刀尖拨开从外开启的门闩，忽然，纯洁的新鲜空气包围他们。

夜静极了，天高得不得了。一丛一丛的树木探出院墙长长的行列。全城在安睡。前哨的灯火像失落的星星在闪耀。

司攀笛曾经在地窨待过三年，辨别不出区域。马道推测，要去哈米加府第，他们应当朝左手走，穿过马巴勒岬区。

司攀笛道：

——不，带我到达妮媞神庙去。

马道想说话。

旧日的奴隶举起臂，指着辉耀的沙巴行星道：

——想着你的话呀！

于是马道不作声，转向卫城。

他们沿着道边的仙人掌篱笆匐匍向前。水从他们的四肢滴到尘土上面。湿淋淋的皮带鞋没有一点声音，司攀笛走一步搜索一下低矮的树丛，眼睛比火把还要明亮；——他走在马道后面，手放在两臂戴着的一对刺刀上面，用一个皮环吊在腋下。

五　达妮媞

走出花园，他们发现麦嘉辣的围墙挡住他们的去路。但是他们在高大的墙上找到了一个豁口，就又过来了。

地势低了，形成一片十分宽阔的溪谷，藏身不得。

司攀笛道：

——听！先什么也不要怕！……我要完成我的诺言的！

他停住，他仿佛寻找话，一副思维的模样。

——你还记得那一回，天才亮，在萨郎宝的平台上，我指迦太基给你看？我们那一天挺强，可是你不肯听话！

随即以一种严重的声音道：

——主子，在达妮媞的神龛有一条神秘的纱帔，天上掉下来，盖着女神。

马道说：

——我知道。

司攀笛继续道：

——因为做成女神的一部分，纱帔本身也就神化了。

神住在有偶像的地方。正因为迦太基有这条纱帔，所以迦太基强大。

然后俯向他的耳朵：

——我带你来就为把它抢走！

马道往后惊退：

——走开！找别人干这个！我不要帮你干这种无法无天的恶事。

司攀笛回道：

——不过达妮媞是你的对头。她折磨你，你在她的愤怒之中死亡。拿颜色给她看。她就顺从你了。你会变得不朽和无敌。

马道低下头。他继续道：

——我们要完蛋了，军队眼看就要溃散。我们别妄想逃走，也别妄想有人援救、饶恕！神有什么惩罚你好怕的，既然你手里握住神的法宝？难道你真还愿意有一天黄昏打败仗，走投无路，躲在矮树丛；要不，挨老百姓辱骂，丢在火里？主子，有一天你杀进迦太基，两旁跪着大祭司，亲你的皮带鞋，达妮媞的纱帔要是让你心身不宁，你将来送回她的庙好了。跟我走！把纱帔拿走。

一种可怕的欲望吞蚀马道。他愿意得到纱帔，然而不要渎神。他对自己讲，垄断它的效能，不一定就需要把它弄走。他并不追究到底，思想才一让他害怕，他就不想下去了。

他说：

——走吧！

于是他们快步走开，并着肩，不言语。

地又高了，房屋近了。他们在暗地里转进窄巷。好些封门的破席片打着墙响。好些骆驼在一个广场当着成堆割下来的草咀嚼。然后他们穿过一个树叶荫翳的回廊。一队狗在吠。但是地面忽然放开阔了，他们认出是卫城的西面。在比耳萨底下露出一堆又长又黑的东西，这是达妮媞庙，由纪念物、花园、前院和后院组成，一堵石头垒成的矮墙围在四匝。司攀笛和马道跳过墙。

这头一道围墙是一片篆悬木树林，防御瘟疫和空气的腐恶。远远近近搭着一些帐幕，白天有人在这里卖些拔毛药膏、香料、衣服、月饼和用玉石浮挖的女神像与庙的景物。

他们没有什么好害怕的，因为没有月亮的夜晚，一切典礼停止举行。但是马道放慢步子，当看到第二道围墙的三个乌木台阶，他站住了。

司攀笛道：

——往前去呀！

石榴树、杏树、扁柏和桃金娘树，一动不动如古铜枝叶，整齐地交错而立。铺着蓝石子的小路，在脚步之下响着，开放的玫瑰一团一团悬在全部小径的上空。他们来到一个卵形的窟窿，护在一座栅栏里面。于是，被沉静吓住了的马道便向司攀笛道：

——甜水和苦水就在这里混合。

旧日的奴隶道：

——我在叙利亚马浮格城里全经见过。

他们蹬上一座六级银台阶，来到第三道围墙。

正中立着一棵庞大的柏树。最低的树枝全被信士们悬挂的布幅和项圈遮掩住了。他们又走了几步，庙的前脸露出来了。

柱额压着短粗的柱子，两道长廊环绕一座方塔，它的楼板装潢着月牙。廊隅和塔的四角立着一些瓶子，里面充满燃烧的香料。柱头坠着石榴和葫芦。墙上是绠带饰、菱形和珠线的错落重复。一个银线篱笆做成一个半圆，围住下到过厅的铜楼梯。

入口立着一个石圆锥，介乎一座金碑和一座碧玉碑之间。马道在旁边走过，吻着自己的右手。

第一间房非常高，顶上有无数孔隙；仰头可以望见星宿。沿墙的苇筐里面，堆着胡须和头发，青春时期的新生之物；圆室正中躺着一个女身，探出一个饰满乳房的罩子。肥胖、有胡须，眼帘低垂，微笑的模样，两手交搭在她那被群众的亲吻磨光了的大肚子的边沿。

他们随即吸到新鲜空气，走进一道横廊，一座小到不能再小的神坛贴住一扇象牙门。这里不许常人通过，只有祭司可以出入，因为庙宇不是一个群众集合的所在，而是一尊神的私宅。

马道说：

——事情没有成功的可能。你就没有往这上头想！回去罢！

司攀笛检查四墙。

他要纱帔，不是因为他信任它灵验（司攀笛只信神签），而是以为迦太基人看见自己没有了它，就会颓丧的。为了寻找门路，他们在后边兜了一个圈子。

在一丛一丛菩提子树底下，可以望见好些形式不同的小建筑。远远近近立着一根根石头阳具。好些大公鹿安安详详地溜达，蹄子踢着落在地面的松实。

他们退到两座平行前进的长廊中间。靠边是修行的小居室。柏木柱子，从上到下，挂着小鼓和铙钹。有些女人躺在室外的席上睡觉。她们的身体肥渍渍的，全是油膏，发出一种熄了的香炉和香料的气味；她们一身的文采，戴着项圈和戒指，涂着朱砂和锑，要不是肚子在动，别人真还以为是横在地面的木偶。荷花围着一道泉水，里面游着和萨郎宝家相同的鱼；再往里去，贴住庙墙，展开一架葡萄，琉璃做成的嫩枝嫩叶，碧玉做成的葡萄：宝石的亮光在画柱之间，在酣睡的面孔上做着光的游戏。

热气回环于柏木板壁之间，使马道感到噎窒。这些繁殖的符志，这些香味，这些闪烁，这些嘘息，全在压抑他。在这些神秘的眩惑之中，他想着萨郎宝。她和女神本人成为一体，他的爱情因而更强，就像大荷花在深深的水面之上开放。

司攀笛在计算拿这些女人卖掉，依照从前，他可以赚多少银子。他走过的时候，快眼一掠，估出金项圈的重量。

在这边犹如在那边，庙还是进不去。他们回到第一间房后面。司攀笛摸索、搜寻，马道却匍匐在门前，向达妮媞呼吁。他求她不要允许渎神的举动成功。他试着用甜言蜜语软化她，就像对付一个生气的人。

司攀笛注意到门上有一个狭窄的气孔，他向马道说：

——起来！

他让他靠墙站直了，然后，一只脚蹬住他的手，一只脚踩住他的头，他爬到通气孔，进去，不见了。马道随即觉得一个绳结下来打着他的肩膀，那是司攀笛跳进池沼以前缠在身上的那根绳子。于是两手揪牢，他不久发现自己站在他一旁，来到一个充满阴影的大厅。

像这样劫盗的事的确少有。防范不周证明人人以为这不可能。恐怖保卫神龛，比墙好多了。马道走一步，等一回死。

然而黑暗的深处晃荡着一点亮光，他们走了过去。这是一盏灯，在蚌壳里面燃烧，放在一尊雕像的座子上面。雕像戴着喀毕尔神的帽子，蓝长袍上撒着金刚钻圆盘，链子陷在石板底下，拴牢她的脚跟。马道险些喊了出来。他呢喃道：“啊！她在这里！她在这里！……”司攀笛拿起灯照亮。

马道唧哝着：“你这人多不敬神！”不过他还是跟着他走。

他们走进去的房间只有一幅黑色的画，形象是另一个女人。她的腿一直伸到墙头。身子占了整个天花板。从肚脐垂下一根线，连着一枚大蛋，然后头向下，翻到另一堵墙，尖尖的手指垂到石地。

他们掀开一块壁毡，为了往前走。但是风吹过来，灯灭了。

于是他们迷失方向，在繁复的建筑之中乱走。忽然，他们觉得脚底下有什么东西，奇怪的柔滑。火星在闪、在冒，他们走在火里。司攀笛拿手摸地，才清楚地上仔细地铺着一层猞猁皮。随后，他们觉得一条粗绳子，又湿、又冷、又黏，在腿裆溜过。墙上有些裂口，射下一些细的白光。他们朝着这些莫名其妙的光走。他们终于看清一条大黑蛇。它连忙蹿开，不见了。

马道喊道：

——快逃！是她，我觉得；她来了。

司攀笛回道：

——没有的话！庙是空的。

于是一道强光照来，他们不得不低下眼睛。他们随即看清四周无限的走兽，枯瘦、喘吁，耸起脚爪，以一种神秘的惊人的层次，一个叠积一个。蛇有脚，牛有翅，人头的鱼在吞果子，花在鳄鱼的牙床开放，象在天空高举着鼻子，傲然如鹰。它们以一种可怕的力量张开自己残缺不全或者生长过多的肢体。它们伸出舌头，好似有意吐出它们的灵魂；这里有万千形象，好像孵化的胎盘忽然裂开，全部倾在厅墙上面。

老虎一样的妖怪托着十二个蓝水晶球，团团排在大厅的四周。瞳孔探出，仿佛蜗牛的眼睛，它们弯着粗腰，转向紧底：在一辆象牙车上，辉耀着至高无上的辣拜媞娜，司掌繁殖，最后创造。

鳞、羽、花和鸟一直堆到她的肚子。她的耳环是打着她的面颊的银铙钹。她的定定的大眼睛看着你，一块发光的宝石，一种淫邪的符志，嵌在她的额头，映着门上的红铜镜子，照亮全厅。

马道迈前一步，一块石板踩下去了，于是圆球开始旋转，妖怪吼号；起来一阵音乐，抑扬婉转，有如天乐；达妮媞的骚乱的灵魂流泻散开。她要站起来了，臂伸开，大厅一样大。妖怪忽然闭住喉咙，水晶球不再旋转。随即一种悲惨的音调，在空中摇曳了一时，终于息止。

司攀笛道：

——纱帔呢?

他们什么地方也没有望见。到底在什么地方？怎么寻找？是不是祭司把它藏掉了？马道感到一阵心痛，仿佛白白信仰了一番。

司攀笛细声道：

——这边走!

一种灵感指引着他。他把马道领到达妮媞的车后，墙面自上而下，开着一条裂缝，有一肘宽。

于是他们走进一间小小的圆厅，高极了，活像一根空心的柱子。当中是一块半圆的大黑石头，仿佛一面鼓，上面燃着火焰，后边立着一个乌木圆锥，有头有双臂。

但是，再往远去，真可以说是一片云，还有星星闪烁；有些形象露在云层深处，它们是艾实穆和喀毕尔、若干已经见过的妖怪、巴比伦人的神兽和好些他们不认识的禽兽。这片云在木偶的面孔底下形成一件一口钟，再高高的在墙上摊开，挂在角隅，浅蓝如夜，黄如晨曦，红如太阳，层叠、透明、闪耀、轻盈。这正是女神的一口钟，常人无缘得见的圣衣。

两个人脸色苍白了。

马道最后说：

——拿走它！

司攀笛并不迟疑，他靠住木偶，摘下纱帔，落在地上。马道伸过手去接住，然后由它的开口钻进头，裹住全身，伸开臂，为了更好端详。

司攀笛道：

——走吧！

马道喘吁着，两眼定定看住石地。

他忽然喊道：

——我到她家不好吗？我不再害怕她美了，不是吗？她能够把我怎么样？现在，我不是一个寻常人了。我可以蹈火，我可以履海！什么力量带着我走！萨郎宝！萨郎宝！我成了你的主子！

他吼着。司攀笛觉得他变了样，身子也高多了。

来了一片脚步声，一扇门打开，露出一个人，是个祭司，高帽子，眼睛裂开。不等他有什么动静，司攀笛扑了上去，大把搂紧，拿两把刺刀插进他的腰胁。接着是头跌在石地上的响声。

然后，一动不动如死尸，他们静静听了一会儿，只有风在半开的门缝呢喃。

门对着一个窄狭的过道。司攀笛奔过去，马道尾随着，他们差不多立即来到第三道围墙，介乎侧庑之间，这里是祭司的居室。

小屋子后面应当有一条近路出去。他们迟疑着。

司攀笛蹲在泉水旁边，洗他的血手。妇女睡着。碧玉的葡萄闪耀着。他们重新上路。

但是有人在树底下追着他们跑。马道披着纱帔，觉得好几回有人轻轻从下面揪它。这是一只大狒狒，自由地栖息在女神庙四周的生物之一。它好像清楚这是偷盗，抓住纱帔不放。然而他们不敢打它，害怕加强它的呼喊；它的愤怒忽然平息，和他们并肩走着，摇着身子，长长的胳膊垂着。随后，走到栅栏，它只一纵，就跳上一棵棕榈树去了。

走出最末的围墙，他们奔向哈米加的府第，司攀笛明白想叫马道不去是没有用的。

他们穿过皮匠街、缪丹巴广场、草市和席纳散街口。有个人走到墙角，看见黑暗之中有东西发亮，吓回去了。

司攀笛道：

——藏起圣衣！

又过来一些别的人，但是没有注意到他们。

他们终于认出麦嘉辣的房屋。

盖在后面的灯塔，站在绝崖顶端，射出一道强大的红光照耀着夜空。宫殿带着一层又一层平台，把影子投向花园，仿佛一座绝大的金字塔。他们拿刺刀砍掉树枝，由枣树篱笆进来。

一切持有佣兵宴会的痕迹。园囿是残破的，水渠干了，地窖的门敞开。厨房和库房附近不见有人。一片沉静，有时上了脚桎、行动不便的大象发出沙哑的嘘息，灯塔上面燃着一堆芦荟，噼里啪啦在响，此外就什么声音也没有了。他们惊讶了。

但是，马道一再重复：

——她在什么地方？我要见她！带我去！

司攀笛道：

——你疯了！她一喊叫，奴隶跑来，别瞧你气力大，你死定了！

他们就这样来到船形楼梯。马道仰起头，他以为望见顶高的地方有一片朦胧的柔和的亮光。司攀笛才想拦他，他已经奔上台阶了。

他回到从前看见她的地方，光阴在他的记忆之中留下的空当消灭了。她方才还在酒席之间歌唱，她不见了，从那时起，他一直在上这个楼梯。头上的天全是火光，海充满天边，他走一步，就有一片更大的浩瀚环绕他的四周。他继续往上爬，奇怪地轻捷，就和做梦一样。

纱帔拂着石头的窸窣让他想起他的新的权能，但是希望过分强烈，他现在反而不清楚他应当怎么做了，心里没有准章程，他胆怯了。

他不时拿脸贴住关闭的房门或者房窗的四方框架，以为看见有些人在若干房间睡觉。

最后一层更窄了，活像一粒骰子放在平台的顶端。马道慢悠悠地绕了一匝。

一道乳色的光充满堵塞墙上小洞的滑石薄板，这些薄板平行嵌镶，在黑暗之中仿佛一行一行的珍珠。他认出那黑十字红门。心跳得更厉害了，他直想逃。他推门，门开了。

一盏灯船挂在房间远僻处燃烧，银的船身下露出三道光，在高高的红底黑道的板壁上面颤栗。天花板由镀金的梁条拼成，木头结节当中嵌着紫晶黄玉。一张白皮带做的矮床，顶着房间两边的高墙，介壳一般的圆形拱架，嵌在上面墙里，露出一件垂下的衣服拖到地上。

一条玛瑙走道环绕着一个卵形浴池，精巧的蛇皮拖鞋和一只白玉水壶放在边沿。远处有湿淋淋的脚印，幽雅的香味弥漫着。

马道轻轻踏着镶嵌金子、珠贝和琉璃的石地，地面虽说光滑洁净，他觉得他的脚往下陷，似乎走在沙里。

他望见银灯后面，有一幅大的天蓝方块，由上面垂下四条绳子悬在半空。于是他张着嘴，弯着腰，朝前走。

嵌在黑珊瑚枝头的丹凤羽翎，散在红垫子、玳瑁马刷、柏木箱和象牙调药器之间。戒指、镯子挂在羚羊角上，陶土瓶子放在墙洞的一个芦苇架子上面晾干。他蹶了好几回，因为地面要把房间分隔开，弄得高低不平。紧底，银栏杆围着一块画着花的毯子。他最后来到挂着的床前，靠近一只上床的乌木凳。

但是光在床边停住了；——阴影仿佛一副大帐子把床遮住，只露出一角红褥和一只朝上的光光的小脚的脚尖。马道于是轻轻移过灯来。

她睡着，脸贴住一只手，另一只臂伸直了。一圈一圈头发在她四围散开，密密匝匝，她好像躺在黑羽毛上面；她的宽大的白内衣顺着她的身体的曲线，起起伏伏，形成柔柔的褶子，直到脚边。眼帘闭着一半，眼睛微微显露；帐子笔直垂下，以一种浅蓝气氛包围着她；她的呼吸的运动传给绳子，好像在半空摇她。一个长长的蚊子正在营营。

马道动也不动，远远拿着银船，不料蚊帐忽地一下子燃着，不见了，惊醒萨郎宝。

火自己熄了。她不言语。灯照着板壁，形成大的亮晶晶的花纹摇曳。

她说：

——那是什么？

他回道：

——是女神的纱帔！

——女神的纱帔！

萨郎宝叫唤起来。于是拄着两个拳头，她探身向外，颤颤索索。他继续道：

——我为你到神龛的深处找了它来！看呀！

圣衣放出光芒，绚烂一片。

马道说：

——你还记得吗？那夜，你在我的梦里出现，不过我猜不出你的眼睛的无字的命令！

她拿一只脚放在乌木凳上。

马道继续道：

——我要是懂，我早就赶来了，我会丢开军队来的。我也就不会离开迦太基了。为了服从你，我可以穿过哈德鲁梅[1]洞，下阴曹地府……原谅我！这些日子就像有大山压着我，可是又有什么带着我走！我试着到你跟前来！不是神的话，我怎么也不敢这么做！……我们走吧！你一定要跟我走！如若不然，你不愿意走，我就待下来。我什么也不在乎……把我的灵魂沉没在你的嘘息里面！让我的嘴唇为了香你的手压碎！

她道：

——让我看呀！再近点儿！再近点儿！

曙光起了，一种葡萄酒的颜色充满墙里滑石薄板。萨

---

① 哈德鲁梅是北非丰饶的萨赫勒地区一颗明珠、濒临地中海的港口城市，曾是腓尼基人的殖民地，即今突尼斯的苏萨港。在希腊神话中冥王被称为哈得斯，哈德鲁梅洞窟的传说与其有关。

郎宝有些软弱，倚住枕头。

马道喊着：

——我爱你！

她呢喃着："把它给我！"于是他们凑近了。

她一直在朝前走，披着她的拖地的白袍，大眼睛瞪着纱帔。马道端详着她，慑于她头部的光辉，拿纱帔向她张开，要在搂抱之中把她裹住。她伸出臂。她忽然停住，于是他们张着嘴，相互看着。

不明白他企求些什么，她恐惧了。她的两道细眉聚起来了，她的嘴唇张开，她打哆嗦。最后，她敲着悬在红褥角落的铜器，嚷着：

——救人呀！救人呀！走开，渎神的人！浑账东西！该死的东西！到我这儿来呀，达纳克，克罗屋穆，艾瓦，米席浦萨，沙奥屋尔！

司攀笛惊恐的脸，在墙上陶土瓶子之间出现了，急急喊着：

——逃呀！他们来了！

一阵大的骚乱自下而上，摇撼楼梯；妇女、厮走、奴隶，洪水一样冲进屋子，拿着棍、棒、刀、匕首。望见一个男子，他们差不多气瘫了；女仆号丧似的哭喊着，阉奴的黑皮大为失色。

马道站在栏杆后面。圣衣裹住他，他活似一尊星神，环绕着他的是苍天。奴隶朝他扑了过来。她止住他们。

——别碰他！那是女神的纱帔！

她缩在一个角落，但是她向他迈出一步，伸长她赤裸裸的臂：

——诅咒你，你这偷达妮媞的人！你会遭到仇恨、报复、屠杀和痛苦！让战神古耳日撕烂你！让死神马捏斯芒噎杀你！让另一尊天神[1]——那不好呼出口的——烧死你！

马道好像挨了一剑似的叫了一声。她重复了好几次：

——滚开！滚开！

一群奴仆闪开，马道低下头，在他们中间慢慢走过；但是，走到门口，他停住了，因为圣衣的流苏勾住了铺地的一粒金星。他动了一下肩膀，一下子把它拉过来，走下楼梯。

司攀笛一座平台又一座平台蹦跳，跃过篱笆、水渠，逃出花园。他跑到灯塔底下。城墙在这一段没有人看管，因为爬上悬崖是太不可能了。他走到悬崖边上，背贴地一躺，脚朝前，一直滑到底下。然后他泅水到墓塚海岬，沿着咸水潟湖兜了一个大圈子，赶天黑回到野蛮人营盘。

太阳升起了，马道好像一只狮子走开，一边走下坡

① 指摩洛神。

路，一边瞪着可怕的眼睛朝四外看。

一片模糊的喧嚣传到他的耳朵。它先由宫邸发出，又在远处卫城那边重新开始。有人说，摩洛神庙里共和国的宝藏让人拿走了，有人谈起一个祭司被人暗杀了。还有人以为野蛮人进了城。

马道不知道怎么样绕出那些围墙，便朝前照直走去。大家望见他了，于是起来一片叫喊。全明白了，先是瞋目不知所云，接着就是大怒。

从马巴勒岬区的深处，从卫城的高处，从地下墓穴，从湖边，跑来成群的人。阔人离开他们的府第，商人离开他们的店铺，妇女丢下她们的孩子。大家拿起剑、斧子、棍子。然而曾经阻止萨郎宝的障碍如今也成为他们的难题。怎么才好再把纱帔取回？看它就是一种罪行，它和天神一体，碰着就死。

绝望的祭司们站在庙宇的前廊，直扭胳膊。禁军骑着马乱跑。有人爬上房屋、平台、巨像的肩膀、船的桅杆。他依然向前走去。他走一步，怒火上升，然而恐怖也跟着起来。看见他来，街全空了。逃散的人群怒潮一样从西边重新冒出，墙头站着的也有。他看出处处只是一些睁大了像要吞掉他的眼睛，砾砾在响的牙齿，伸过来的拳头。萨郎宝的诅咒更响了，也增加了。

忽然，一枝长箭响了起来，接着又是一枝，还有石头嗡然在响，但是都不瞄准（因为大家害怕碰到圣衣），全从头上掠过。而且，他拿纱帔当盾牌用，时而右，时而左，时而前，时而后。他们想不出任何方法。他走进没有遮拦的街道，越走越快。街道拿绳子、车辆、陷阱拦好，他拐一个弯，又折回来。他终于走到巴莱阿里人覆亡的嘉蒙广场。马道站住，脸变白了，好像一个人快要死了。他这次真毁了，群众拍手。

他一直奔到关闭的城门。门非常高，全是橡木心做的，铜皮、铁钉子。马道扑了上去。人民看见他干着急，没有用，欢喜得直跺脚。于是他脱下皮带鞋，吐痰上去，拿它敲打动也不动的门板。全城吼了起来。大家现在忘记纱帔，要上去弄死他。马道的迷蒙的大眼扫着人群。他的太阳穴跳得他发昏，他觉得一种酩酊的味道麻木他的感受。忽然他瞥见拽门的长链。他一下子跳过去，抓牢了，弓起臂，蹬住脚，最后，巨大的门扇开出一条缝来。

来到城外，他从脖子上解下宽大的圣衣，尽可能把它高高举在头上。海风吹开纱帔，迎着太阳，它的颜色、它的珠宝和它的神像熠熠发光。马道这样举着它，穿过全部平原，来到兵营，人民站在墙头，眼睁睁望着迦太基的护国之宝丢了。

六　哈龙

黄昏他对司攀笛道：

——我真应当抢了她走！应当捉牢她，把她从家里夺走！没有人敢把我怎么样的！

司攀笛没有听他讲。他惬意地休歇着，仰天一躺，靠近一只盛满蜜水的大罐子，不时拿头伸进去喝个痛快。

马道继续着：

——怎么办？……怎么样才好再进迦太基？

司攀笛道：

——我不知道。

这种漠不关心的样子气坏了他，他嚷道：

——哎！全是你不好！你带我去，你又把我丢了，你是懦夫一个！我凭什么听你支配？你以为你是我的主子？啊！妓女贩子、奴才、奴才的儿子！

他咬着牙，把大手举向司攀笛。

希腊人不理他。靠着帐杆，一盏陶土灯微微燃着，圣衣在挂着武器的架子上面熠耀。

马道忽然蹬上厚底靴子，扣着他的铜锁子甲，取下他的战盔。

司攀笛问道：

——你到什么地方去？

——我回到那边去！放我走！我要把她带回来！他们要是露面，我弄死他们，就像弄死蝮蛇一样！司攀笛，我要她死！

他重复着：

——是的！我杀死她！你看好了，我杀死她！

但是司攀笛，伸长耳朵听外面的动静，猛然摘下圣衣，扔到一个角落，往上盖了一些羊毛。他们听见一阵呢喃的声音，火把亮着，纳哈法进来，后面随着二十多人。

他们披着白呢一口钟，插着长刺刀，挂着皮项圈，戴着木耳环，穿着鬣狗皮的鞋子；他们停在门限，靠住他们的长枪，仿佛休歇的牧羊人。在他们中间，纳哈法最美；镶着珠子的皮条束着他的细臂；金圈子围住他的头，把他的宽大的衣服压在四周，同时压着一根鸵鸟毛，垂在他的肩膀后面：一串不断的微笑露出他的牙齿；眼睛是箭一般尖锐，全身流露一种注意而又轻巧的神情。

他宣称他来加入佣兵，因为共和国许久以来就在恐吓他的王国。所以他有兴趣援助野蛮人，同时对他们也可能有用。

——我可以供给你们象（我的森林多的是）、酒、油、大麦、海枣、攻城用的树胶和硫磺、两万步兵和一万匹马。我之所以和你谈，马道，是因为你有圣衣，成了军队的首脑。

他添一句道：

——再说，我们是老朋友。

同时马道看着司攀笛。后者坐在羊皮上面听，一边点着头，做出同意的样子。纳哈法谈着。他引神为证，他诅咒迦太基。在他咒骂之中，他弄折了一管标枪。他的人手同时发出一声大吼，马道基于这种忿怒，喊他接受同盟。

于是牵来一头白公牛和一只黑绵羊，昼的象征和夜的象征。在一座坑边杀死。血流满坑，他们便把臂伸了进去。随即纳哈法把手摊在马道的胸脯，马道把手摊在纳哈法的胸脯。他们把血印子染在他们的营帐的帆布上面。然后他们吃了一整夜，把剩余的肉同皮、骨、角和蹄烧掉。

马道举着女神的纱帔回来的时候，一片广大的欢呼向他致敬；那些并不信奉迦南宗教的人们，也以迷蒙的热情，感到神明佑庇。至于设法占有圣衣，没有一个人往这上面想。他获得它的神秘方式就够使得野蛮人的心灵认为他的占有正当了。非洲人种的兵士就这样想。别人对迦太基的仇恨没有那么深和持久，不知道怎样决定才好。假如他们有船，他们立即走了。

司攀笛、纳哈法和马道派人到布匿地区的所有部落游说。

迦太基弄穷了这些部族。它加给他们过分的捐税，用镣铐、斧，或者十字架来惩罚稽迟，甚至于唧哝。共和国认为相宜的东西，必须种植；它诛求的东西，必须供给；任何人没有权利储藏一件兵器；村庄造反，便卖掉居民；行政长官犹如压榨机，好坏全凭出货多寡。然后，越过迦太基直辖的区域，便是纳贡少许的同盟国家；同盟之外，便是漂泊无定的游牧部落，只能听之任之。依照这种方法，收获永远丰盈，马场管理得当，农田开垦优良。九十二年之后，老喀东①，精于农耕与奴隶事务，极为惊恐，在罗马不断发出死亡呐喊，只是一种贪婪的嫉妒的呼号。

在最近这次战争中，迦太基加倍横征暴敛，利比亚的城市走投无路，几乎全部降了赖古路斯②。为了惩罚它们，它们必须赔出一千达郎、两万匹牛、三百袋金沙，预付大量粮食，各部落的头目不是钉了十字架，便是扔给狮子吃。

突尼斯特别憎恨宗主国迦太基，它比后者年代久远，

---

① 喀东是第二次布匿之战后，罗马派驻迦太基的使节，他每次回到罗马元老院发言必以“迦太基必须被消灭”的口号结束，是第三次布匿之战的坚定鼓吹者。

② 赖古路斯是罗马执政官，在第一次布匿之战中率领罗马军队渡海奔袭迦太基，最终被迦太基的佣兵将领桑地浦全歼于突尼斯，本人被俘。

不饶恕它比自己伟大。它在迦太基的城墙对面，蹲在水边的泥泞里面，好像一只毒兽在凝视。流放、屠杀和瘟疫没有使它衰微。它曾经支持阿耳喀嘉特——锡腊库扎僭王阿嘉陶克来斯的儿子，征伐迦太基。那些吃“不洁食物”的人们，立刻在这里找到武器。

信使还没有出发，普遍的欢悦早在外省爆裂。大家迫不及待，在浴缸扼死富室的管事与共和国的官员，大家从穴洞抽出埋藏的旧兵器，大家拿犁头的铁来铸剑，小孩子在门上磨尖标枪，妇女捧出她们的项圈、戒指、耳环，一切有助于毁灭迦太基的东西。人人愿意帮忙。枪在镇里一堆一堆聚起来，好像一捆一捆的玉蜀黍。大家送来牲畜和银钱。马道很快付清佣兵的欠饷，司攀笛这个主意见效了，马道被举为元帅，野蛮人的大统领。

同时，人也源源而来。最先露面的是土著，再次是田间的奴隶。黑人的沙漠商队被掳掠了来，武装起来；有些去迦太基的商人，希望得到一种比较切实的利益，也加入野蛮人的行伍。数不清的人马前前后后赶来。站在卫城的高处，可以望见军队在扩大。

禁军被派到引水渠的露台站岗。靠近他们，相隔不远，架着好些铜桶，里面滚沸着的沥青的溶液。下面，平原之中，庞大的人群乱糟糟在动。他们举棋不定，感到野蛮人遇见城墙便惶惑不安的心情。

雨地克和伊包茶芮特拒绝和他们联盟。它们犹如迦太基，是腓尼基的殖民地，自己管理自己，每次同共和国订立条约，便用文字特别加以区别。然而它们尊敬这位保护它们的更强大的姐姐，决不相信一堆野蛮人就能够把它征服；正相反，他们要被铲除。它们情愿保持中立，过着平静的岁月。

但是它们的地位使它们不可或缺。雨地克位于一个海湾的深处，是迦太基的外援必经之道。假如雨地克被攻下，沿海相隔六小时路程的伊包茶芮特正好顶替，这样一来，接济不断，迦太基就不要妄想打下来了。

司攀笛希望立即进攻，纳哈法反对；应当先巩固边境。这是老于行伍的人们的见解，也是马道本人的见解，最后议决司攀笛进攻雨地克，马道进攻伊包茶芮特；第三支军队，凭附突尼斯，设法占有迦太基平原，欧塔芮特自告奋勇去做这件事。至于纳哈法，他应当回国把象带来，率领他的骑兵巡逻道路。

妇女高声疾呼，反对这种决定。她们一心就盼把布匿阔太太们的珠宝弄到手。利比亚人也反对。他们被邀来为了攻打迦太基，如今倒又走了！差不多只有兵卒自己出发。马道统带他的伙伴和伊比利亚人、吕西塔尼亚人、西方人和岛屿的人；说希腊话的人全要求司攀笛率领，因为觉得他聪明。

看见军队忽然移动，迦太基人惊奇到了极点。然后军队沿着海岸，顺着雨地克的道路，在阿芮阿那山底下伸长了。一小部分留在突尼斯前面，此外全不见了，随即又在海湾的另一侧出现，先还贴着树林的边沿，后来钻进去了。

他们或许有八万人。那两座推罗人的城[①]不会抵抗的，他们就要回来围攻迦太基。留下一支相当强大的军队，由地面占据海峡，已然插进一脚，不久，迦太基挨饿不了，就要颠覆的，因为市民和在罗马一样，不纳捐税，没有外省援助，它就不可能活下去。迦太基缺乏政治天才，永远关切赢利，最高的野心所应有的那种谨慎将事的精神自然也就不会有了。好比一条战船泊在利比亚沙滩，它靠劳作在这里支撑自己。四邻的国家怒涛一般围住它吼号，只要一点点暴风雨就会摇动这架可怕的机器。

罗马战争弄穷了国库，加以和野蛮人谈判、浪费、乱扔，国库早已枯竭。作战的兵士必须有，然而没有一个国家的政府信任共和国，埃及托勒密[②]最近就拒绝借给两千达郎。而且圣衣的丧失减低他们的勇气。司攀笛早已料到

① 指雨地克和伊包茶芮特。

② 埃及托勒密王朝是马其顿君主亚历山大大帝死后，其将军托勒密一世在公元前305年所开创的一个王朝，统治埃及和周围地区。直到公元前30年埃及女王克利奥帕特拉七世(埃及艳后)兵败自杀为止，历经275年。

这层。

但是这个感觉人人见恨的民族，反而当胸搂紧它的银钱和神明，政府的组织也正支持人民的爱国心。

第一，权力是大家的，没有一个人强到可以攫为己有。私人的债务当作公众的债务看待，只要属于迦南人种，就有商业的专利；用高利贷的利益增加海上剽窃的利益，另外剥削土地、奴隶和贫民，有时也就发财了。财富是做官的唯一捷径，虽说权威和银钱在同一家族延续下去，大家接受寡头政治，因为人人都希望做到这一步。

拟订规程的商团选出审计官；审计官任期届满，便可指派元老院的一百名委员；元老院隶属于国民大会，后者由全体富人出席。至于两位徐率特，犹如国王的遗痕，但权比罗马执政官小，同一日由两个家族提出。二者之间因种种仇恨隔离，相互抵消权势。他们不能决定战争与否，但是战败了，国务会议就把他们钉上十字架。

所以，迦太基的力量来自席西特，这就是说，来自一个大院子，在马喀中心，据说，腓尼基水手的第一支划子就在这里停泊，从那时起，海水退下去不少。这是一堆古老的建筑，棕榈树木做的小房间，四角用石头一间一间分开，为了分头款待不同的商人。富人整天聚在这里，讨论自身的利害和政府的利害，从胡椒的收购，一直说到罗马的颠覆。他们每个月移三回床榻，抬到贴近院墙的高台子上；大家从地下望见他们在半空围桌而坐，不穿厚底靴，不披一口钟，戴着金刚钻的手指在肉碗上来来去去，大耳环垂在酒壶之间，——全都又壮又胖，半身赤着，快活，在碧空又嗔又笑，活像大鲨鱼在海里游戏。

但是现在，他们不能掩饰他们的杌陧，脸色太惨白了；群众在门口等候他们，为了打听消息，一直护送他们回家。就和闹瘟疫期间一样，家家关着门；街道忽然满了，忽然空了；有人爬上卫城，有人朝码头跑，国务会议夜夜开会。最后，把人民召集在嘉蒙广场聚合，大家决定交给哈龙办理，海喀东皮勒的战胜者。

这是一个敬神、狡猾之人，对待非洲人残忍，一个真正的迦太基人，他的收入抵得过巴喀家族。关于行政事务，任谁也赶不上他的经验。

他宣布征召所有强健的公民入伍，把投石机搬到碉楼，征集大量的武器，他甚至于吩咐建造十四条并不需要的战船。他要一样一样登记，仔细写好。他叫人把自己抬到军械库、灯塔、庙库。大家永远看见他的大轿，摇摇晃晃，一级一级抬上卫城的台阶。夜晚，筹划作战，他在府第睡不着，用一种可怕的声音，喊着有关战争的操演。

人人由于过分恐怖变勇敢了。公鸡一啼，富人便沿着马巴勒岬排齐了。他们挽起袍子，练习使用长枪。但是，没有教师，他们彼此争吵。他们喘着气，坐在坟头，然后重新开始。好些人甚至于要生活纪律化。有的人以为增长气力必须多吃，便大吃而特吃；有的人太胖了，嫌不方便，尽量不吃东西，叫自己瘦。

雨地克已经好几次向迦太基求救。但是只要投石机缺一个钉眼儿，哈龙就不肯出发。他空耗三个月来装备住在城墙里面的一百一十二头战象，它们是赖古路斯的战胜者，人民爱护它们，对待这些老朋友绝无所谓太好。它们胸前的铜片护甲，他要重新铸过，象牙镀金，象塔放宽，象衣用最美的红料裁剪，缀着极其沉重的流苏。最后，正如大家把象奴叫做印度人（不用说，由于最早的象奴来自印度），他吩咐全按印度人打扮，这就是说，白包袱围着太阳穴，一条亚麻小裤，由于褶子打横，仿佛一个蚌的两个壳儿贴牢屁股。

欧塔芮特的军队一直停在突尼斯前面。湖里烂泥做的一堵墙把军队藏在当中，墙头全是有刺的荆棘。好些黑人或远或近立了一些大棍子，画着怕人的脸，插着鸟毛的人的面具，豺狗头，或者蛇头，张着嘴吓唬他们的敌人；——自以为用这种方法败不了，野蛮人跳舞、角斗、变戏法，相信迦太基就要颠覆了。他们背负牲畜和妇女的累赘，只要不是哈龙，随便换个人很容易就把这群人踏扁了。而且，他们不懂操练，欧塔芮特拿他们没有办法，索性不管。

他转着他的大蓝眼睛过来了，他们避开。随后，来到湖边，他脱下他的海豹皮一口钟，解开那束着他的长红头发的绳子，在水里泡着头发。他后悔当初没有和艾里克斯神庙里的两千高卢人一起逃往罗马人那边。

有时候，正当中午，太阳忽然丧失光线。于是海湾和大海，动也不动，和熔了的铅一样。一团棕色浮尘，垂直展开，盘旋奔驰；棕榈树弯下身子，天不见了，就听见石子跳起来，打着走兽的屁股；这个高卢人，嘴唇贴着营帐的窟窿，因为疲软和忧郁，也就是奄奄一息。他想着秋天早晨牧场的香味、雪花、雾里迷失的野牛的哞声，于是闭住眼皮，他相信望见树林深处长长的茅草房子，有火光在水塘上面摇曳。

虽说别人的祖国没有那么远，可是和他一样，也在想念。说实话，被俘虏的迦太基人隔着海湾，顺着比耳萨的山坡，可以望见家里的帘帐搭在院子。但是哨兵不断围着他们走动。一条共同的链子拴着他们。每人戴着一块铁枷，群众来看他们，看了又看，也不嫌腻。妇女给小孩子指点看他们的褴褛的美袍，挂在他们消瘦的四肢。

欧塔芮特每次端详吉斯孔，想到他的羞辱，就勾起一股怒火；不是他曾经对纳哈法起过誓，他早已弄死他了。于是，回到营帐，他喝着大麦和茴香合成的饮料，直到沉沉酣醉为止，——然后红日高升，他醒转过来，异常干渴。

同时马道在攻打伊包茶芮特。

但是这座城有个通着海的湖屏翼。它有三道围墙，俯瞰全城的山头还筑有一道碉楼林立的城墙。他从来没有打过类似的仗。何况念念不忘萨郎宝，他梦想自己酩酊于她的美丽，正如报复的喜悦使他骄傲。再见她一面成了一种需要，辛烈、热狂、永久。他甚至于梦想举荐自己充当议和的使者，希望进了迦太基，他就好到她跟前。他常常发出进攻的口令，等也不等，就冲向对方企图在海里建立的土坝。他拿手扳着石头，举着他的剑，到处挥着、砍着、戳着。野蛮人乱哄哄一拥向前，梯子咔嚓折了，一大堆人落到水里，掀起一片红涛击打城墙。骚乱终于平静，兵士走开，准备再来。

马道坐到营帐外面，他拿臂拭着脸上溅到的血，然后转向迦太基，望着天边。

在他对面，橄榄树、棕榈树、桃金娘、篆悬木里面，露出两座大水塘，和另一座望不见边涯的湖水相连。一座山后突出别的山，大湖当中立着一座金字塔似的纯黑小岛。在左手，海湾的尖端，一堆一堆沙子好像静止的金黄色巨浪，同时大海，平平如青石地，在不知不觉之中，一直上到天边。有些地段的碧绿野草在黄色长片砂砾之下消失了；刺槐豆树的果实熠耀着，如同珊瑚纽扣；枫树梢头垂下葡萄的枝叶；他听见水在呢喃；有冠的云雀在跳跃；龟从灯芯草走出，呼吸清风，夕阳镀亮了龟甲。

马道发出大声叹息。他背朝天躺着，手指抠入土中，哭了起来。他觉得自己凄凉，软弱、被弃。他永远不会占有她，他连一座城也打不下来。

夜晚，他一个人，在营帐里面，定定看着圣衣。这件神物对他有什么用处？这野蛮人越想越怀疑。随即，反过来，他又觉得女神的衣服属于萨郎宝，她的灵魂的一部分在上面飘浮，比一口气还要细微；他摸，他嗅，他把脸塞进去，一边呜咽，一边吻它。他拿它盖着肩膀，制造一种幻觉，自以为就在她的身旁。

有时候，他忽然溜了出来。他借着星光，跨过和衣而睡的兵士。随即，来到营门，他跳上一匹马，两小时后，赶到雨地克，走进司攀笛的营帐。

他先谈围城。其实，他赶来先是为了谈萨郎宝，减轻他的痛苦而已。司攀笛劝他往明白里想：

——把这些无谓的苦楚从你的灵魂里面剔除了罢，它们让你的灵魂低落！从前你服从，现在你指挥一支军队；假如迦太基征服不下，我们至少也有外省到手；我们就为帝为王了！

但是，圣衣弄到手，他们为什么还不胜利？依照司攀笛，必须等待。

马道以为纱帔仅仅和迦南人种有关，他以一种野蛮人的精细向自己道：

——所以，圣衣不帮我忙；不过，他们已经丢掉它，也不会帮他们忙。

随即，他的良心起了不安。他害怕信奉阿浦土克闹斯——利比亚人的神，得罪摩洛神。他胆怯地请教司攀笛，要是一个人献身于神的话，两位神里面献给哪一位相宜。

司攀笛笑着道：

——你就永远献下去好了！

马道不明白这种冷淡的心境，疑心希腊人另有一位神，不肯说出来。

各种宗教犹如各种民族，全到野蛮人的军队相会，别人的神也为人尊敬，因为同样令人畏惧。有些人拿外国仪式混入他们原有的宗教。大家不信奉星宿也不成，某座星尊主凶主吉，大家杀牲相祭；一张不认识的符箓，偶然在危难之中拾到，便成了神明；或者一个名字，只是一个名字，大家重来复去，也不追究一下到底是什么意思。但是，由于抢掠过庙宇，又看惯了众多国家和杀戮，许多人临了也就只还相信命运和死亡；每天夜晚，他们沉沉睡去，如野兽般安恬。司攀笛或许敢朝奥林匹斯的裘彼特神像唾口水，然而他害怕在黑暗之中高声谈话，每天穿鞋一定先从右脚穿起。

他在雨地克对面立起一座四方长台。但是，随着它的增高，城墙也在增高；这些人所毁坏的，差不多立刻就被另一些人修好。司攀笛怜惜他的人手，思索对策。他努力追忆他在旅程之中听人讲起的战略。为什么纳哈法还不回来？大家充满了疑虑。

哈龙已经完成他的准备。他在一个没有月亮的夜晚，把他的象和他的兵士用木筏渡过迦太基海湾。随即绕过温泉山，回避欧塔芮特，——尽量纡徐其行，徐率特预期赶在一个早晨惊动野蛮人，不料却在第三天大太阳底下来到。

在雨地克东边有一块平原，一直延展到迦太基的巨大潟湖；两座忽然断了的低山夹着一个山谷，成为直角，连在平原后面；野蛮人远远在左手扎营，截断码头的来往；他们正在营盘睡觉（因为双方在这一天太累了，不打仗，休息着），迦太基的军队在山的拐角出现了。

有投石器配备的随军仆役编在两翼。披着金鳞铠甲的禁军形成第一线，骑着无鬣无毛无耳的大马，马的额头当中安了一只银角，活赛犀牛。介乎他们的骑兵团之间，有些年轻人戴着一顶小盔，每只手挥着一支榛木标枪；重甲步兵举着长枪在后面向前移动。这些商人全尽量往身上聚集兵器，就见他们同时拿着一管矛、一把斧、一根棍、两把刀，有的活似箭猪，插了一身短枪，手臂不得不从角片的或铁皮的甲胄里尽量往开里伸。最后出现的是高大的作战机械：投石车、石弩炮、投石机和蝎弩机，在骡和四条牛挽拽的车上摇摇摆摆；——就在军队展开的时候，队长喘着气，左右奔驰，传达命令，松开的行列接紧，应有的空当留出。那些带兵的元老戴着红盔，盔上辉煌的缨子垂下来和他们的厚底靴的皮带绞在一起。他们的脸涂满了朱红，在立有神像的巨盔底下熠熠发光；他们的盾牌缘着象牙，饰着宝石，你简直可以说是太阳走过铜墙。

迦太基人的动作异常笨重，兵士取笑他们，请他们坐下。他们嚷嚷他们马上就要掏空他们的大肚子，拂净他们的皮肤的金饰，让他们喝铁。

司攀笛的营帐前面立着一根旗杆，高头飘着一块绿布，这是作战的标记。迦太基军队接受挑战，响起一片乱糟糟的喇叭、铙钹、驴骨笛和打琴的噪音。野蛮人已然跳出栅栏。大家面对面，隔着投枪的距离。

一个巴莱阿里的投弹兵迈前一步，拾起一枚陶土弹放进皮带，甩开他的胳膊；一个象牙盾牌裂碎，两军交锋了。

希腊人挺起矛尖，专刺马的鼻孔，马往后一仰，翻在它们的主子身上。奴隶应当扔石头，石头太大，落在他们附近。布匿的步兵举起他们的长剑砍去，露出自己的右臂。野蛮人冲破他们的阵势，挥刀便斩；他们在将死已死的尸身上面颠踬，血溅着他们的脸，眼睛也看不清了。这堆混淆的枪剑、盔甲和四肢，具有弹性的胀缩，忽开忽关，兜着自身团团旋转。迦太基队伍的裂缝越来越大，他们的机炮陷进沙土，出不来了。最后，大家就见徐率特的轿子（他的水晶缨络大轿），开头在兵士中间摇摇摆摆，好像波浪之上一条小船，忽然沉了下去。他大概死了罢？野蛮人发觉只有他们自己留下。

四周的尘土落了下去，他们开始歌唱；这时哈龙本人，高高在一座象背上出现了。他光着头，上面是毕苏丝①阳伞，一个黑人在他后面举着。蓝玉片项圈拍打着他黑内衣上的花卉，金刚钻圆环束紧他粗大的胳膊，他张着嘴，挥动一把大极了的长矛，尖尖头仿佛一朵荷花怒放，比一面镜子还要亮。地面立即震动了，——野蛮人看见迦太基所有的象，形成一个行列奔来，象牙镀金，耳朵涂蓝，披着古铜，摇着朱红象衣上面的皮塔，每座象塔有三个弓箭手挽着一张强弩。

蛮族兵士差不多就来不及拿兵器。他们随意排列。一

---

① 毕苏丝是古代一种用某类海洋软体动物足部分泌的丝状物织成的名贵布料。

种恐怖的心情凝结住他们，他们张皇失措了。

标枪、箭、火箭、铅球，已然从象塔高处朝着他们扔下。有些人想上去，揪牢象衣的流苏。大刀砍断他们的手，他们仰身倒在伸过来的剑戟上。矛不管用，一碰象身就断了；象冲进队伍，就像野猪走进草堆；它们拿鼻子拔掉扎营的桩子，从这一头穿到那一头，把营帐翻倒在它们的胸脯底下。野蛮人逃光了。他们躲到峡谷（迦太基人就是从这里来的）两边的山里。

哈龙战胜了，来到雨地克的城门前面。他吩咐吹喇叭。城里三位审判官露面了，站在一座堞楼的高处。

雨地克的居民不肯迎接武装这样齐整的贵宾进城。哈龙动了肝火。他们最后同意放他带一小队护卫进城。

街道对于象确实是太窄了，只好留在城外。

徐率特一进城，要人纷纷前来致敬。他传唤厨子，同时叫人把他带到浴室。

三小时后，他还泡在盛满肉桂油的澡缸里面。他一边洗，一边吃着放在一张绷紧的牛皮上面的火烈鸟舌头，拌着罂粟子蜜饯。他的医生靠近他，动也不动，穿着一件长黄袍，不时弄热浴室，两个年轻孩子伏在浴盆的台阶给他擦腿。但是身体的将息并不妨害他热衷公事，他口述一封信给国务会议，又因为有了俘虏，他思索用什么样的酷刑才好。

他对一个站着在手心书写的奴隶道：

——停住！给我带他们来！我要看看他们！

厅房浮着一片浅白的水汽，火把扔出一些红点，从深处推出三个野蛮人：一个萨莫奈人、一个斯巴达人和一个喀巴多西亚人。

哈龙道：

——接着写！

——诸神明鉴，你们可以喜悦了！你们的徐率特已将暴犬铲除！祝福共和国！请为祈祷！

他看见俘虏，于是大笑起来：

——啊！啊！我的西喀勇士！你们今天不再大声喊叫了！是我！你们认识我吗？你们的剑到什么地方去了？多可怕的人，真也是的！

他假装有意躲避，好像他害怕他们：

——你们要马，要女人，要地，不用说，要官爵，还要祭司的职位！为什么不？好啦，我给你们，给你们地，永远出不来！你们有崭新的缢架好娶！你们的饷银？拿铅块在你们的嘴里熔！我要把你们搁在好地方，非常高，在云里面，和鹰亲近！

三个野蛮人，长头发，一身褴褛，看着他，听不懂他说些什么。膝盖受了伤，他们远远让绳子套过来了，他们手上的粗链子有一头拖在石地。他们无动于衷，哈龙生气了。

——跪下！跪下！豺狗！尘土！虱子！臭大粪！他们不答话！够啦！住口！活剥他们的皮！不！等一下！

他旋转眼珠，喘气如一只大河马。香精油在他的体重之下泛溢。黏牢他的皮肤的癣疥，照着火把的光，皮肤成了玫瑰颜色。

他继续口述道：

——我们在太阳地整整吃了四天苦。过马喀的时候，丢了好些骡子。虽然他们的地势好，勇猛异常——啊！戴冒纳代斯[①]！我真难受！把砖烧热，烧个通红！

传来一阵耙和火炉的响声。香在香炉里面更旺了。精赤条条的搓澡小厮，像海绵一样出汗，拼命往他的关节涂抹一种配好的药膏：小麦、硫磺、黑酒、狗奶、没药、阿魏和安息香。他永远感到口渴，穿黄衣服的医生并不依顺他的欲望，端一只金杯给他，里面是一剂热气腾腾的蝮蛇汤，一边说道：

——喝好了！蛇生自太阳，让蛇的力量钻进你的骨髓，诸神的回光，你要勇敢！而且你知道，艾实穆的一个祭司观察天狼，发现四围的凶星是你致病的来由。它们颜色惨白，和你的皮肤的斑点一样，你不会死在这上面的！

① 戴冒纳代斯是哈龙的医生。

徐率特重复道：

——噢！是呀，不是吗？我不会死在这上面的！

从他的发紫的嘴唇出来一股秽气，比一具腐尸的臭气还要难闻。没有眉毛，眼睛好像两块炭在烧；一堆凹凸不平的皮搭在他的额头；两只耳朵离开头，往开里张；围着他的鼻孔，老皱纹形成半圆，给了他一副奇怪可怕的面貌，一只野兽的神态。他的变质的声音仿佛一种吼号，他说道：

——戴冒纳代斯，说不定你就对？真的，现在就有好些脓疮收口了。我觉得自己又结实了。可不！看我吃！

他啃着切碎的干酪和牛至[①]肉饼、去骨的鱼、葫芦、牡蛎，拌着鸡蛋、辣根菜、松露[②]和成串熏烤的小鸟，不只由于贪吃，更是由于炫耀，也为了向自己证明身体健康。他一边望着囚犯，一边耽乐于对他们惩罚的想象中。但是他想起西喀来了，他吐出全部痛苦的怒水来咒骂这三个人。

——啊！奸贼！啊！混账东西！不要脸！该死！你们竟敢侮辱我！我！我！徐率特！

---

① 牛至也称止痢草、披萨草，唇形科多年生草本植物，可入药和作调料。

② 松露也叫块菰，生长在橡树须根部土里的天然真菌类植物，十分昂贵。

他们服役、他们流血的酬劳，如他们所说！啊！是呀！他们的血！他们的血！

随即向自己道：

——全弄死！一个也不卖掉！顶好把他们带到迦太基！大家会看见我……可是，真也是的，我怕没有带足够的链子吧？继续写：给我送来……要多少条？叫人去问缪丹巴！去！用不着可怜！把他们的手剁掉，拿篮子给我端来！

但是奇怪的呼喊，又哑又尖，传到厅房，压住哈龙的声音和放在他四周的盘子的响声，呼喊加强了，忽然，象的怒鸣爆发，好像战争又开始了。闹哄哄一片环绕城市。

迦太基人没有想到追逐野蛮人。他们屯驻在城墙底下，有行李，有奴仆，有全部王侯的供应。他们在珠子滚边的美丽的帐幕底下尽情享乐，同时佣兵的营盘在平原只是一堆废墟。司攀笛重新鼓起勇气。他派查耳萨斯去见马道，自己出入树林，集合人马（损失并不大）——没有打仗就败了，他们又恨又气，重新整好行列，同时有人找到一桶石油，不用说，是迦太基人丢下来的。于是司攀笛叫人到田舍抢了些猪来，用地沥青涂抹了，点上火，赶向雨地克。火焰吓坏了象，逃散了。地势朝外高，标枪丢了下来，它们只好往回蹿；——用牙戳破迦太基人的肚肠，再用脚践踏、踩扁。野蛮人跟在后面下了山。布匿营盘没有屏障，在第一次进攻之下就毁了，迦太基人全被歼灭在城门口，因为里头害怕佣兵，不肯开城。

天亮了，大家看见西方来了马道的步兵。同时也有骑兵出现，这是纳哈法和他的奴米第亚人。他们跳过洼地和荆棘，逼回逃走的迦太基人，就像猎狗追逐野兔。命运的转变打断徐率特的口述。他喊人帮他爬出浴室。

三个俘虏依然在他面前。于是一个埃塞俄比亚人（就是在战场为他举阳伞的那个黑人）俯向他的耳边。

徐率特慢悠悠地答道：

——怎么样？……啊！杀掉！

他以一种粗暴的声调添了一句。

埃塞俄比亚人从腰带抽出一把长刺刀，三颗头颅落在浴缸里面，张开嘴，瞪圆眼睛，漂浮了好半晌。墙隙透进晨曦，三具尸身背朝天躺着，像三座泉眼一涌一涌往外冒血，撒蓝粉的花石地上流着一摊血。徐率特拿手泡在这热腾腾的血池里面，再在膝盖上面搽抹，这是一种药方。

天色一黑，他和他的护卫溜出城，来到山里，和他的军队会合。

他总算找到残余的兵士。

四天后，他在高耳茶一座山峡的高处，司攀笛的队伍在底下出现了。如果他正面出击，二十管枪就能轻易把蛮兵队伍挡住；可是迦太基人望着他们通过峡谷，早惊呆了。哈龙认出后卫里有奴米第亚国王，纳哈法弯腰向他致敬，做了一个他不懂的手势。

他们回到迦太基，怀着种种恐惧。他们只在夜间行走，白天，他们躲在橄榄树林。每逢打尖，就有人死掉，好几回他们以为死定了。最后终于走到海耳买屋穆岬，有船放过来接他们。

哈龙是又疲倦又绝望，——象的损失特别让他难受，——他问戴冒纳代斯要毒药，想一死了之。再说，他早就觉得自己要被钉上十字架了。

迦太基没有精力和他生气。他们已经损失四十万零九百七十二西克银子、一万五千六百二十三谢克金子、十八匹象、十四名国务会议委员、三百位富人、八千名公民、三个月的麦子，还有数不清的行李和全部战具！纳哈法的背信是确然了，两地的围攻重新开始。欧塔芮特的军队如今从突尼斯扩展到相去不远的小镇辣代司。站在卫城的高处，可以望见田野有烟柱往天上升，富人的别墅烧毁了。

只有一个人可能救共和国。大家懊悔从前小看他，就连主和派都赞成举行燔牲的祭奠，请求哈米加回来。

萨郎宝自从看见圣衣以来，就有些神志不清。夜晚，她相信听见女神的脚步，醒的时候吓得直叫唤。她天天打发人把食品送到各个庙宇。达纳克执行她的命令，疲于奔命，沙哈巴瑞不敢再离开她。

七　哈米加·巴喀

报月的人夜夜在艾实穆庙的高处守望，月亮有了变动，就吹喇叭通知。有一早晨，他望见西方有一个鸟样的东西，长翼拂着海面。

这是一支有三排桨的船，船头雕着一匹马。太阳出来了，报月的人把手放在眼前面，然后他用力抓住他的军号，向迦太基吹出响亮的铜声。

家家有人走出。大家不相信传言，纷纷辩论，坝上挤满了人。大家终于看出是哈米加的战舰。

帆架笔直，帆顺着桅杆绷开，显出一种傲慢不驯的姿态；船朝前走，击破四周的泡沫。它的大桨有节奏地打着水，船身的尖端不时露出，样子仿佛犁刃，船头的冲角下面是那匹象牙头的马，举起两只蹄子，好像在海面驰骋。

靠近海岬，风熄了，帆收了，大家望见一个人光着头，直挺挺立在领港人旁边；这是他，徐率特哈米加！他的两肋有铁片熠熠发光；红色的一口钟搭在他的肩膀，露出他的胳膊；耳朵挂着两粒极长的珠子，黑绒绒的胡须飘在他的胸前。

船在礁石中间摇摇摆摆，沿着坝，群众在石地上随着船走，喊着：

——敬礼！祝福！嘉蒙的眼睛！啊！救我们呀！是有钱人们的错！他们要你死！你得当心呀，巴咯！

他不回答，好像海洋和战争的呼啸早已完全震聋了他的耳朵。但是，等他走在卫城的台阶底下，哈米加仰起头，交着臂，他望着艾实穆庙。他的视线往高里移，移向浩瀚的蓝天；嗓音涩涩的，他传令给他的水手；船跳着，蹭伤立在坝的转角阻挡风暴的木偶，冲进全是垢秽、木屑和水果皮的商港，径自撞开其他拴在木桩上、尾梢用鳄鱼嘴装潢的船只。人民奔了过来，有的跳进水里泅了过来。船已经驶到紧里的钉子门前面。门拉了上来，船在幽深的穹窿底下不见了。

军港和城市完全分开。大使来了，他们必须在两座城墙中间穿过一条水道，口子开在左手，正当嘉蒙庙之前。这是个大水池，杯子一样圆，沿边码头盖着好些翼蔽船只的房子。每所房子前面立着两根柱子，柱头是阿蒙神的角，正好环绕水池成为一个连绵不断的门廊。当中一座小岛，上面峙立着一所海军徐率特的官邸。

水是澄清的，望得见水底铺的白石子。街市的声音传不到这里，哈米加经过的时候，认出他从前统帅的军舰。

仅仅余下二十来只藏在天棚下面，船身上镀着金，涂着神秘的符志，有的侧身靠在地上，有的龙骨笔直竖着，船尾高翘，船头肿胀变形。装饰的怪兽石麦耳[①]丢了翅膀，凶神巴泰克缺了胳膊，公牛少了银角；——船漆都有一多半褪了色、朽烂、没有生气，但是充满故事，依然发出跨海征战的气息，仿佛伤兵重新见到了主帅，似乎在对他说：

——是我们！是我们！你，你也被打败了啊！

除去海军徐率特，没有人能够进司令官邸。坐实不了他的死亡，只好永远把他当作活着。这样一来，元老们避免再来一个主子，尽管不喜欢哈米加，他们总算没有违反惯例。

徐率特走进荒凉的房屋。他每走一步，就又看到铠甲、家具、熟悉而又让他惊奇的器皿，甚至于出发时候祷告麦喀耳提燃烧的香灰，还在前厅的香炉里面。他所希望于归来的原不是这样！他所做的，他所看的，一一在他的记忆之中展开：攻打，焚烧，禁军，风暴，德赖帕纳，锡腊库扎，里里拜[②]，埃特纳火山[③]，艾里克斯高原，五年的

① 石麦耳是西方神话中幻想出来的一种狮头、羊身、龙尾的吐火怪物。

② 里里拜是西西里岛最西端的港口，即今马尔萨拉。迦太基与罗马曾在此进行激烈海战。

③ 埃特纳火山是西西里岛东岸的活火山，也是欧洲最高的活火山。

战争，——直到不幸的那一天，放下武器，丧失西西里。他随即又看见柠檬树林，灰色山峦上放羊的牧人，他的心因为在那边另建一个新迦太基的想象而跳跃。他的计划，他的回忆萦萦于他的脑内，船的颠簸还在让他头晕，一阵受伤的感觉压抑着他，他忽然变软弱了，感到有接近神明的需要。

于是他走上他的官邸的最高一层，然后从挂在臂上的一枚金蚌里面，取出一把带钉头的平勺，打开一间卵形小屋。

好些嵌在墙上的小黑圆片，琉璃一样透明，柔柔地照亮房间。介乎这些同一大小的圆盘的行列之间，挖了好些窟窿，犹如大墓穴里存放骨灰罐的窟窿。每个窟窿放着一块圆石头，发乌，样子像很沉重。这是只有灵性优异的人们才配崇奉的，月亮上落下来的神石。它们由陨落表示星宿、天和火，由颜色表示黑夜，由密度表示地上东西的黏合。一种窒息的气氛充满这神秘所在。海沙（大概是门隙吹进来的）给放在神龛的圆石头蒙上些许白色。哈米加拿指尖一个又一个数着，随后他拿一块黄巾把脸掩住，跪了下去，展开两臂，伏在地上。

外边的日光照射着黑色的窗格。通过它们透明的厚度显出树木、丘陵、漩涡和形体迷蒙的走兽；光投了进来，可怕而又平静；在太阳背后，那创造未来的阴暗的空间里，大概就是这样的。他努力从他的思想逐出神明的所有形象、标志和名号，为了彻底了解外表掩蔽下的不变的精神。某种星宿的生命力进入了他的身体，他对于死亡和一切不测感到一种更聪慧也更出自内心的蔑视。站起来的时候，他充满一种开朗的刚毅，怜悯或恐惧全无法伤害。他觉得胸口发闷，走上那可以俯视迦太基的塔顶。

全城以一条长弧线往下陷落，露出圆顶、庙宇、金瓦、房屋、一丛一丛的棕榈树，远远近近散布着射出火光的琉璃球，城堞围成迦太基的边界，就像一只巨大的向他倾诉的丰收角①。他望见下面的港口、广场、庭院的内部、街道的图案，人小到几乎和石地一样平。啊！假如哈龙那天早晨来到艾嘉特群岛不太迟？那么……！他的眼睛望向最远的天边，他把他的颤索的两臂伸向罗马。

群众站满了卫城的台阶。嘉蒙广场也熙熙攘攘全是人，都等着看徐率特出来，各处平台也逐渐挤满了人；有些人认出他来，向他致敬；他退回去，为了加强人民盼他复出的焦灼。

哈米加在底下大厅看见本派最重要的人物：伊思塔滕、徐拜狄亚、席克塔蒙、余巴斯和另外一些人。他们告

---

① 当地有用缀满花果的羊角表示丰饶的习俗，称为丰收角，在哈米加眼中迦太基本身就是丰收角。

诉他自从向罗马求和以来的一切经过：元老们的吝啬、佣兵的离开和返回、他们的需索、吉斯孔被俘、月神圣衣失窃、赴援雨地克和随后被迫放弃；但是谁也不敢告诉他和他有关的事情。最后，大家散了，约定夜晚在摩洛神庙元老们聚会的时候再见。

他们才一离开，门外起了一阵骚动。不顾奴仆拦阻，有人企图进来；吵闹太凶了，哈米加吩咐引见生客。

大家看见来了一个年老的黑女人，衰弱，有皱纹，打哆嗦，一副蠢样子，一领巨大的蓝色面网从头一直把她包到脚跟。她走向徐率特，面对面，互相望了一会儿；哈米加忽然颤栗了；他挥了挥手，让奴隶走开。然后，他做手势叫她当心走路，拉着她的胳膊，来到一间远僻的房间。

黑女人扑在地上，吻他的脚。他叫她起来，粗野地。

——伊狄巴，你把他留在什么地方？

——主子，那边。

她摘下面网，拿袖管揩着脸。黑颜色、衰老的颤抖、弯着的腰，全消失了。这是一个强壮的老人，皮肤仿佛让沙子、风和海染成了茶色。头皮上竖着一束白发，好像鸟的冠子，他以嘲弄的神情向掉在地上的梳装扫了一眼。

——伊狄巴，真有你的！好！

然后用他锐利的视线盯着他：

——没有人起疑心吗？

老人以喀毕尔诸神的名义向他起誓，秘密没有泄露。他们从不离开他们的茅庐，离哈坠麦特[①]有三天路程，岸边多的是乌龟，沙丘上长着棕榈树。——“照着你的吩咐，噢，主子！我教他扔标枪、驾马！”

——他壮不壮?

——是呀，主子，胆子也大！他不怕蛇，不怕雷，也不怕鬼。他光着脚，像一个放羊的，在崖边跑来跑去。

——讲下去！讲下去！

——他发明了好些家伙对付野兽。信不信由你，上一个月他打下一只鹰；他拖着鹰，鸟的血和孩子的血在空里大滴飞溅着，就像玫瑰在落。鹰生了气，拿翅膀围着他乱打；他贴胸掐住它，看着它死，他的笑声越来越高，又响又美，和剑跟剑碰在一起一样。

哈米加低下头，这些鹏程万里的先兆使他目眩了。

——不过，好些时了，他起了一种不安的心情。他远远望着海上驶过的帆，他忧愁，他推开面包，他问神，他要认识迦太基。

徐率特喊道：

——不，不！还不到时候！

---

① 哈坠麦特是来自东方的海上商人在地中海哈马马特湾最早开发的商埠港口，先于迦太基，即今突尼斯的苏塞港。布匿战争中因与罗马结盟而免遭涂炭。

老奴似乎明白哈米加所畏惧的危险，继续道：

——怎么样管他呢？我已经非答应他点儿什么不可了，我来迦太基就为给他买一把银柄刺刀，四周全是珠子。

接着他讲，望见徐率特在平台上，他告诉军港的守兵他是萨郎宝的一个女佣。

哈米加半天不言语，好像想出了神，最后他说：

——明天，太阳下去的时候，你到麦嘉辣来，在红颜料厂后面，连学三遍豺狗的叫唤。你要是看不见我，每个月的头一天你到迦太基来。别忘记！好生爱他！现在，你可以同他说起我哈米加了。

奴隶重新拾起他的服装，他们一同走出房间和军港。

哈米加继续一个人走路，没有护卫，因为元老们的聚会，遇到非常情态，永远保持秘密，大家瞒着人去。

起先他沿着卫城的东面走，然后经过草市、肯西道的画廊、香料商业区。稀少的灯光熄了，较宽的街道静了，随即有些人影子在黑地溜来溜去。他们跟着他走，中间还有人来，全和他一样朝马巴勒岬区去。

摩洛神庙建在一个凶恶地点，一座险峻的山峡底下。从下面往上望，只见到连绵上升的高墙，仿佛一座巨坟的墙壁。夜色深沉，一片浅灰的雾好像悬在海面。海打着崖岸，发出一种断气和呜咽的响声。人影渐渐消失，活似穿墙而过。

但是一跨进门，就发现自己站在一个四方大院，周围是连环拱廊。中央立着一座八面相等的建筑。穹顶之下的二楼托住一座圆亭，当中一个带凹曲线的圆锥体，顶端架着一个圆球。

好些人举着竿子，尖端套着金银细线镶嵌的圆筒，里面有火燃烧。风一阵一阵吹来，火光摇曳，映红了插在脑后发髻的金篦。他们奔走招呼，接待元老们。

石地上相隔不远，蹲着一些巨狮，吞噬一切的太阳的活的象征，犹如斯芬克司。它们眼帘半闭，睡着。但是脚步和声音把它们惊醒，它们慢慢立起，走向元老们，认识他们的衣着，拱起背，蹭着他们的臀，打着响亮的呵欠，它们的嘘息拂着火把的光。骚动加剧了，门关了，祭司全溜了，元老们也在围着庙形成的一片幽深的前廊柱子底下消失了。

柱子用圆环方式排列，一个包一个，表现农神时代①的岁历，年含月，月含日，直到神坛的正墙才算完了。

元老们就在这里，放下他们用独角鲸的角做的手杖，因为有一条法律，大家一直遵守，禁止携带任何种类的武

---

① 农神是西方人们想象中现今的大陆形成之前，原初之大地丰饶神；农神时代指罗马神话中农神萨图努斯司掌的黄金时代。

器走进会场，违者处死。有几位衣服的下摆撕了一条口子，用一个红缀子止住，表示他们哀悼亲友的死亡并未怜惜衣服，而这种伤恸的物证又防止裂缝扩大。有的把胡须封在一只紫皮小袋，用两根绳子挂在耳朵上面。大家走近了，胸贴胸，互相拥抱。他们围住哈米加，他们恭喜他，真可以说作兄弟们又见到兄弟。

这些人大都是短粗，钩鼻子，和亚述人[①]的石像的鼻子相仿。同时有些人，颧骨更尖，身材更高，脚更窄，显然属于非洲人种，祖先是游牧的土著。一直在柜台紧里过活的人们，脸色发白；有的身上带着沙漠的严酷，不见经传的太阳烧黑了他们的手，手指全有奇怪的饰物闪烁；辨别航海的人们，单看他们摇摇摆摆的步履就成；至于务农的人们，身上发出压榨机、干草和骡子臭汗的气味。如今这些年老的海盗也置产耕田，敛银子的商贾也配备船舶，传统的地主也养些做手艺的奴隶。他们熟悉宗教的清规，精于策略，残暴而富裕。他们的神情由于长久的思虑显得疲倦。他们的眼睛充满了火焰，看人都是全不相信，同时旅行、撒谎、交易和指挥的习惯给了他们本人一副狡猾和暴烈的容貌，一种谨慎而又激动的野蛮。再说，神的影响

① 亚述人是古代生活在西亚两河流域的一支闪族人，黑发钩鼻多须，凶残黩武，曾建立强大的亚述帝国。

使他们忧郁。

他们先穿过一个卵形圆顶的厅房。七扇门，有如七座行星，在墙上散出不同颜色的七个方块。他们走过一个长房间，来到另一个类似的房间。

一支镂花的灯台在紧底燃烧，八个金的分支各自托着一枚金刚钻花萼，里面燃着一根毕苏丝灯芯。它被放在连着一座大神坛（四角末端是铜的犄角）的长台阶的末一级。两旁的台阶通到神坛的平顶，看不见平顶上的石头，仿佛一座灰堆成的山，有什么模糊东西在上面慢慢焚烧。接着再往后，比灯台还要高，比神坛还要高许多，立着摩洛神，浑身铁，男人的胸脯，开着好些孔。他的翅膀张开，摊在墙上，拉长的手一直伸到地面，额头有三粒黑石，围着一个黄圈，表示三颗瞳仁。他用了老大的气力仰起自己的牛头，好像要叫唤。

围着房间排好了乌木凳子。每只凳子后面，有一根三脚古铜杆托着一盏灯。铺地的菱形贝珠又把所有的灯光反射出去。大厅高极了，四墙的红颜色临到屋顶成了黑的，偶像的三只眼睛高高在上，仿佛星星在夜晚隐去一半。

元老们坐在乌木凳子上面，袍子的后摆放在头上。他们一动不动，手交叉在宽大的袖管里面，地面的贝珠活似一条晶莹的河，从神坛流向门口，在他们的赤脚底下经过。

四位大祭司在中央，背靠背，坐在四只排成十字架的象牙座位，艾实穆的大祭司穿着橘黄袍子，达妮媞的大祭司穿着白麻布袍子，嘉蒙的大祭司穿着褐色呢袍子，摩洛神的大祭司穿着大红袍子。

哈米加走向灯台。他看着燃烧的灯芯，转了一匝，然后往上撒了一种香粉，紫焰在分支的梢头出现。

于是起来一个尖锐的声音，另一个声音在回答；一百名元老、四位大祭司和站着的哈米加，全同时唱着一首赞美诗，永远重复着同一音节，加重字音，他们的声音提高，裂开，变得可怖了，随即一下子，全都静默了。

大家等了些时。最后哈米加从胸怀取出一尊三头小像，蓝如碧玉，放在面前。这是真理的神像，他的语言的护法。然后他重新把它放进胸怀，同时全体仿佛激于一阵暴怒，嚷道：

——那些野蛮人是你的好朋友！卖国贼！混账东西！你回来看我们毁灭，是不是？让他说话！

——不许！不许！

他们要报复方才的政治仪式加于他们的拘束；虽说欢迎哈米加回来，他们现在气他事前没有预防他们的祸患，或者不如说是，没有和他们一样吃苦。

骚乱终于静了，摩洛神的大祭司站起来。

——我们问你，为什么你不回迦太基来？

徐率特蔑视地答道：

——关你们什么事！

他们的呼喊越发高了。

——你们指责我什么！是因为我仗打得不好？可你们看见我怎么布置战术的，你们却轻易就叫野蛮人……

——够了！够了！

他放低声音，要他们往清楚里听：

——噢！可不是！我弄错啦，诸神明鉴：你们当中还是有勇敢的人！吉斯孔，站起来！

于是眼帘半闭，扫一眼神坛的台阶，好像寻找什么人，他重复道：

——起来呀，吉斯孔！你可以控告我，他们会保护你的！可是他在什么地方？

随即，好像换了主意：

——啊！在家里，不用说？顾盼儿孙，使唤奴隶，快乐逍遥，数着墙上那些祖国奖给他的荣誉项圈？

他们耸耸肩，骚动着，似乎皮鞭在抽打他们。

——你们真就连他是死还是活都不知道吗？

他不再理会他们的叫嚣，说大家舍弃徐率特，就是舍弃共和国。同罗马人签订的合约，尽管他们以为上算，其实比打二十回仗还要悲惨。有人喊好，国务会议最没有钱的人，永远倾向于人民或者倾向于有专制嫌疑的人。他们的反对派，席西特的领袖和行政官员，以数目占胜；最重要的全坐在哈龙一边；他坐在大厅的另一端，正当高门，用一条橘黄墙毡挡住。

他拿粉涂抹他脸上的脓疮。但是他的头发上的金粉落在他的肩膀，做成两块明亮的片子，而头发倒显得发白，又细又卷，活像羊毛。手用浸过香油的布包住，油滴在石地上；他的病不用说是加重了许多，因为他的眼睛在眼帘的皱纹下面消失了。为了看，他必须把头往后仰。他的同党要他说话。最后他开了口，声音嗄哑而又难听：

——巴喀，少神气！我们全吃过败仗！各人有各人的不幸！你就客气点儿罢！

哈米加微笑道：

——你倒对我们讲呀，你在罗马舰队当中怎样指挥你的战船来的？

哈龙答道：

——我是叫风刮散的。

——你就像犀牛，踏着自己的粪，一动不动：你表白的是你的蠢！闭嘴罢！

于是他们开始就艾嘉特群岛之战互相责难。

哈龙指摘他不和他会师。

——但是那等于放弃艾里克斯。你应该离开岸边驶入大海，谁拦着你来的？啊！我忘了！象全怕海！

哈米加这边的人觉得玩笑开得很好，大笑了。笑声在穹顶回环，就像打琴在响。

哈龙宣称，这种侮辱不值一驳；他这场病就是由于攻打海喀东皮勒着凉得来的，于是眼泪流下他的脸，仿佛冬季一阵雨打着破墙。

哈米加重新道：

——你们从前要是爱我也像爱这家伙一样，如今迦太基就许喜出望外了！有多少回我求你们！可你们总是拒不给钱！

席西特的领袖说：

——我们也需要钱。

——我的事情到了走投无路的时候，我们喝骡子的尿，吃我们的鞋带，——我真愿意草也变成兵，让腐烂的死尸起立作战，可你们却在这时候把我仅有的船只也调了回去！

巴提巴勒，皆土里的金矿的所有人，回道：

——我们不能全牺牲掉呀。

——可是你们在这里，在迦太基，在你们的家里，在你们的墙后，又干了什么？波江①上面的高卢人需要驱

① 波江是意大利最大的河流，今称波河，在意大利北部，米兰、都灵、威尼斯等大城市都在波河平原上。天文学中的波江座就是取自波河在西方神话中的名字。

离，昔兰尼的迦南人很可能过来，就在罗马人派大使去见埃及托勒密王的时候……

——他居然向我们夸耀罗马，现在！

有人向他喊：

——他们给了你多少好处替他们辩护？

——去问布鲁提屋穆的平原，劳克耳、麦达彭特和海辣克莱①的废墟好了！我烧了所有他们的树，我抢了所有他们的庙，弄死他们的孙子的孙子……

喀浦辣斯，一个极有名的商人道：

——哎！你演说起来，像一个辩士！你到底想要什么？

——我说呀，必须更机诈，或者更凶狠！假如全非洲抛弃你们的枷铐，那是因为你们，懦弱无能的主子们，不知道把枷铐在它的肩膀上绑牢！阿嘉陶克来斯、赖古路斯、盖皮奥②，所有胆大的人，一上岸就会把它弄到手；有一天东边的利比亚人和西边的奴米第亚人携起手，游牧部落从南边来，罗马人从北边来……

起来一片恐怖的呼声，但他毫不理睬：

——噢！你们捶你们的胸，你们在尘土之中打滚，你

① 这些都是意大利最南端濒临爱奥尼亚海的古代城市，当年哈米加征战过的地方。

② 盖皮奥也是第一次布匿之战时的罗马执政官。

们撕烂你们的衣服！有什么用！你们将被赶到徐布尔去推磨，拉提屋穆的山头去收葡萄①。

他们拍打着右腿，表示他们的震惊，袖子举起来，好像受惊了的鸟，张开大翅膀。哈米加站在神坛的最高一级，被一种精神所激动，继续着，颤索着，可怖的样子。他举起臂，在他背后燃烧的灯台投来的光线，由他的手指中间穿过，仿佛一根根金色的长枪。他继续喊道：

——你们将失去你们的船、你们的田地、你们的车、你们的吊床和给你们擦脚的奴隶！豺狗将睡在你们的府第，犁将翻过你们的坟。将来也只有鹰在叫唤和一片片废墟。你将灭亡，迦太基！

四位大祭司伸开手，把恶咒挡开。全站起来。但是海军徐率特，只要富人的会议没有判他罪，就受太阳神的保护，有神圣的职级，不可侵犯。神坛附有一种恐怖。他们往后退。

哈米加不再言语。眼睛定定的，脸和他的帽珠一样苍白，他喘着气，差不多也被自己惊住了，精神惝恍在悲惨的幻象当中。他站在高地方，觉得所有古铜分枝的灯光好像一顶绝大的火冠，和石地一样平；黑烟从里面冒出，往

---

① 徐布尔是古代罗马城内的贫民区，也是当时的红灯区；拉提屋穆即今意大利罗马城所在的拉齐奥地区。

上升到圆顶的黑暗；足有好些时，静极了，可以听见远处海声。

元老们随即互相询问。他们的利益、他们的生存，在被野蛮人攻击。但是，没有徐率特的援助，没有人能够征服他们。虽说傲气冲天，这样考虑让他们忘记其他一切不满。他们把哈米加的朋友请到一旁。利害所在，双方达成妥协，有了谅解和承诺。但哈米加不肯再卷入任何政府事务。大家一齐劝解，他们求他。听见话里有卖国贼这个字眼儿，他生了气。唯一的卖国贼，是国务会议，因为佣兵的义务随战争一同终止，战争一结束，他们就自由了；他甚至于颂扬他们的勇敢，鼓吹给他们颁赏和授以特权来收买人心对于共和国的巨大好处。

于是玛格达桑，一位前任州长，转动着他的黄眼珠道：

——真的，巴喀，你因为旅行，变成一个希腊人、一个拉丁人、一个我说不上是什么的人了！你说拿什么来奖赏那些人？我是宁可死一群野蛮人，也比死我们中间一个人强！

元老们点头赞同，呢喃道：

——是呀，用得着那么麻烦？佣兵永远有的是！

——说甩就甩，对吗？把他们丢了不管，像你们在撒丁岛那样。还把他们要走的路线告诉敌人，就像高卢人在西西里所遭遇的，或者把他们在大海中赶下船。我在回来的时候，看见礁石上白花花的全是他们的骨头！

喀浦辣斯寡廉鲜耻地道：

——多可怜！

别人嚷道：

——难道他们以往没有一百回投降过敌人？！

哈米加喊道：

——那么请问，你们为什么违背你们的法律，把他们召回迦太基？等他们进了你们的城，又穷，人又多，眼睁睁看着你们的万般豪华，你们怎么就不想想办法，把他们一组一组分开，让他们失掉作用！后来，你们打发他们走，让他们连女人带孩子一块儿上路，居然一个人质也不留！你们真就以为他们会自相残杀，自动帮你们解除守信的痛苦？你们恨他们，因为他们强！你们尤其恨我，因为我是他们的主帅！噢！方才你们吻我手的时候，我就觉到了，你们只是强制自己，不咬我的手就是了！

如若睡在院子的狮子吼着进来，叫嚣的声音也不会更惊人。但是艾实穆的大祭司站了起来，膝盖贴着膝盖，两肘靠紧身子，立得笔直，把手张开一半，说道：

——巴喀，迦太基需要你统率布匿大军去讨伐佣兵！

哈米加回道：

——我拒绝。

席西特的领袖嚷道：

——我们给你一切权力！

——不干！

——没有监督，军权统一，钱随你要，所有俘虏、全部战利品都归你。打死一个敌人，给五十柴赖①土地。

——不干！不干！因为有你们在，就赢不了！

——他害怕！

——因为你们懦怯、吝啬、忘恩负义、畏首畏尾、疯狂！

——他才偏爱他们哪！

有人道：

——好做他们的头领呀。

另一个人道：

——再来干掉我们。

在大厅的深处，哈龙嗷叫道：

——他想称王呀！

于是他们一跃而起，翻倒凳子和灯台，他们成群奔向神坛，他们挥动刺刀。但是，哈米加在袖子底下摸了摸，抽出两把大刀；腰弯一半，左脚向前，眼睛闪闪发光，牙

① 柴赖是古代面积单位，约为 1/4 平方肘；50 柴赖大约为 2.5 平方米。

咬紧，他在金的灯台下面动也不动，等待他们。

他们为安全起见，全带着武器，可这是犯法的，他们心怀鬼胎，彼此张望，恐惧了。因为全都一样有罪，人人很快安下心来。于是他们拿背转向徐率特，慢慢退下来，又忿怒，又惭愧。他们这是第二回在他面前退却。他们直直站立了好些时。好几个人伤了手指，含在嘴里，或者轻轻用他们的下摆揉搓。哈米加听见他们在走开的时候说：

——哎！因为他多个心眼，怕惹女儿难受！

传来一个更高的声音：

——那还用说，她的情人都是在佣兵当中挑的么！

他先是犹疑，随即急忙拿眼睛寻找沙哈巴瑞。但是，达妮媞的祭司，独自一人留在他的座位，哈米加从远处仅仅望见他的高帽子。人人当面嘲笑他，他的痛苦越增加，他们的喜悦也越高；谩骂之中，留在后面的人们还喊着：

——有人看见他从她的房间走出来！

——塔莫斯月的一个早晨！

——就是偷走圣衣的那个人！

——一个美极了的男子！

——个子比你还高！

他摘下他的冠，他的地位的符志，——他的有八道神秘排列的冠，正中镶着一个碧玉的贝介——他用两只手，用全副气力，把它丢在地上。金道道裂了，往上跳跃，珍珠在石地上滚响。他们于是看见他的白额头有一条长长的疤痕，蛇一样，在他的眉毛中间抖动，他的四肢颤栗着。他奔上旁边一个台阶，通到神坛，在上面走着！这是向神献身，把自己当作牺牲献了上去。

灯比他的皮带鞋还要低，光因为他的一口钟的飘拂而摇曳不定，他的脚扬起细粉，仿佛一片云，一直围到他的肚腹。他在铜像的腿当中停住。他用手满满扬起两把这种灰尘（仅仅看一眼这种灰尘，迦太基人就全都吓呆了），他说：

——凭你的智慧的百道明光！凭喀毕尔的八道圣火！凭星辰、陨石和火山！凭一切燃烧的东西！凭沙漠的渴和海洋的咸！凭哈德鲁梅的洞穴和灵魂的权势！凭死尽死绝！凭你们儿子们的尸灰、你们祖先的兄弟们的尸灰，现在我把我的尸灰也添上！你们，迦太基国务会议的一百个委员，你们毁谤我的女儿，你们在撒谎！我，哈米加·巴喀，海军徐率特，富人们的首领和人民的长官，当着牛头摩洛神，我发誓……

大家以为他有惊天动地的话要说出来，但是他的声音更高也更平静：

——我一个字也不会同她说起这件事！

戴着金箆的神仆进来了，——有的拿着红海绵，有的拿着棕榈枝子。他们掀起挂在门前的橘黄帷帘；这个角落一打开，就可以透过别的大厅的深处，望见玫瑰色的天空，似乎接续着厅房的穹窿，直至天边倚着蔚蓝的海。太阳走出波涛往上升。阳光忽然射到有栅栏关着的分成七块的铜像的胸脯。巨像的嘴张大了，露出红牙，像是打着奇丑的呵欠；它巨大的鼻孔裂开，阳光让它有了生气，赋予它一种不耐烦的可怖的神情，仿佛它想跳到外面，和太阳和神合成一体，一同遨游宇宙的浩瀚。

但是碰倒在地上的火炬还在燃烧，四散在镶嵌贝珠的地上，延伸开去仿佛血的斑点。元老们力竭了，蹒跚着，他们大口大口吸进新鲜的空气，汗流在他们惨白的脸上，由于叫嚷过度，几乎发不出声了。但是他们对于徐率特的恼怒并未减轻，他们不向他辞别，仅仅拿话恐吓，哈米加也这样回应他们：

——巴喀，今天夜晚，艾实穆庙！

——我要来的！

——我们要让富人们判你罪！

——我呀，有人民！

——当心钉十字架！

——你们小心别在街上给人撕烂了！

他们一走到院口，就恢复一副平静的容颜。

厮走和车夫在门口等着他们。大部分骑着白母骡走了。徐率特跳上车，拾起缰绳；两匹牲口弯下颈肩，有节奏地踢打着跳掷的石子，朝上奔向马巴勒岬区的大路，车头的银鹫似乎在飞，车快极了。

路经过一块田地，立着好些长石碑，顶端尖尖的，仿佛金字塔，中央雕着一只手，摊开了，好像埋在底下的死人朝天伸着手，呼吁什么东西。随后是四散分开的一些小房子，泥土的、树枝的、灯芯草的，全是圆锥形。石子矮墙、活水沟渠、北非的茅草绳或仙人掌篱笆，不规则地隔开这些茅舍；靠近徐率特的花园，茅舍越聚越密。但是哈米加拿眼睛望着一座高塔，三个奇大的圆柱形成的三层塔楼，第一层用石头建筑，第二层用砖，第三层全用柏木，——二十四根桧木柱子支着一个圆铜顶，垂下互相交结的铜链，仿佛流苏。这座高大的建筑俯瞰着右侧的房屋、仓库、交易所，同时妇女居住的内宅立在扁柏深处——这些扁柏排列整齐，犹如两堵古铜墙壁。

辚辚而响的车由窄门进来，在一个宽大的厩棚底下停住。有些马，腿上绑着绊索，在这里吃着割下来的成堆的草。

奴仆全奔了过来。他们是一大堆人，在田野工作的人们害怕兵士，也聚到了迦太基。农夫们披着兽皮，拖着钉在脚踵的链子；制造红颜料的工人们，胳膊红红的如同屠夫；水手们戴着绿帽子；渔夫们戴着珊瑚项圈；猎户们的肩膀搭着一张网；住在麦嘉辣的人们，依照他们的服务或者他们不同的工艺，穿白上衣或黑上衣、皮短裤，戴小草帽、小毡帽或者小布帽。

后头挤着一群褴褛的贱民，这群人没有任何职务，远远离开居室，夜晚就睡在花园，嚼着厨房残余的饭菜——活在府第的阴影之下的霉菌一样的人。哈米加出于远见收留下他们，倒不是由于蔑视。他们表示喜悦，耳边插着一朵花，其中许多人就从来没有见过他。

但是有些男子，头梳成斯芬克司样式，拿着大棍，赶进人群，左右乱打。他们要撵开那些急于见到主子的好奇的奴隶，怕他们人多挤坏了他，他们身上的气味熏坏了他。

于是全体扑在地面喊着：

——神的眼睛，保佑你的家丁兴旺！

在这些人中间，在扁柏林道，这样伏在地面的有总管阿布达努尼穆，戴着一顶白冠，手里捧着一个香炉，走向哈米加。

萨郎宝在这时候也走下船形楼梯。她的侍女全随在后面。她下一步台阶，她们也下一步。金箔闪闪的带子捆扎着罗马女奴的前额，黑女奴的头杂在她们的行列里做成大的黑点子。还有的女奴头发里面插着银箭、碧玉蝴蝶，或者长针摊开如太阳。在这些相互掩映的白衣服、黄衣服和蓝衣服之间，熠耀着戒指、钩子、项圈、流苏、镯子；传来一片轻薄衣衫的窸窣响声；大家听见皮带鞋在响，还有赤脚踏着木头的发闷的声音；——这里那里，会有一个高大的阉侍，高过她们一肩膀，微笑着，脸在空里仰起。男人们的呼喊平静了，然后妇女们拿袖子遮住各自的脸，一同发出一声奇怪的嘶喊，仿佛母狼在嗥叫，这样发狂，这样尖锐，站满了妇女的大乌木楼梯，从上到下，好像一架里拉琴在颤响。

风掀起她们的面网，纸莎草的细枝轻轻摇摆着。时令是深冬，正当细罢特月。石榴花迎着碧空怒放，隔着遮挡的树枝，大海和一座岛屿在雾里若隐若现。

望见萨郎宝，哈米加站住了。她是他死了好几个男孩子才有的。而且，信奉太阳的宗教把生女孩子看做一种灾难。虽说神在后来给了他一个男孩子，但是他内心仍有愿望被出卖的感觉和从前对她的诅咒带来的震撼。但是萨郎宝继续走动。

颜色不同的珍珠缀成她的长耳坠，垂到她的肩膀，甚至于碰到肘子。头发卷着，模样仿佛一片云。围着她的颈项是四四方方的小金片，刻着一个女人站在两只蹽起后脚的狮子中间的图案，她的衣服完全依照女神的服装式样。橘黄袍子束着她的腰，宽袖，下摆放开。嘴唇鲜红，显得她的牙分外白，眼皮发蓝，显得她的眼睛分外长。她的皮带鞋用鸟羽剪成，后跟很高。她的脸色异常苍白，不用说，由于冷的缘故。

她终于走到哈米加跟前，不看他，也没有举起头，向他道：

——敬礼，众神的眼睛，永生的光荣！祝您胜利！安闲！如意！富裕！许久以来，我的心是忧郁的，一家人也都没有生趣。但是主子回来，就像塔莫斯[①]复活了；在您的关注之下，噢，父亲，一种欢悦，一种新的生命要在四处绽放！

她从达纳克的两手接过一支长方小瓶，里面有一种面粉、牛油、白豆蔻和酒的混合物在冒热气，她说：

——您的丫头制备的接风的饮料，您就大口喝了罢。

他回答：

——愿你有福！

他机械地拿起她献给他的金瓶。

同时，他打量她，那样严酷专一，萨郎宝不安了，结巴道：

——噢，主子！人家对您讲了……

哈米加低声道：

——是的！我全知道！

① 塔莫斯是古代两河流域苏美尔人信奉的主管食物与植被的天神，也是犹太教历中4月（塔莫斯月）名称的由来。

这是她在认罪？还是讲那些野蛮人？于是他泛泛地表示，希望自己一个人就可以解决这些令公众困扰的事。

萨郎宝嚷道：

——噢，父亲！您抹不掉那已经铸成的大错！

于是他往后倒退，萨郎宝惊于他的震惊，因为她没有想到过迦太基，仅仅想着她曾经参与的渎神的罪行。这位威慑三军的人物，她根本就不熟悉，神明一样使她畏惧，他已经猜破了，他知道一切，有什么可怕的事情就要发生了。她喊着：

——饶恕我！

哈米加低下头，慢慢地。

虽然愿意认罪，她不敢张开嘴唇，但几几乎被怜恤和安慰的需要窒息了。哈米加直想毁弃他的誓言。他没有，由于骄傲，也由于害怕真就结束了他的猜疑，所以面对面，为了刺取她藏在心底的东西，他用尽力量看着她。

视线太沉重了，萨郎宝喘吁着，支持不住，一点一点把头缩进肩膀。他现在确定她曾经接受一个野蛮人的拥抱了，他颤栗了，举起两个拳头。她喊了一声，倒在她的侍女中间，她们急急围了过来。

哈米加旋转脚跟。随从全跟他走了。

货栈的门打开，他走进一座大的圆厅，仿佛辐辏之于轴，连结各个厅房的长廊全在这里聚集，中央立着一座石盘，四周有栏杆撑持着堆在地毯上面的坐垫。

徐率特先是大步疾行，喘着粗气，脚后跟打着地面，手在额头拂来拂去，就像一个人让苍蝇困住了。他摇着头，但是瞥见他积聚的财富，他平静了。长廊的距离引着他的思想，流散在其他充满了更珍贵的宝藏的厅房。铜片、银块、铁条和从锡岛①跨过黑暗之海②带来的锡球交错着；黑人地区生产的树胶溢出了棕榈树皮做的口袋；聚在皮袋里面的金沙，不知不觉又从太旧的缝口漏掉。由海洋植物抽得的细线，悬在来自埃及、希腊、塔浦拉班岛③和犹太山地④的亚麻中间；好些珊瑚般的摆设，仿佛大捧的荆棘，在墙边杈枒倒竖；香料、皮革、调料和一大把一大把捆在房顶的鸵鸟羽毛，发出一种形容不来的气味在空中飘浮。象牙在尖梢绑好，直立在每一长廊之前，形成门上一座穹窿。

最后，他走上石盘。随从全交起臂，低下头，同时阿布达努尼穆，一副骄傲的神情，举起他头上尖尖的小冠。

---

① 锡岛是传说中法国布列塔尼半岛以西，比斯开湾中靠近卢瓦河入海口处的一些出产锡的小岛。由于泥土淤积，如今已不复存在。

② 黑暗之海是当时航海人对环绕西班牙的大西洋海域的一种敬畏提法。

③ 塔浦拉班岛是靠近斯里兰卡南部海岸的一座小岛。

④ 犹太山地又称朱迪亚，是古巴勒斯坦南部地区的名称，即今巴勒斯坦南部和约旦西南部。

哈米加问着管船务的头目。这是一位老水手，眼皮经不住海风吹打，粗糙皲裂；一团团白胡子一直垂到腰臀，就像风暴的泡沫还留在他的胡须上面。

他回答，他曾经由嘉代司和提米亚马塔派出一队船，绕过南角和香料海岬，打算驶到以旬迦别①。

别的船继续在西方航行，四个月里面没有遇到海岸，但是船头和水草搅在一起，天边不断有瀑布的声音在响，血色的雾翳蔽住太阳，一阵香喷喷的风把水手全吹困了，他们的记忆已经乱了，如今是话也说不清了。不过，船总算进了西古提人②的河流，深入克尔奇斯③、因格拉人④和艾斯提安人⑤的地域，在群岛上抢到了一千五百名姑娘，为了保守航行路线的秘密，把所有在艾斯垂孟海岬⑥之外航行的外国船只击沉。托勒密王扣下了舍巴耳⑦的香料，

---

① 以旬迦别是亚喀巴湾最北端港口的旧称，即今以色列的埃拉特港。

② 西古提人，又称斯基泰人、西徐亚人，是古代居住在黑海以北的具有伊朗血统的游牧民族，善骑射，曾击败波斯帝国大流士的入侵。

③ 克尔奇斯是古代格鲁吉亚地区的一个王国。

④ 因格拉人是古代波罗的海地区芬兰-乌戈尔语系的一个土著分支。

⑤ 艾斯提安人是小亚细亚西北部，古代比提尼亚地区的一个民族。

⑥ 艾斯垂孟海岬位于西班牙的加斯科涅海湾。

⑦ 舍巴耳在埃塞俄比亚境内。

锡腊库扎、以拉他[1]、科西嘉和一些小岛没有东西给。接着老水手放低声音，宣布有一艘三层橹的战舰在卢西喀达[2]被奴米第亚人掳去了，

——主子，因为他们和他们有勾结。

哈米加皱着眉，随后他做手势叫管商旅的头目讲话，这人裹着一件棕色袍子，不扎带子，头拿一条长长的白幅包起，飘过他的口边，朝后搭在肩膀上面。

商队照常在冬分出发。可是，一千五百人走进偏僻的埃塞俄比亚，他们有优良的骆驼、崭新的皮袋和大批的花布，却只有一个人回到迦太基，——此外不是累死，便是由于沙漠的恐怖疯了；——这个人说他走过阿塔朗特人[3]和大猿的地区，远在黑哈路实山[4]以外，曾经看见若干广袤的王国，最无谓的器皿全是金子铸的；一条奶色的河流，海一样浩渺；蓝色的树林，香料堆成的山，在岩石上生长的人脸妖怪，瞳仁看着你，像花一样绽放；随后，在满是巨龙的湖泊后面，有水晶的山架住太阳。有从印度回来的人，带着孔雀、胡椒和新的织物。至于那些沿着锡尔

---

① 以拉他，也称以禄，位于红海亚喀巴湾顶端沿岸的古代城市，即今约旦的亚喀巴。

② 卢西喀达是古代奴米第亚的海港，即今利比亚的斯基克达港。

③ 阿塔朗特人是利比亚的土著部落。

④ 黑哈路实山是位于非洲北部的山脉。

特湾和阿蒙庙去买玛瑙的人们，不用说，在沙漠地里死光了。皆土里和法沙纳[①]的商队照旧供给各自的商品，但是如今，商旅头目却不敢组织任何商队了。

哈米加明白，佣兵占住了四乡。默默呻吟了一声，换了个肘子支撑，管田地的头目虽说肩膀宽，瞳仁又红又大，可是害怕说话，直打哆嗦。扁鼻子像只獒犬，脸上蒙着一个树皮的筋编织的网，他系了一条带毛的豹皮腰带，上面挂着两把可怕的宽刀。

哈米加一朝他转过身子，他就开始叫喊，援引了所有的神明。这不是他的错！他没有办法！他注意气候、土壤、星宿，在冬至播种，在下弦芟剪，检查奴隶，留心他们的衣着。

但是哈米加嫌他啰嗦。他响了一下舌头，挂刀的人连忙就说：

——啊！主子！他们抢光了一切！什么也砸！什么也毁！在马萨拉，他们砍掉了三千棵树；在雨巴达，他们捣毁了仓库，填死了水池子！在特代司，他们装走了一千五百高冒[②]的面粉；在马辣萨纳，他们杀了牧羊人，吃了羊，还烧了你的房子，你夏天来住的柏木大梁的好房子！

---

① 法沙纳是在利比亚昔兰尼加地区的一座城市。

② 高冒是古代容量单位。

在杜布耳包收割大麦的奴隶全逃进山里去了；驴、驴骡、骡子、陶耳闵[①]的牛、奥兰日[②]的马，一只也不见了！全带走了！毁定了！我简直活不下去了！

他哭着继续道：

——啊！您要是知道从前地窖里有多满，犁头有多亮！啊！壮实的公羊！啊！壮实的公牛！……

哈米加的怒火把自己噎住，最后爆发了：

——住嘴！难道我真就成了一个穷光蛋？别撒谎！讲真话！我要弄清楚我全部丢掉的东西，哪怕只剩一谢克，只剩一辆车，我也要弄清楚！阿布达努尼穆，拿账给我看，船账、商队账、田地账、家用账！你们要是黑了良心的话，当心你们的脑壳！——走开！

所有的管事，全头垂到地面，倒退着，走了出去。

阿布达努尼穆到壁阁中间取出一些绳结、布条或者纸莎草条，写着细字的羊肩胛骨，把它们放在哈米加的脚边，另拿一个木框呈到他的两手当中，木框里面嵌着三根串着金球、银球和角球的线。他开始念道：

——马巴勒岬区有一百九十二所房子租给新迦太基

① 陶耳闵是西西里岛东北部靠近墨西拿的山城。

② 奥兰日是西班牙的地名，出产良马。

人，按月收一个拜喀[1]。

——不成！太多了！对穷人要慈悲！你记下那些你觉得最有胆量的人的名字，想法子打听一下他们拥护不拥护共和国！还有呢？

阿布达努尼穆惊于这种慷慨，迟疑了。

哈米加从他的手里夺过布条。

——怎么的啦？围着嘉蒙的三座府第，一个月才十二开西塔[2]！改成二十！我不想让有钱人把我给坑了。

大总管行了一个长礼，然后道：

——借给提伊拉斯两吉卡耳[3]，季终为期，按海上利息，本三利一；借给巴耳马喀耳提一千五百西克，三十名奴隶做抵押。不过十二名在咸水地死掉了。

徐率特笑着道：

——那是因为他们不结实！没有关系！他要钱，借给他好了！钱永远应该出借，但利息不同，依照各人的财富。

于是总管急急忙忙往下读着一切进账：阿纳巴[4]的铁

---

① 拜喀（《圣经》中译为比加）是和西克等值的货币单位，等于半个谢克。

② 开西塔也是古代货币单位，数值不详，应不低于谢克。

③ 吉卡耳是古代重量与货币单位，有轻重之分，分别相当于 1 个达郎（36 公斤）或 2 个达郎（72 公斤）。

④ 阿纳巴是阿尔及利亚东北部的天然良港，靠近突尼斯。

矿、珊瑚采集地、红颜料作坊、希腊居留民的田赋、运往阿拉伯的银子（能换回十倍金子）、抢掠船舶的收益——其中要扣除月神庙征收的什一税。

——主子，每回我都少报给他们四分之一！

哈米加拨弄算盘，球在手指底下响着。

——够啦！你支付了些什么？

——依据这些凭信（已经确认了），付给科林斯①的斯塔陶尼克莱斯和三位亚历山大城②的商人三千雅典德拉克马③和十二叙利亚金达郎。一艘三层橹的战舰，每月水手的粮食涨到二十弥那④……

——我知道！丢掉的有多少？

总管道：

——这是那些铅皮上记的账。至于合伙租借的船只，因为必须常常把货物丢到海里，后来就按照合伙的人数，匀摊数目不等的损失。从军械库借来的缆索，因为没有办法归还，在远征雨地克之前，席西特要了八百开西塔去。

哈米加低下头道：

---

① 科林斯是古希腊的重要城邦，在伯罗奔尼撒半岛的东北。

② 亚历山大城是古埃及在地中海的重要港口城市。

③ 德拉克马是古希腊重量和货币单位，约3.24克，相当于半个西克。

④ 弥那是古希腊重量和货币单位，等于200德拉克马，相当于50个谢克。

——又是他们！

他好半晌没有作声，他觉得好像所有怒恨的重量压在他的身上：

——可是麦嘉辣的开销，我怎么没有看见？

阿布达努尼穆的脸色苍白了，他从另一个壁阁取出好些皮绳子一捆一捆串好的枫木小板。

哈米加听他读，对于家常琐碎感到兴趣，列举数字的声音的单调使他平静下来，阿布达努尼穆的声音越来越慢。他忽然把木板子丢在地上，自己也趴了下去，伸开胳膊，做出罪犯受刑的姿势。哈米加无动于衷，捡起账片，他的嘴唇咧开了，他的眼睛睁大了，仅仅一天的工夫就见肉、鱼、鸟、酒和香料的消费到了令人难以置信的程度，还不算砸碎的瓶罐、死了的奴隶、丢掉的地毯。

阿布达努尼穆一直匍匐着，把野蛮人的宴会说给他听。他没有能够推脱掉元老们的命令，——再说，萨郎宝愿意多花钱，好好儿招待兵士。

听到女儿的名字，哈米加一下跳起来。随后他收紧嘴唇，蹲到坐垫上面，拿指甲撕着坐垫的穗子，喘着气，瞳仁定定的。他说道：

——起来！

他走下了石盘。

阿布达努尼穆跟着他走，膝盖直打哆嗦。于是，抓住一根铁棍子，他像个疯子似的掀动铺地的石板。一块圆木盖跳了起来，不一会儿，沿着长廊，露出好几块这样大的圆木盖，盖子底下都是收藏谷物的地洞。

颤索的总管道：

——您看，神的眼睛，他们还没有全拿走！它们每个有五十肘深，全都是满的！您在外的期间，我叫人在军械库、在花园，到处全挖了洞！您的家里藏满了麦子，就像您的心里全是智慧。

微笑飘过哈米加的脸：

——办得好，阿布达努尼穆！

随后，附在他的耳边：

——不管什么价钱，不管什么地方，伊特鲁里亚[1]也好，布鲁提屋穆也好，弄麦子来！聚着，守着！我必须一个人霸占迦太基的全部麦子。

接着，他们来到长廊的尽头，阿布达努尼穆拿起一把挂在腰带上的钥匙，打开一间方方正正的大屋子，中央拿柏木柱子分开。金钱、银钱和铜钱，放在桌子上面，或者塞在壁龛里面，顺着四边的墙，一直上到屋子的顶梁。河马皮做的大筐子在角落托着整排稍小的口袋；石板上的铜币堆成了小山；有些地方，钱堆太高了，倒了下来，样子

① 伊特鲁里亚是古代意大利中北部地区的称呼。

好像倒塌了的柱子。迦太基的大钱，上面铸着达妮媞和一匹马在一株棕榈树底下，它们和殖民地的大钱混在一起，上面铸着公牛、星星、圆球或者月牙。随后就见数目不等、面值不同、大大小小、各种年代的货币——亚述的古币，如指甲般薄；拉提屋穆的古钱，比巴掌还厚；艾伊纳①的纽扣货币，巴克特里亚②的板形货币，拉塞代冒的短棒货币；有些钱长了锈，起了油，被水浸绿了，或者给火烧黑了，不是渔网捞起来的，便是围城之后废墟中间捡到的。徐率特很快就计算出来眼前的数目和方才他听到的亏盈是否相符，他正要走开，瞥见三只铜坛完全成了空的。阿布达努尼穆表示恐怖，把头转开，哈米加耐下心，不作声。

他们穿过别的长廊、别的厅房，最后来到一座门前，为了门户加严，依照新近传到迦太基的罗马人的习惯，拿一条长链子把一个人拦腰捆在墙上。他的胡须和他的指甲异常之长，他不停地左右摆动，仿佛一只被囚的野兽。他一认出哈米加，便扑向他嚷道：

---

① 艾伊纳是距离雅典仅 17 海里的小岛，但古希腊时期却是雅典经济上的主要竞争对手。岛名含义“鸽子岛”，也是早年腓尼基定居者命名的。

② 巴克特里亚在兴都库什山以北的阿富汗东北部地区，公元前 3 世纪中叶希腊殖民者曾在此建立奴隶制的巴克特里亚王国，中国史书上称之为“大夏”。

——慈悲呀，神的眼睛！可怜呀！杀了我罢！我有十年没有看见太阳了！看在你父亲的份上，发发慈悲！

哈米加不回答他，拍了拍手，出来三个人。于是四个人同时挺起胳膊，把关住门的大棍子从门环抽出。哈米加拿了一根火把，在黑暗之中消失了。

据说这里是家族坟穴所在，然而见到的只是一口大井。井掘来仅仅为了欺唬窃盗，实际空无所有。哈米加走过旁边，随后，他弯下腰，推着一个十分沉重的磨，围着轴座旋开，顺着这个洞口，走进一间锥形房子。

铜片覆着墙，中央是一个花岗石座，上面立着一尊叫做阿莱特的喀毕尔神像，传说中塞提拜芮①矿穴的发现者。靠地，在神座底下，十字交叉地堆放着一些巨大的金盾和极其硕大的实心银瓶，这些银瓶奇形怪状，根本无法使用，只是由于人们惯于把大量的金属铸成这种难以盗用、甚至连动也几乎不能动的东西。

他用火炬点着了固定在神像帽子上的一盏矿灯，于是绿色、黄色、蓝色、紫色、像酒一样颜色、像血一样颜色的火光，立即照亮了大厅。这里到处都是宝石，有的装在金葫芦里，这些葫芦像路灯一样悬挂在铜片上，有的还保持天然的矿石形态沿着墙脚堆放。它们有用投石器从山上砸下来的柯

① 塞提拜芮指西班牙东北部的山区。

拉伊石[①]、猞猁尿凝结成的红宝石、月亮上掉下来的陨石、波斯的纯绿宝石、金刚钻、印度的闪色宝石、绿柱石，还有三种不同类型的红宝石、四种不同的蓝宝石、十二种不同的绿宝石。它们闪烁着，像飞溅的乳汁、蓝色的冰晶和银粉，向四周散发出成片、成束，或星星般的光芒。因雷电而生的雷公石挨着能疗毒的玉髓璀璨发光。来自扎巴喀山的黄玉，可以克制恐惧；巴克特里亚的蛋白石，可以预防流产；还有阿蒙角，放在床下就可以使人做梦。

宝石的光芒和灯光同时从巨大的金盾中反射出来。哈米加抱着胳膊，站在那里微笑；——他意识到自己拥有财富的欢乐远胜于实际看到这些珍宝。他的财富是无人企及的、取之不竭的、无穷无尽的。长眠在他脚下的祖先，把他们某些永生的东西注入他内心深处。他觉得自己同地下的神祇十分接近。就如同喀毕尔诸神中的一位一样快乐，他感到强烈的光线照到他的脸上，就像有一张看不见的网，越过深渊，用网的尽头把他系在世界的中心。

一个念头让他心头猛地一颤，立刻转到神像后面，直接奔墙而去。他抬起胳膊看臂上刺的花纹：一条横线加两条竖线，这是迦南人记录的数字十三。于是数到第十三块铜片，他把宽大的袖筒卷了起来，伸直右臂，仔细辨认上面另

---

① 柯拉伊石是一种古代浅蓝绿色的半成品宝石。

一些更复杂的线条，同时手指像弹里拉琴一样在墙上移动。然后，他用大拇指敲了七下，那块墙体就整个移开了。

墙后面藏着个小地窖，里面是些神秘的、叫不上名字、无法估价的奇珍异宝。哈米加走下三级台阶，从一个银桶里捞出一块浸泡在黑色液体里的羊驼皮，然后再回到上面。

这时，阿布达劳尼穆赶到他的前面行走。手里握着一根圆头上装着铃铛的长手杖，边走边用它敲打地面的石板，走到每间屋子前面，他都呼喊着哈米加的名字，还加上许多动听的颂词和祝福。

所有的走廊都汇聚到一个环形的回廊，这里沿墙码放着檀香木条、成袋的散沫花①、成瓶的利姆诺斯土②，以及盛满珍珠的龟壳。徐率特走过的时候，他的外衣毫不在意地拂着这些宝物，甚至连太阳神的光线培育出来的巨大琥珀也照样一眼都不看。

一阵香雾飘了出来。

——把门打开！

他们走了进去。

---

① 散沫花，俗称指甲花，生长于热带的一种灌木，花极香，叶可作红色染料。

② 利姆诺斯是希腊位于爱琴海北部的岛屿，以火山岩为主，东部有肥沃平原。古时候，利姆诺斯土被用于治疗蛇咬伤、创伤和鼠疫。

许多赤条条的男人正在揉面、研磨草药、拨弄炭火、把油灌进坛子、打开和关上在墙的四壁上挖的无数卵形小巢，整间屋子就像是个蜂窠。小巢里塞满了诃子[①]、伪没药[②]、藏红花和香堇菜[③]。到处散放着树胶、粉末、根茎、玻璃药瓶、绣线菊[④]枝叶、玫瑰花瓣，等等；尽管屋子中央一个旋转的青铜三脚架上有安息香[⑤]在劈啪作响，这里的种种气味仍然使人窒息。

香料总管身子细长而脸色苍白，就像根蜡烛，他走到哈米加跟前，把一卷香脂捏碎放在哈米加手里，另外两个人用香根菊[⑥]叶来给哈米加摩擦脚跟。哈米加把他们推开。他们都是些品行不端的昔兰尼人，只是由于身怀秘技才受到重视。

为了卖乖，香料总管用一个金银合金勺，盛了一点叙利亚蒌叶[⑦]油给徐率特品尝，接着他又用一把锥子刺破了

---

① 诃子是一种使君子科乔木，高 30 米，果实入药。

② 伪没药，音译普渡拉克，又称非洲香脂，是一种类似于没药的芳香树脂，从某种没药属灌木或树木中提取。

③ 香堇菜是一种多年生草本植物，全草入药。

④ 绣线菊是蔷薇科直立灌木，高达 2 米，它的子、叶、根均可入药。

⑤ 安息香是安息香科植物的干燥树脂，是一种宝贵的药材。

⑥ 香根菊是菊属大灌木，水生植物，多用于化妆保健品。

⑦ 蒌叶，又名蒟酱、槟榔蒌，攀援藤本植物，富含挥发油，可入药或作调料。

三粒印度牛黄。主人是懂行的，他拿起一只装满香料的羚羊角，把它挪近炭火，侧举在袍子上方，登时袍子上出现了一滴棕色斑点，原来这是假货。于是他狠狠盯住香料总管，一句话不说就把羚羊角扔他脸上。

这些假货会带来很大损失，他气愤得那么厉害，以致看见准备出口的成包的甘松香膏①，他就下令往里面多掺些锑，使货物更重些。

然后，他问专供他使用的三盒波斯香精油到哪里去了。

香料总管供认自己失察，当时佣兵举着刀狂吼着冲进来，他只好把墙上的巢房全打开了。

徐率特大喝道：

——原来你害怕他们更甚于害怕我！

他的两只眼珠透过烟雾就像火炬一样射到脸色惨白的总管身上，这大个子刚开始醒悟过来。

——阿布达劳尼穆！在日落以前你让他尝尝鞭刑的滋味，要打到他皮开肉绽！

这点损失比起别的损失来显然微不足道，可是却把他激怒了；因为尽管他拼命想从脑子里赶走蛮族人，可他们

---

① 甘松香膏，古代一种贵重的香膏，有麝香味，取自匙叶甘松的根茎。

总是回来。他们似乎无处不在并且和他女儿的耻辱紧密相联，他痛恨整个府第的人都知道这事却没人告诉他。冥冥中有股力量在强把他推入灾难的深渊，于是他发疯似的四处巡视，查看了交易所后面仓库里的沥青、木材、铁锚和缆索、蜂蜜和蜡的存量，视察了布匹堆栈、食品储藏室、大理石工场以及存放席芙穆的库房。

接着，他又走到花园的另一边，视察府第手艺人的窝棚，他们的产品都用来出售。裁缝在绣一口钟，有的人在织网，还有的人在装饰靠垫或裁剪皮带鞋，埃及工人在用贝介磨纸莎草，织布的梭子声和打造兵器的铁砧声不绝于耳。

哈米加对兵器匠说：

——多给我打些利剑！不停地打！我太需要它们了。

说完他从怀里扯出那块在毒液里浸过的羚羊皮，叫人给他裁剪一副护胸甲，它会比青铜甲更结实，刀枪和火攻都不怕。

当他走近工人的时候，阿布达劳尼穆想把哈米加的怒气转移到工人们的身上，于是嘴里嘀嘀咕咕地指责工人们的工作：

——这算干的什么活！真可耻！主人对你们太宽容了。

哈米加没有理他的话，就走出去了。

他放慢了脚步，因为到处都有烧焦了的大树挡住了去路，就像是牧人扎过营的树林一样，而且栅栏也倒了，沟渠里的水也没了，烂泥水洼当中布满了玻璃碎片和猴子的枯骨。破布条东一处西一处地挂在灌木丛里，柠檬树底下腐烂的花朵已成了一堆堆黄色的粪土。奴仆们满心以为主人再不会回来，所以一切全都撂下不管了。

每走一步，他都会发现新的灾难，给他所不想知道的那件事多加了一份佐证。他真是穿着大红短靴偏踩秽物，自找晦气，而他又不能把这些蛮族人都抓来，当着他的面用投石机打得粉身碎骨！他恨自己不该为他们辩护，这太丢人，完全是欺骗、是背叛！眼下他既不能对佣兵进行报复，又不能对元老们、对萨郎宝或者其他任何人进行报复，为了发泄怒气，所以他就把管理花园的所有奴隶全都罚到矿里去服苦役。

阿布达劳尼穆每次看见他走近象园，便禁不住哆嗦起来。可是哈米加还是走上了通磨坊的小路，因为听到那里传来一片凄凉的悲鸣。

沉重的石磨在漫天的粉尘中转动。石磨就是两块叠在一起的锥形斑岩石，上面那块有个漏斗，依靠几根结实的粗木杠子推着它，在下面那块磨盘上旋转。有些男人在用胸膛和手臂推着木杠，另一些人套着轭在牵拉。胸带的摩擦在他们腋窝四周留下了一片片化脓的痂盖，就像人们在驴子的肩上看到的那样；身上虚披着污黑的破衣烂衫，差点儿都遮不住腚，垂下来的破布条像条长尾巴拍打着他们的小腿。他们的两眼通红，胸脯伴着脚上铁链的响声在一上一下喘气。他们的嘴上戴着嘴套，用两根铜链系紧，让他们没法吃面粉；手上套着无指手套，让他们没法偷拿。

主人一走进来，木杠子嘎嘎地响得更厉害了。谷粒吱吱地被碾得粉碎。有几个人跌倒了跪在地上，别的人跨了过去继续推着。

他召见奴隶总管吉德南。这个人来了，拿华丽的服饰来炫耀他的高贵职位。他穿的长衫，底边两侧开叉，是拿精美的红衣料裁制的；耳朵上挂着沉甸甸的耳环；裹腿布里夹着一条金带子，像金蛇绕树，从脚踝一直缚到腰胯；手上戴满戒指，握着一串鸡麻[①]核果做的手串，说是用来识别那些癫痫病人。

哈米加做个手势叫他去掉那些奴隶的嘴套。于是这群人像饿狼般嚎叫着，冲向面粉，把脸埋到面粉堆里拼命吞咽。

徐率特道：

——你把他们弄得太虚弱了！

吉德南解释说这是制服他们的唯一办法。

---

① 鸡麻，又称白棣棠、双珠母，蔷薇科落叶灌木，其黑色或褐色核果可入药，也可供玩赏。

——看来用不着送你去锡腊库扎的奴隶学堂了。把所有人都给我叫来！

于是厨师、膳食总管、马夫、跑腿的、轿夫，浴室的侍者、带着孩子的妇女，全在花园里排成一行，从交易所一直站到兽园。他们都屏息静气，一片死寂笼罩着麦嘉辣。拉长了的太阳光，照到了地下墓穴下方的潟湖。孔雀在叽叽喳喳地叫。哈米加沿着队列一步一步地走着。

他说道：

——我要这么多老头儿干吗？卖掉！高卢人太多了，他们全是些酒鬼！克里特[①]人也太多了，他们都是骗子！给我多买些喀巴多西亚人、亚洲人和黑人！

他对于孩子那么少感到惊讶：

——吉德南，府里年年都该有孩子出生！你要在晚上把所有小屋的门全都打开，让他们使劲交配。

然后他又指示把小偷、懒虫、抗命不从的人带出来。他一边安排惩罚，一边厉声怒斥吉德南；吉德南拧着两道浓眉，像公牛一般垂着低矮的额头。

他指着一个健壮的利比亚人道：

——请看，神的眼睛，这个人想要上吊自杀，被我们

① 克里特人，指克里特岛上的居民，该岛位于希腊东南的地中海域，是希腊的第一大岛。

发现了。

徐率特鄙夷地问那奴隶道：

——啊！你想死吗？

那人不动声色地回答：

——是的！

于是哈米加毫不考虑示范的恶果和金钱上的损失，就下令道：

——把他带走！

或许他有意向天神献祭，借此避免遭受更大的灾祸。

吉德南想把那些残疾人藏到别人后面，可哈米加还是看到了：

——你说，是谁砍掉了你的胳膊？

——是佣兵，神的眼睛。

然后他又问一个像受伤的鹭鸶一样站立不稳的萨莫奈人：

——你呢，谁把你弄成这样的？

原来他是被总管用铁条打折了腿。

这种愚蠢的暴行激怒了徐率特，他从吉德南的手里一把夺过手串：

——慈悲的月神啊！你这条咬伤羊群的狗，该受诅咒！居然敢把我奴隶的肢体打残！啊！你这败家的畜生！把他给我扔到粪堆里去。还有许多没来的人呢？他们去哪儿了？是你和佣兵把他们给杀了吗？

他的样子恐怖至极，妇女们都吓得四散奔逃。奴隶们向后退缩，把他们两人围在中间；吉德南疯子般吻着哈米加的鞋子，哈米加站着，双臂始终举在头上。

可是，就像他在最激烈的战斗中仍能保持清醒一样，脑海中涌起了千百件令人气恼的事，想到了所有那些他极力回避的奇耻大辱；他在愤怒的刺激下，恍若置身暴风雨中的闪电，一眼就看清了以往所有的灾难。那些乡间总管由于害怕佣兵，不是逃走便是跟佣兵串通起来，他们都在坑骗他，他已经忍无可忍了。

他大声咆哮道：

——把他们带来！拿烧红的铁在他们前额烙上懦夫的印记！

于是人们就搬来了脚镣、颈枷、刀子、矿坑里苦役犯用的锁链、拴腿的短石柱、箍住双肩的夹具，还有蝎尾鞭：一种三股末端有青铜倒钩的皮条拧成的鞭子，把它们全都码放在花园中间。

总管们全冲着太阳，贴近折磨人的摩洛神，脸朝上或朝下趴在地上；受笞刑的人靠树立着，旁边站着两个人，一个行刑，一个计数。

行刑的人甩开两臂举着鞭子抽打，皮条飕飕作响，连筿悬木的树皮都飞溅开来。血像雨点般洒在树叶上，鲜红的肉体瘫在树底下扭动，发出凄厉的惨叫。受烙刑的人用指甲去抓烫焦的脸皮。可以听见木头螺杆在劈啪作响，还有沉闷的撞击声，时不时有声尖叫蓦地划破天空。厨房那边，一些破衣烂衫、披头散发的男人正在努力把炭火扇旺，不停地飘来焦糊的肉味。受刑的人昏死过去，全靠捆扎胳膊的绳链拽住，才没有跌倒，他们的眼睛紧闭着，脑袋倒在肩膀上。围观的人们都吓得尖叫起来。那些狮子，或许是想起了那天的盛宴，都张开大嘴打着哈欠，伸长躯干趴在猛兽池的坑沿上。

这时候大家看见萨郎宝出现在顶层的平台上，惊慌失措地左右奔走。哈米加看见了她，感觉她似乎是在举起双臂向他求情，他挥了个厌恶的手势便钻进了象园。

这些大象是布匿各个有财势的大家族的骄傲。祖辈们曾经骑着它们建功立业，它们被看做太阳神的宠儿倍受尊崇。

麦嘉辣的象群是全迦太基最强悍的。哈米加在出征前，曾责令阿布达劳尼穆起誓照护好它们。可是如今整个象群全因伤残而死，只有三头还勉强活着，对着破碎的食槽，裹着满身尘土躺在象园的中间。

它们认出了他，向他走了过来。

一头象的两只耳朵完全撕裂了，模样可怕；另一头象的膝盖上有个巨大的伤疤；第三头象的鼻子被割断了。

它们望着他的眼神充满哀伤，就像有理性的人那样；被割去鼻子的象跪了下来，低下巨大的脑袋，试图用它那残留的难看的鼻端轻柔地爱抚他。

受到这样的爱抚，忍不住的眼泪夺眶而出，他扑到阿布达劳尼穆跟前狂喊道：

——啊！你这坏蛋！钉十字架！给我钉十字架！

阿布达劳尼穆吓晕了，仰面朝天倒在地上。

从青烟缓缓上升的红颜料工场后面，传来一声豺狗的嗥叫，哈米加顿住了。

一想到儿子，就像受到天神的触摸一样，他马上平静下来。儿子是他生命力量的扩展，仿佛是他自身的无限延续，四周的奴隶全弄不懂他为什么会突然怒气全消。

去往红颜料工场的路要经过地窨牢房，那是一间黑条石砌成的长屋子，盖在一个方坑里面，四周有小路环绕，每个拐角上各有一架楼梯。

伊狄巴准要挨到天黑才会发出全部信号，哈米加想：现在还用不着忙。于是他进了地牢。有几个人向他叫道：

——回来！

最大胆的人跟着他走下去。

敞开的门在风中劈啪作响。借着透过狭窄的枪眼射进来的黄昏的阳光，可以瞥见牢内墙上悬挂着的一根根被砍断的链条。

这就是那些战俘留下的一切。

哈米加的脸色变得异常惨白，那些俯身在坑外张望的人都能看见他用一只手扶着墙，以免跌倒。

这时候豺狗已经一连嗥叫了三次。哈米加抬起头，但是默不作声，动也不动。直到太阳完全下山后，他才隐没在仙人掌篱笆后面；晚上，在艾实穆神庙里的富豪大会上，他一进门就说道：

——凭天神之光，我接受布匿军队的指挥权，去讨伐蛮族军队！

八　马加尔*之战

第二天，他就跟席西特要走二十二万三千吉卡耳金子，又让每个富豪交纳十四个金谢克的税。就连妇女和小孩也不放过。还有一件在迦太基闻所未闻的怪事，就是宗教团体也得出钱。

他征用所有的马匹、骡子和武器。谁隐匿家产，就干脆全部收缴变卖；为了警示那些守财奴，他一下子就捐了六十副铠甲、一千五百高冒的面粉，一个人的出资就和象牙商社一样多。

他派人找里古芮亚人来当佣兵，招募了三千擅长猎熊的山里人；按每人每天十五弥那的军饷，预付半年。不过还必须有一支自己的军队。他不像哈龙那样，是个公民就接收。首先他不要整天坐着不动的业者，其次，也拒绝那些大腹便便、样子胆小的人；他倒宁愿收留那些声名狼藉的人，马喀的坏蛋、蛮族人的后代和获得自由的奴隶。作为回报，他许给这些新迦太基人以完全的公民权。

他先着手整饬禁军。这些出身豪门的年轻人极其自负，认为自己执掌共和国的军机，便可恣意妄为。他解除了所有军官的职务，进行严酷的训练，让他们不停地跑步、跳跃、一口气爬上比耳萨山顶、投掷标枪、肉搏，夜里就在广场上露宿。家人们来探望，都心疼至极。

他让人打造更短的佩剑、更结实的战靴。他限制侍从的数目，下令减少辎重；摩洛神庙里藏着三百支罗马的重标枪，他不理睬大祭司的再三恳求，坚持征用。

他把从雨地克战场上生还的象，同各家私养的象集合起来，组成了一支拥有七十二头战象的可怕力量。他给所有象倌都配上木槌和凿子，一旦它们在混战中发了狂，就可以迅速凿破它们的脑壳。

他拒绝国务会议给他指派将军。元老们试图以法律逼他就范，却被他钻空子驳倒了；大家全都噤若寒蝉，臣服于他暴虐的天才。

他把战争、政府和国家财政的权责统统攥在自己手里；为避免日后遭人诟病，又特意请徐率特哈龙来审核他的账目。

他要求加固城堞，为了得到石头，他下令拆掉早已失

---

* 马加尔是北非的一条河流，源头在阿尔及利亚的阿特拉斯山脉，流经突尼斯北部地区，经迦太基注入地中海突尼斯湾。

去作用的内城的老旧城墙。虽说如今财产的多寡已取代往昔种族的藩篱，但在征服者同被征服者的后嗣之间的鸿沟依旧；因此贵族们对拆除这道残垣断壁怒目而视，而平民却莫名地感到心情舒畅。

从早到晚，全副武装的部队在街上巡行，军号声响个不停，载满盾牌、篷帐、梭标的车子开来开去。各处庭院都看到在撕扯布料的妇女，人们的热情相互感染，共和国每个角落都能触摸到哈米加的灵魂。

他让兵士成双结对，按一强一弱这样的组合交替站队，使体弱或胆小的人能在左右两个强者的引导下前进。可是他那三千里古芮亚步兵加上迦太基最优秀的战士，只够组成一个四千零九十六名重装步兵的方阵，他们头上戴着紫铜盔，手里举着七米长的栲木长矛。

他用投石器和匕首武装了两千名青年，发给他们皮带鞋，还给他们配上八百个手持圆盾和罗马佩剑的战士。

他把剩下的一千九百名禁军组成一支重骑兵，就像亚述人的胸甲骑兵一样，用红色铜甲护体。此外他还有四百多名被称为塔兰托人[1]的马上弓箭手，头戴鼬皮帽，手持双锋斧，身穿皮战袍。最后还有来自商队的一千二百个黑人，让他们混杂在胸甲骑兵队伍里，冲锋的时候用手揪着

---

① 塔兰托是意大利南部濒临爱奥尼亚海的港口城市。

马鬃毛，随着战马奔走。一切就绪，可哈米加还是按兵不动。

他经常独自一人夤夜出城，越过潟湖一直走到马加尔河的入海口。他是想去投降佣兵吗？里古芮亚兵士守卫着他在马巴勒岬区的府第。

富豪们的猜忌似乎得到了证实：有一天，大家发现有三百个蛮族兵士来到城门口。徐率特把他们放了进来，不清楚他们是出于畏惧还是表示忠诚，总之，投奔老主人来了。

哈米加的归来并未使佣兵感到惊异；在他们看来，他是决不会死的，他回来是要履行他的承诺，这一点都不荒谬可笑，因为他们和共和国之间存在极深的隔阂。况且他们一点不认为自己有什么错，他们压根就没把在哈米加府第的花园里忘情饕餮当回事儿。

抓获的密探断了佣兵的这点痴念。他们中的激进派更加振振有词，就连温和派也被激怒了。而且，两处毫无进展的围城令人腻烦，还不如痛痛快快打一仗！许多人离开了队伍，四下游荡。听到迦太基在备战，他们全归了队；马道兴奋得直跳脚，他叫道：

——太好了，太好了！终于盼到了！

他把对萨郎宝的怨怼转到了哈米加身上。现在他仇恨的对象明确了，报复的愿望也就容易落实，他觉得自己胜券在握，禁不住手舞足蹈起来。他的心里同时升腾着热烈的柔情和更加狂暴的欲念。他一会儿看见自己在兵士的簇拥下，手握长矛挑着徐率特的头颅；一会儿又觉得自己在那间有红色吊床的闺房，怀中紧搂着那个处女，一边吻着她的脸颊，一边抚摸她浓密的黑发。由于明知这只是个无法实现的幻想，他因而倍感折磨。不过，他向自己立誓，既然伙伴们让他当统帅，他就一定要打好这场仗；他还认定自己难以生还，所以这场战争注定残酷无情。

他去到司攀笛跟前，对他说道：

——你赶紧带上你的兵士行动！我带上我的！立刻通知欧塔芮特！一旦哈米加发动攻击，我们就全完了！听见吗？快起来！

看到马道这样威严地发号施令，司攀笛不禁惊呆了。通常马道总是听命于人的，即使发怒也很快就会过去。可现在他却是既平静又可怖，目光显得异乎寻常的坚毅，闪耀如同燔祭时的烈焰。

希腊人压根儿没理睬他提出的理由。他舒舒服服住在珠子滚边的迦太基营帐里，用银杯喝着冷饮，沉迷于用残酒占卜，重新留起头发，消消停停地指挥着围城。而且，他有耳目在城里给他通风报信，确信用不了多久就能拿下雨地克，所以不想离开。

纳哈法在佣兵的三支部队之间游走，这时恰好也在。他支持司攀笛，甚至指责利比亚人一味恃勇好斗，一点不顾及他们的事业。

马道大声呵斥道：

——如果你怕你就滚开！你答应过的那些松脂、硫磺、大象、步兵，还有马匹，它们都在哪儿?

纳哈法提醒他，说自己上次歼灭了哈龙的最后几个步兵大队[①]；——至于大象，他们正在森林里猎捕，步兵正在装备，马匹也正在路上；这个奴米第亚人，一边摸弄垂在肩上的鸵鸟翎，一边恼人地讪笑着，并且那对恍若女人的眼睛转来转去。马道在他面前一句话也说不出来。

这时候一个陌生人冲了进来，他满头大汗，慌里慌张，两只脚淌着血，腰带也散开了。他急促的呼吸掀动消瘦的胸脯，仿佛即将炸裂。他瞪大了眼睛，说着一种听不懂的方言，似乎是在讲述一场战争。奴米第亚国王立刻跳了起来，跑出去召集他的骑兵。

骑兵们在旷野上把他围在中间。纳哈法咬紧嘴唇，低着头骑上马。然后把人马一分为二，一半留在原地待命；另一半则在他威严手势的招呼下，跟随他飞奔而去，消逝

---

① 步兵大队是古罗马的战斗编制，每队三百至六百人，十个步兵大队组成一个军团。

在远山之中。

司攀笛嘟囔道：

——主人！我讨厌总遇到这种猝不及防的怪事，一会儿是徐率特回来，一会儿是纳哈法跑掉……

马道轻蔑地说道：

——哼！这有什么关系？

不过，这倒显得更有必要抢在哈米加动手之前和欧塔芮特会合。可是放弃围城，又担心两座城里的居民会出来迎合迦太基人对他们前后夹击。深思熟虑之后，他们决定并且立即实施以下措施：

司攀笛率领一万五千人，开拔到离雨地克三里①远的马加尔河大桥，为加强防御，在桥的四角建起四座配备弩炮的塔楼。再用树干、岩石、荆棘和石墙封锁所有的山路和隘口，在各个山头用柴草搭起烽火台，并且安排擅长眺望的牧人在各处设立岗哨。

哈米加肯定不会像哈龙那样取道温泉山。他该考虑到掌控着内地的欧塔芮特会截断他的去路。一开战就吃败仗必定会把他拖垮，而初战告捷可以让他开个好头，因为从国外招募佣兵还要等相当久。他也可以考虑在葡萄岬登陆，从那里出发去攻击某一支围城部队。可是这样一来他

① 这里的“里”，指罗马古里，等于现今的1.4 725公里。

势必会遭到两支围城部队的前后夹攻，既然他手下的人少，他决不可能这样冒险。因此他只能沿着阿芮阿那山脚进军，然后向左躲开马加尔河口，直奔大桥。马道算准了就在这里等着他。

晚上，依仗火把照明，他督着工兵干活。他在伊包茶芮特、山里的工事和大桥之间马不停蹄地来回奔波。司攀笛佩服他的精力。可是在安插密探、调派哨兵、操作作战机械和制订防御计划方面，马道乖乖地听他指挥。他们谁都不再提萨郎宝，——一个是压根没想到，另一个则是羞于启齿。

马道经常朝迦太基的方向走动，企望能发现哈米加的部队。他的眼睛死盯着远处的天际，他甚至趴在地上谛听，把自己的心跳当成是行军的脚步。

他对司攀笛说，如果三天之内哈米加还不来，他就带着他的人马去找他决战。这样又拖了两天，司攀笛尽力挽留他。到了第六天一早，他还是走了。

迦太基人也和野蛮人一样亟盼着开战。无论是军营里的战士还是房舍里的平民，全都在渴望和焦躁不安。大家都在疑虑，为什么哈米加总拖着不肯出发。

哈米加不时登上艾实穆庙的圆顶，在报月人身边，观测和记录风向。

有一天，那是提别月[①]的第三天，人们看到哈米加急匆匆下了卫城。接着在马巴勒岬区，响起一片激昂的呐喊。街道突然变得异常热闹，到处是忙着武装自己的兵士，女人们围着他们边哭边紧紧地搂抱。随后他们全赶到太阳神广场集结。不许任何亲友跟随，不许同他们交谈，甚至不许走近围墙；全城一下子变得像座大坟墓一般沉寂，兵士们倚着长枪沉思默想，其他的人关在家里唉声叹气。

傍晚，部队出了迦太基城的西门，他们既没有取道突尼斯也没有进山朝雨地克方向走，而是继续沿着海岸行进。没多久就到了潟湖，那里有许多积满白盐的洼地，像一个个落在岸边的大银盘在熠耀。

水洼越来越多，地面也越来越软，把脚都捂住了。哈米加却毫不在意，带领部队继续前进。他的马身上沾满了黄色的泥点，恍若一条龙，在泥沼中扭动腰身，奋力跋涉，四周水花飞溅。天黑了下来，而且正好没有月亮。有几个人叫嚷说要淹死了，他就让奴仆过去替他们扛起武器。淤泥越来越深了。人们爬到负重的驮子背上，一些人拽紧了马尾巴前进，强者搀着弱者，里古芮亚兵士用矛尖督着步兵向前。夜更黑了。大家辨不清方向，只好停了

---

① 提别月是犹太教的10月，相当于公历12月到1月之间。

下来。

这时徐率特打发奴仆赶到前头去找路标，那是他们事先依照他的命令按一定间隔竖好的。他们在黑暗中用叫声引路，部队便远远地摸索着跟进。

终于大家感到地面变结实了。这时，前面出现了一道模糊的白色弧线，原来他们已经到了马加尔河边。天很冷，可是不准生火取暖。

午夜时分，起了狂风。哈米加让兵士起身，可是不许吹号，全靠长官们轻叩肩膀把他们叫醒。

一个身材魁梧的大个子走进河里。水不及腰，涉水过河不成问题。

徐率特命令三十二头大象在河中百步远的地方排成一线，其余的象站在下游，挡住可能被水冲散的兵士。然后所有人举着武器，从两座墙壁似的通道中间渡过了马加尔河。原来哈米加早已判定西风会把沙子吹送过来壅塞河流，形成一条过河的天然通道。

部队登上河的左岸，正对着雨地克，面前是一片宽阔的平原，这对他视为部队主力的战象极为有利。

这个天才的行动使部队的士气大振。大家都信心倍增，直想马上就向蛮族人杀过去，徐率特却强迫他们休整两个时辰。天一亮，部队就分成三个梯队在平原上向前推进：第一队是大象，中间是轻步兵大队和骑兵，重装步兵方阵殿后。

在雨地克城下扎营的蛮族兵士和守在大桥周围的一万五千人，都惊讶地发现远处的地面在波动。风很猛，把地面的黄沙全都刮了起来，旋转着形成一幅接一幅遮天蔽日的沙幕，使蛮族人完全无法辨认出布匿军队。有些佣兵看到有角的头盔，误认为来的是一群公牛；另一些人看见飘舞的一口钟，还以为是翅膀；那些有旅行经验的人则耸耸肩膀，宣称这些不过是海市蜃楼。然而那个庞然大物还在继续前进。一团团缥缈如同哈气般的雾霭，在沙漠表面飘移；太阳升得更高，变得更加炙热；酷虐的光线仿佛在震颤，使天空显得更加深邃，并且穿透被照射的物体，使距离越加难以捉摸。广袤无垠的平原向四面八方伸展开去，一眼望不到边；几乎难以察觉起伏的地面，直达天尽头一抹粗大的蓝线，那就是众所周知的大海。两支蛮族的军队都走出营帐观看，雨地克的守军为了看得更清楚些，都挤到了城头上。

他们终于分辨出有几条横杠，上面耸立着平整的尖头。它们变粗变大，像黑色的山丘在摇晃。突然，出现了方形的灌木丛，原来是大象和长矛。所有的人齐声狂叫："迦太基人！"然后不等信号和指挥，雨地克城下和大桥周围的两支蛮族军队就乱乱哄哄地一齐朝哈米加的部队扑去。

提起哈米加的名字，司攀笛就哆嗦起来。他喘着气不断念叨："哈米加！哈米加！"而马道偏又不在！怎么办？

无路可逃！事发突然，他惧怕徐率特，可是时间紧迫，必须当机立断，他一下子急昏了头，乱了方寸；他仿佛看见自己挨了千刀，砍了脑袋，已经死掉。可眼下正有人需要他，三万人要听他指挥，心中掀起一阵痛恨自己的暴怒，他期盼能取胜，胜利的冀望使人快乐，他自诩勇猛胜过伊巴密浓达[①]。为了遮掩自己惨白的脸色，他在两颊上涂抹了朱砂，然后扣上胫甲，披好胸甲，喝了一爵烈酒，便去追赶他的部下，他们正急匆匆地奔跑着去和从雨地克方向来的队伍相会。

交战双方如此快就相遇，以致徐率特竟来不及把队伍布好战斗阵列。他逐步放慢推进的速度，大象停了下来；它们一边摇晃装饰着鸵鸟翎毛的大脑袋，一边甩动长鼻子拍打双肩。

从象阵的空隙可以望见轻步兵大队和稍后一点的胸甲骑兵，他们戴着硕大的头盔，还有在阳光下闪亮的兵器、铠甲、翎饰和舞动的军旗。这是一支拥有一万一千三百九十六人的迦太基军队，可是看上去人数好像没有这么多，因为他们排成一个两翼狭窄的长方形，所有的人全紧紧挤在一起。

---

① 伊巴密浓达是古希腊城邦底比斯的著名军事政治家，在他的领导下底比斯战胜了斯巴达，成为当时希腊最强的城邦国。

看见对方人数比自己少三倍，蛮族人高兴得手舞足蹈；他们见不到哈米加，也许他留在后方了？这有什么关系！对这群生意人的蔑视，更加强了他们的勇气，他们可是打仗的行家里手，不等司攀笛发号施令，他们就已经行动起来。

他们排列成一条很长的直线，去包抄布匿军队的两翼，想把他们团团围住。可是，等到他们相距还有大约三百步时，大象不但不再前进，反而掉头往回走了。接着那些胸甲骑兵也掉转身跟着往回走。更使佣兵们惊讶的是，只见那些投弹兵也在往回跑。那么，迦太基人害怕了，他们在逃跑！蛮族兵士中响起一阵巨大的嘲骂声，司攀笛也从他骑的单峰骆驼上大声嚷道：

——啊！我早就料到了！冲啊！冲啊！

于是投枪、尖矛、弹丸一齐抛射出去。大象屁股挨扎，越跑越快，随之带起一片浓密的尘埃，一转眼它们就如魅影般消失在茫茫云雾里。

突然，从云雾深处传来了杂沓的沉重的脚步声，还有那疯狂吹响的盖过脚步声的尖厉的军号。蛮族兵士面前那片喧嚣嘈杂、尘埃弥漫的空间，就像一个有巨大吸力的漩涡，有些人冲了进去。一队队布匿的轻步兵大队出现了，他们在合拢起来。同时，大家都看到有些兵士用脚追着飞驰的骑兵在狂奔。

原来哈米加命令重装步兵方阵拉开空当，让大象、轻步兵和骑兵从中间通过，迅速转到两翼。他对蛮族军队的距离估算得极其精准，以致当他们冲到跟前时，整个迦太基军队已经排成一长条直线。

中央矗立着重装步兵方阵，由每边十六个人的一组组实心小方阵[①]组成。每一列的排头兵都被高低不平突出在他们面前的锋利的长矛裹在中间，因为前六行的兵士都用手握着枪杆的中部，相互交叉地举着，而后十行则把长矛分别架在前一行兵士的肩上。每个人的脸都在面甲的遮掩下若隐若现，右腿都有紫铜胫甲保护，巨大的柱形盾牌可以一直盖到膝部，这个可怕的方阵整齐划一地行动，就像一只活着的野兽，又像一台在运转的机器。两队大象按常规的阵列守护着方阵的两翼，一边在不停地把刺进它们黑皮肤里的箭和矛抖落下来。印度象倌蜷缩在大象肩头一簇簇白翎饰中间，用匙状鱼叉来管束它们；肩膀以下藏身在象塔里的兵士，靠着巨大弓弩不停地摆弄装有点燃的麻絮的卷线杆。在大象左右两侧是轻快地奔跑着的投弹兵，腰间和头上各拴着一个投石器，右手里还拿着一个。接下去是胸甲骑兵，每个骑兵都有一名黑人掩护，骑手和坐骑都披挂着金甲，长矛的矛尖搁置在战马的两耳之间。再后边

---

① 这种每边 16 人的小方阵是古罗马军队步兵建制的基本单位，即 256 人为一组。

是散开的轻步兵，在他们举着的猞猁皮盾牌上头，露出用左手握着的标枪的枪尖。在这道兵墙的两头作为收煞的，则是塔兰托弓箭手，每人带着两匹拴在一起的战马。

蛮族军队正好相反，没有办法维持住他们的队列。他们的阵线拉得太长，出现了凹陷和空当，每个人都跑得气喘吁吁，上气不接下气。

迦太基的重装步兵方阵凶猛地行动起来了，所有的长矛都向前戳；佣兵脆弱的战线在这样的重压下，很快就被从中间切断了。

于是迦太基人的两翼便伸展开来包抄他们，大象也跟着前进。重装步兵方阵斜伸着的长矛把蛮族军队切成两半，这两大块军队在拼命挣扎，迦太基的两翼用投石器和弓箭把他们压回到重装步兵方阵跟前。没有骑兵来救他们脱困，仅有的两百名奴米第亚骑兵遇上了右路的胸甲骑兵队。其他人全被围在里面，突不出来。情势危急，必须迅速采取对策。

司攀笛下令同时攻击方阵两侧，企图从侧翼打开缺口。可是方阵较短的那几行从较长的那几行下溜进去，然后迅速复位，转过来用两翼对付蛮族军队，同刚才的正面进攻一样可怕。

蛮族兵士想把对手的长矛砍断，可是受到背后骑兵的牵制。重装步兵方阵凭借大象，时而收紧，时而展开，而且不断变换阵型：方形、锥形、菱形、梯形，或者金字塔形。方阵内部还在不停地进行着排头到排尾之间的双向运动，让力竭和负伤的战士得到喘息和替换。蛮族军队发现自己被重装步兵方阵死死卡住，根本没法前进。这里简直是一片跃动着青铜鳞片和红色羽饰的海洋，而翻滚着的耀眼的盾牌就像海上的银色泡沫。汹涌的巨浪有时从一处最高点猛降到另一处最低点，然后又翻卷上来，但是有个庞然大物却立在中央一动不动。长矛交替地戳下去又抬起来。到处是飞舞着的出鞘的刀剑，快得只能看到一点闪光，骑兵队兜了个大圈子，又旋风般从后面围拢过来。

铅弹和石弹在空中飞过的嘶嘶声盖过了军官的叫喊、刺耳的喇叭和激越的里拉琴，刀剑被这些弹丸从手里打飞，脑浆给砸出了脑壳。伤兵们一只手举着盾牌护身，倚着插在地上的剑的手柄支撑自己，有些人则躺在血泊里还翻滚着去咬敌人的脚后跟。人群那么拥挤，尘土那么浓密，声音那么嘈杂，一切全都无法分辨，就连胆小鬼乞降求饶的呼喊也没人能听得见。丢失武器的人伸出手贴近扭打，胸口被铠甲挤得咔咔直响，死尸的脑袋向后耷拉着还被人用两臂紧紧箍住。有一支六十个翁布里亚人[①]组成的

---

① 翁布里亚地区位于亚平宁半岛中部，被称为意大利的“绿色心脏”。翁布里亚人是构成古意大利人的一个民族。

蛮军队伍，死命站稳脚跟，高举矛枪，咬紧牙根，一动不动，一鼓作气打退了两组小方阵的进攻。一些伊庇鲁斯①牧人出身的蛮族兵士，奔向左侧的胸甲骑兵，抓住马鬃，挥舞着手中的木棍，于是那些牲口把背上的人掀翻在地，自己逃到平原里去了。布匿的投弹兵们被完全冲散开了，目瞪口呆地傻站着。重装步兵方阵开始动摇了，军官们失魂落魄地来回奔走，督着兵士们向前，可是蛮族军队已经重整旗鼓，缓过气来；胜利将是他们的了。

突然一阵骇人的吼声爆发了，这是由七十二头大象发出的既痛苦又愤怒的咆哮，它们分两排冲了过来；哈米加一直等到佣兵紧紧挤作一团时才把大象放出来，印度象倌使足全力刺它们，鲜血顺着它们宽大的耳朵往下淌。它们的长鼻子涂了朱红的丹铅，笔直地伸在空中，像条红蛇，它们的前胸安装了长矛，背上披着铠甲，象牙用弯曲的铁片加长，成了两把军刀，——而且，为了使它们更凶猛，人们用胡椒、烈酒和香料合成的饮料把它们给灌醉了。它们摇动着铃铛项圈，大声吼叫，火箭开始从象背上的攻城塔里射出去，象倌都把头低下来。

为了更好地进行抵抗，蛮族兵士紧紧聚在一起向前

① 伊庇鲁斯位于希腊西北部，临爱奥尼亚海，是希腊最多山的地区。

冲，那些大象也凶猛地径直冲进人群中心。它们前胸的长矛就像船艏，在步兵大队中破浪前进，逼得他们像潮涌般后退。它们用长鼻把人勒死，或者把人卷起来，越过脑袋，甩给象塔上的兵士，它们用象牙扎透人的肚子，抛向空中，长牙上悬挂着死者的肚肠，就像船桅上悬挂着的一捆捆缆绳。蛮族兵士拼命想刺瞎它们的眼睛，砍断它们的腿；有些人钻到它们的肚子下面，奋力把利剑插进它们的肚子，一直没到剑柄，但是自己也被碾压致死；最勇猛的设法吊挂在大象身上，全然不顾火焰、弹丸和箭矢的危险，使劲割断捆绑象塔的皮带，使得柳条编的象塔也像砖石砌的塔一样垮塌。最右边的十四头大象被身上的剑伤激怒了，掉头向后排冲去；象倌急忙拿起木槌和凿子，对准它们的头骨缝，抡起胳膊狠命砸下去。

这些庞然大物倒了下去，一只压一只，叠成了一座大山。在这一大堆尸体和盔甲中间，一头体形硕大被称为“复仇之神”的战象，由于腿被链条缠住，眼睛又给箭扎瞎，被遗弃在战场哀嚎到深夜。

然而，其余的大象却像征服者那样，以毁灭一切自娱，撞倒、挤压、践踏一切，甚至攻击、踩烂死尸和残骸。为了打垮以密集环形队列包围着它们的步兵分队①，

① 步兵分队是古罗马的战斗编制，每队 60 至 120 人。

它们一边前进，一边以后腿为轴心不停地旋转。迦太基人一下子勇气倍增，重新开始战斗。

蛮族兵士的力量逐渐衰竭，一些希腊的重装步兵放下了武器，恐慌蔓延开来。他们看到司攀笛趴在他的单峰骆驼背上，用两支标枪猛扎肩头催它快跑。于是所有人都仓皇地从两翼冲出去，向着雨地克方向奔跑。

胸甲骑兵的坐骑已经疲惫不堪，没有力气再去追杀。里古芮亚步兵口渴难耐，一心只想赶到河边饮水。只有迦太基人，守在各组小方阵的中央，没吃多大苦头，眼睁睁看着复仇的良机要错过，急得跳脚。就在他们马上要拔腿去追的当口，哈米加出现了。

他胯下的那匹身上带斑点的战马，大汗淋漓，被他用银缰绳使劲勒住。他那系在军盔尖顶上的飘带在脑后飞舞，一面椭圆盾牌遮住了他的左腿。他把手中的三叉长矛一挥，全军立刻停下。

那些塔兰托骑兵飞快地从骑着的马跃到身边的备用马上，分成左右两路向河边和城市疾驰而去。

重装步兵方阵轻而易举地就消灭了残留在战场上的野蛮人。只要刀剑一举，他们闭上眼睛伸长脖子等死。遇上有人拼命反抗，迦太基人就像围打疯狗似的，从远处用石头猛砸。哈米加曾下令要留下俘虏，可是迦太基人压根儿就不打算照办，他们只想享受手刃野蛮人的快意。由于太热，他们就打着赤膊像割草人那样来收拾伤兵，等到歇手换气的时候，他们就抬眼张望着田野里的骑兵追杀蛮族兵士，看他怎样抓住对手的头发，拖着他奔跑，然后一斧头砍倒。

夜幕降临了。无论迦太基人还是野蛮人，全都不见了。一些逃散的战象，驮着烧毁的象塔在天际四处游荡。黑地里东一处西一处尚未燃尽的象塔，仿佛在浓雾中隐约可见的灯塔；原野上一片死寂，只有马加尔河水在汹涌起伏，河水被漂浮的死尸抬高了水位，把它们一直冲到了海里。

两个小时以后，马道才赶到。借着星光，他能隐约看见地上有一堆堆长短不一的东西。

原来那是一堆堆野蛮人。他俯下身子，他们都死了，他向远处呼喊，没有任何回应。

当天早上，他带着部队离开伊包茶芮特向迦太基进发。到了雨地克，司攀笛的部队刚离开，雨地克人正在焚毁那些攻城机具。他们马上开始激烈厮杀。但是大桥那边传来了令人费解的越来越响的喧嚣，马道立刻抄最近的山路赶过去，由于蛮族兵士都循着平原逃跑，一路上他谁都没碰上。

河对岸，黑暗中矗立着一堆小型金字塔似的建筑物；

河这边，离他不远的地面上有许多一动不动的灯火。原来迦太基人已经撤到大桥后面，可是徐率特为了迷惑野蛮人，在河的这边又竖了无数骗人的岗哨。

马道继续前进，自以为看见了布匿的标志，因为他眼前出现了一些一动不动的马头，其实它们是固定在被隐匿起来的成捆的矛枪柄上的；而且他还听见了大声的吵闹、嘈杂的歌声和杯盏的撞击。

他弄不清自己身在何处，也不知道如何找到司攀笛，内心极度焦虑，感到惊慌失措，而且在黑暗中辨不清方向，于是他赶紧循着原路更急切地往回返。天已开始见亮，他从山顶上望见了雨地克城，望见了被火烧焦的攻城机具的残骸，像巨人的骷髅一样倚在城墙上。

四下里一片异乎寻常的死寂，笼罩在一股沉重压抑的氛围里。营帐跟前，在他的兵士之间，躺着无数几乎全裸的人，有的仰面朝天，有的前额枕在铠甲支撑的胳膊上。有几个人在解开腿上沾满了血的绷带。濒死的伤兵缓缓地转动着脑袋，另一些人吃力地拖着腿给他们取水喝。哨兵肩扛长矛，沿着狭窄的通道来回踱步取暖，或者恶狠狠地站着转过脸去仰望天空。

马道找到了司攀笛，他躲在一块用两根棍子支撑起来的破帆布底下，两手抱膝，耷拉着脑袋。

他们呆了好长时间没有开口说话。

最后马道低声道：

——打败了。

司攀笛凄切地重复道：

——是的，打败了！

无论问什么，他都只回以绝望的手势。

他们的耳边不停地传来揪心的唏嘘和垂死者的喘哮。马道掀开破帆布，眼前的景象立刻使他想起另一场败仗，就在这同一个地方！他恨恨地咬着牙说道：

——可恶！已经有过一次……

司攀笛打断他：

——那次你也不在。

马道叫起来：

——真倒霉！不过最终我一定能抓住他！打败他！宰了他！啊！要是当时我能在那儿的话……

一想起他错过了这场战斗，简直比吃了败仗更让他失望。他气得拔出剑，摔到地上。

——可是迦太基人到底是怎么把你打败的？

旧日的奴隶就开始讲述作战的经过。马道仿佛身临其境般地大发雷霆：驻守雨地克的部队不该扑向大桥，应该从后面围攻哈米加。

司攀笛道：

——咳！我知道！

——应该把队列的厚度沿纵深加大一倍，不该让轻步兵去对抗重装步兵方阵，要给大象让出一条通道。你们在最后关头完全可以反败为胜，用不着逃跑。

司攀笛答道：

——我看见他高举着手臂，披着宽大的红色一口钟，在飞扬的尘土上，在步兵大队的两侧，像只鹰似的来回翱翔；队伍完全按照他摆头的示意，忽儿聚拢，忽儿向前突击；人群把我们往一起推，他盯住我看，就像有把冷冰冰的剑扎进我的心脏。

马道低声自言自语道：

——他或许是特意挑好了这个日子来的？

他们一起琢磨起来，力求查明为什么徐率特会恰好在这个对他们最不利的时机到来。接着他们谈论眼下的形势，司攀笛为了减轻罪责，或者为了给自己鼓劲，宣称他们还有希望取胜。

马道道：

——我才不在乎有没有希望！哪怕只剩我一个人，我也要打到底！

希腊人跳起来嚷道：

——我也是！

他踏着大步来回走，两眼放光，一种异样的笑容使他的豺狼面孔起了皱纹。

——我们可以从头再来，只是别再离开我！我不能在阳光下作战，刀剑的光芒让我眼晕，这是种病，因为我被关在地窖里太久了。可是我能在黑夜攀越城墙，摸进城堡，要我处死的人等不到公鸡打鸣，尸首就已经冰凉！给我指定任何一样东西：仇人、珍宝、一个女人——（他又重复一遍）———一个女人，哪怕是国王的女儿，我也能很快把她送到你的脚下。你责备我被哈龙打败，其实最后我还是赢了。你承认吧！我那群猪帮了大忙，比斯巴达的步兵方阵还管用。

他急于抬高自己和重树声望，开始细数他为佣兵干下的种种业绩：

——是我，在徐率特的花园里，挑唆高卢人闹事！之后在西喀，是我利用佣兵对共和国的疑虑把他们激怒！吉斯孔想说服佣兵接受遣返，是我堵住他翻译的嘴不让他们开口。啊！那些死鬼的舌头伸出嘴外多长！你忘了吗？是我把你带进了迦太基，我偷了圣衣。把你领到她面前，我能干的事还多着呐，你等着瞧吧！

他哈哈大笑起来，像疯了一样。

马道瞠目结舌地看着他。这个人总是让他感到浑身不自在，一个既怯懦又可怕的家伙！

希腊人把手指拧得劈啪响，同时改用快活的口吻道：

——哟嚯！雨过天会晴，苦尽甘必来！我在采石场里服过苦役，可是也曾乘着我自己的船，躺在金线编织的天篷底下，像托勒密王一样，喝过马西科①的葡萄酒。灾难会让我们变得更精明。只要坚持不懈，命运会向我们低头。它偏爱懂谋略的人。它会让步的！

他又回到马道身边，抓住他的胳膊道：

——主人，眼下迦太基人以为他们已经胜利了。其实你手里的整支军队都还没动用过，他们全听你的。你让他们打前锋，我的兵士为了报仇，会跟着走的。我这里也还剩下三千喀芮安人，一千二百名投弹兵和弓箭手，完整的步兵大队！组建起方阵来也没问题，我们打回去吧！

战败的不幸使马道变得痴騃了，迄今他脑子里还没有任何摆脱困境的主意。他张着大嘴听着，胸前的铜片随着剧烈的心跳起伏。他捡起剑，大叫道：

——跟我来，前进！

可是打探消息的人回来报告说，迦太基人把阵亡的将士都带走了，大桥被彻底毁掉。哈米加去向不明。

---

① 马西科是意大利中部山区名，在那不勒斯东北，有数千年葡萄酒出产史。

九　原野

哈米加预料佣兵会在雨地克等他，或者掉头反攻；他觉得自己既无力再次发动攻击，又难以抵御对方的反击，于是就沿着河的右岸向南方进军，这样就可以立即避免遭到突袭。

他打算先对各个部族的背叛装聋作哑，努力离间他们和蛮族人的关系，等到蛮族人在各省都被孤立了，他再扑过去，把他们彻底歼灭。

在十四天内，他首先安抚了图卡拜到雨地克的周边地区，包括狄尼喀巴、特索辣、瓦喀这样的市镇以及更加偏西的地区。接着建在山上的宗哈尔、以庙宇闻名的阿苏辣，盛产刺柏的德热拉多，以及塔比第斯和哈格尔，也都派来使臣示好。乡民们手中捧满粮食来见他，请求保护，吻他的和兵士们的脚，控告蛮族人。有的人向他献上用口袋装着的佣兵的脑袋，声称这是他们亲手杀的，其实都是从尸体上割下来的；因为有许多佣兵在溃逃时迷了路，橄榄树下和葡萄藤下，随处都可以发现死人。

为了向民众炫耀，哈米加在胜利的次日，就把在战场上抓获的两千个俘虏送到了迦太基。他们每百人编为一队，队伍拉得长长的，胳膊都用一根铜棍缚住，绑在脖子后面；伤员流着血也照样跟着跑；背后有骑兵在挥着鞭子驱赶。

迦太基一片欢腾！大家口口相传说已经有六千蛮族兵士被杀，剩下的人也指日可待，战争结束了；人们在街上互相拥抱，还往那些凶神巴泰克的脸上涂抹黄油和肉桂向它们致谢。这些凶神鼓着大眼睛，挺着大肚子，两臂高高举到肩头，新抹上去的涂料像是让它们活了过来，要分享民众的欢乐。富豪们敞开了大门，整个城市又响起了欢乐的铃鼓声，庙宇里夜夜灯火辉煌，月神的侍女们来到马喀，在十字路口的拐角支起枫木台子，就在里面卖淫。通过表决一致同意，向战胜者奖励土地，给麦喀耳提神献上燔祭，送徐率特三百顶金冠，哈米加的同党还建议授予他新的特权和荣誉。

哈米加请求元老院同欧塔芮特进行谈判，必要时用全部蛮族俘虏来交换老吉斯孔以及所有和他一起被囚禁的迦太基人。欧塔芮特的部队尽是利比亚人和游牧部落的人，而这批蛮族俘虏主要是意大利人和希腊人，他们几乎全不相识，既然共和国肯用这么多的蛮族人来交换这么少的迦太基人，这就说明前者不值钱，而后者非常值钱。他们害怕其中有诈，因此欧塔芮特一口回绝。

于是，尽管徐率特来过信请求别杀害俘虏，因为他计划收编一些优秀的加入他的队伍，也可以借此鼓励叛军起义。可惜仇恨早已冲昏头脑，元老院还是下令将俘虏全部处死。

两千蛮族俘虏被捆在马巴勒海岬的墓碑上；商人、厨役、绣花工，甚至妇女、战死者的寡妇和她们的孩子，这些人只要愿意，都可以来用箭把他们射死。大家故意放慢动作，意图延长对他们的折磨；手中的武器时而举起，又时而放下；群众一拥而上，大声叫骂。瘫痪的人叫人用担架抬来；很多有备之人带来了干粮，在那里一直逗留到傍晚；有些人就干脆在那里过夜。有人支起帐篷提供宴饮。还有好几个人靠出租弓箭赚了一大笔钱。

这些受尽折磨的死尸就那样直直地立在那里，仿佛墓地里平添了无数红色雕像；兴奋的情绪甚至传染给马喀的原住民，他们是当地土著的后代，平素从不过问国事；出于感激迦太基给他们带来的欢乐，如今他们也表示认同自己是迦太基人，关心起它的命运来了。元老院也因而认为把全体民众捏合在同一件复仇行动之中的做法是个绝妙的主意。

天神的认可也是毋庸置疑的了，因为数不清的乌鸦从四面八方聚拢过来，在墓地上空盘旋、呱咆，就像一团巨大的不停打着转的乌云。从克利佩亚[①]、辣代司、海耳买屋穆岬，都可以望得见它们。有时这团乌云会突然裂开，黑色的涡旋随之扩散到远处，原来是只老鹰冲进它们中间，然后又飞走了。在露台、圆屋顶、方尖碑和庙宇的三角楣饰上面，站满了用染红的喙叼着一片片人肉的大鸟。

迫于腐尸臭气熏人，迦太基人不得不把死尸解下来。他们焚烧了一些，其余的统统扔进了大海；海浪在北风驱动下，把它们推送到海湾尽头的海滩上，正在欧塔芮特的军营跟前。

毫无疑问，这样凶残的惩罚把野蛮人吓坏了，因为从艾实穆神庙的高处望下去，可以看到他们拆掉营帐，聚拢畜群，把行李装上驴背，全军连夜就都撤走了。

欧塔芮特部队的任务是在温泉山和伊包茶芮特两地来回巡视，阻止徐率特接近推罗人的城市，以及粉碎他们返回迦太基的图谋。

在此期间，另两支部队正设法在南方同它会合，一支是东边司攀笛的部队，一支是西边马道的部队，三支部队准备联手对哈米加开展突袭和围歼。而且他们的军力还得

① 克利佩亚是突尼斯附近的非洲小城。

到了出乎意外的加强：纳哈法带着三百头驮着沥青的骆驼、二十五头大象和六千骑兵赶来了。

徐率特为了削弱佣兵，曾经做过精心的策划，要使纳哈法远远地留在他的王国里。所以他在迦太基内地收买了一个盖图利[①]强盗马斯喀帕，后者一心想要拥有一个自己的王国。有了布匿人的资助，这位冒险家便鼓动奴米第亚各省造反，许诺给它们以自由。可是纳哈法得到他奶妈儿子的告警，突然回到西尔塔，在饮水里下毒把那些胜利者毒死，砍了几个脑袋，恢复了权力，然后率兵到来，心里对徐率特的愤恨，几乎超过了野蛮人。

这四支部队的头领统一了对战争部署的看法。这将是一场旷日持久的战争，必须做万全的准备。

首先，他们一致赞同去请求罗马人来助战。本来想把这件事交给司攀笛，可他不敢去，因为他是罗马的逃犯。于是改派了十二个希腊殖民地的人在阿纳巴港登上一艘奴米第亚的单桅帆船出使罗马。然后各个头领要求全体野蛮人宣誓绝对服从指挥。他们责成军官每天查看兵士的衣服和鞋；禁止哨兵携带盾牌上岗，担心哨兵靠着盾牌倚在长矛上打盹；命令每个人都要学罗马人把行囊背在背上，多

---

① 盖图利人是古代北非洲的一个最古老的游牧民族，居住在阿特拉斯山脉一带的盖图利亚地区。

余的行李统统扔掉。为了将来对付大象的攻击，马道组建了一支重甲骑兵队，人和马都藏在一副河马皮铠甲后面，铠甲上插着尖钉；为着保护马蹄，用芦苇草绳给它们编了草靴。

他们禁止兵士劫掠村镇和虐待非布匿族居民。可是由于当地的物资已耗尽，马道指示按兵士人头配给粮食，不再照顾随军妇女。起初，兵士同妇女分享自己的口粮。很快由于饥饿，身体便衰弱下来。这也引发了无休止的争吵和谩骂，有人用食物做诱饵，或者仅凭许诺，就抢走别人的女伴。马道下令毫不留情地把妇女统统赶走。她们躲进了欧塔芮特的营盘，可是高卢人和利比亚人用残暴的行为逼她们离开。

走投无路的她们来到迦太基城下祈求得到席瑞斯女神[①]和普洛塞庇娜女神[②]的保佑，因为在比耳萨山上，为给曾经的锡腊库扎之战中的暴行赎罪，有祭祀她们的神庙和僧侣。席西特宣称他们依法享有对无家可归者的处置权，把其中那些最年轻的妇女带走卖了；那些新迦太基人娶了那些金头发的拉塞代冒妇女。

---

① 席瑞斯，也译为刻瑞斯，是罗马神话中的谷物女神，和希腊神话中的得墨忒耳相对应，被视为西西里岛的守护神。

② 普洛塞庇娜在罗马神话中是席瑞斯的女儿，被劫入冥间成为冥后，和希腊神话中的珀耳塞福涅相对应，冥王允诺普洛塞庇娜每年冬季可以回去探母，于是谷物女神在此期间便放下工作陪伴女儿。

少数妇女宁死也不肯离开雇佣军。她们追着军官在各组小方阵的侧翼奔走颠踬。她们呼喊着自己的男人，揪住他们的一口钟，捶着胸脯咒骂他们，尽着胳膊的长度高举着她们光溜溜的、哇哇大哭的小孩。这样的情景使野蛮人心软，她们已经成为一种障碍、一种危险。无数次她们被驱散后又返回来；马道让纳哈法的骑兵用枪尖攻击她们；当那些巴莱阿里人对他叫喊说他们需要女人时，马道答道：

——我也一样没有女人！

如今他像是被摩洛神附了体。尽管昧于自己的良知，他还是干了许多残忍恐怖的事，并且自认为这是天神的旨意。他即使不能蹂躏农田，也要往地里扔些石头，让它变得荒芜贫瘠。

他不停地派人传话催促欧塔芮特和司攀笛加快行动。可是徐率特的意图实在难于揣测。他先后在艾突斯、蒙萨耳、特罕三地扎过营；有些探报说在靠近纳哈法边境的伊希耳附近见到过他，之后又来探报说他从特布耳帕上游过了河，仿佛要回迦太基。他几乎不停歇地转移驻地，而且行进的路线无人知晓。徐率特用不着打仗，就始终占尽优势；他好像在被野蛮人追击，实际却是在牵着他们的鼻子走。

不过这样频繁往返的行军也把迦太基人搞得更加疲

惫，得不到休整和补充，兵力在逐日下降。如今乡下人也不再积极交纳粮食，来自各处的只是无声的迟疑和怨恨，尽管他向国务会议一再请求，可是迦太基没有给过一丁点援助。

人们说（或许是以为）他不需要援助。求援不过是一种诡计或故作姿态。哈龙一派为了害他，故意夸大他那场胜利的伟大。为了装备他的军队大家已经做出过牺牲，再不能这样无止境地满足他的要求。战争的负担太沉重了！花费实在太高，哈米加一派的贵族虽然出于高傲表示支持，但也软弱无力。

既然指望不上共和国，哈米加只能用武力向各个部落征收全部军需：谷物、油料、木材、牲畜和人丁。但是很快当地居民就都闻风而逃了。所有经过的村子全是空的，他们搜遍宅子也一无所得，布匿军队很快便陷入一种可怕的孤立境地。

被激怒的迦太基人开始在各省大肆劫掠，他们填塞水槽，焚毁房屋。火星随风向远处飘散，山岭上的森林也全都着了火，仿佛给山谷围上了一顶火冠，队伍想要通过，经常要等许久，然后才能在大太阳底下，踏着炽热的灰烬继续前进。

有时他们发现路边灌木丛里有类似山猫的眼睛在闪光，其实是一个蹲伏着的蛮族人，浑身涂抹着模仿树叶颜色的泥土；又有时他们沿着山涧行走，靠边的人会突然听见有石头滚落，抬头一望，就看见有赤脚的人在峡谷的隘口上空跳跃。

这时候雨地克同伊包茶芮特已经不再遭受佣兵的围攻了。当哈米加命令他们提供帮助的时候，他们竟然不顾体面地用暧昧、客套和虚情假意来搪塞。

他再次突然折向北方进军，哪怕围城也决心要敲开某个推罗人的城门。他必须在靠海处找到一个据点，以便从海岛或者从昔兰尼获取粮食和补充兵力；他最想占据的是雨地克，因为它最贴近迦太基。

于是徐率特离开祖伊坦，小心翼翼地绕过伊包茶芮特湖。但是没过多久，为了翻越那座把两个山谷隔开的大山，他就不得不把他的步兵阵列拉长成为单行去爬山。日落时分他们才从漏斗形的山巅下到谷底，同时发现眼前的地平面上有好些青铜色的母狼，它们好像正在穿过草地奔跑。

猛然间地上竖起许多巨大的羽翎，惊天动地的歌声伴着嘹亮的笛声在空中炸响。原来那是司攀笛的队伍，队伍里的坎帕尼亚人和希腊人，出于对迦太基人的厌憎，所以穿上了罗马人的装束。同时左边也出现了长矛、豹皮盾牌、亚麻铠甲和一些裸露的肩膀。他们是马道手下的伊比利亚人、吕西塔尼亚人、巴莱阿里人和盖图利人，传来了纳哈法部队的马嘶声，他们散布在小山的周围，跟着到达的是欧塔芮特率领的乌合之众：高卢人、利比亚人和游牧人；一眼就可以看出他们中间混杂着那些吃“不洁食物”的人，因为他们的头发上插着鱼骨。

原来这是野蛮人的四支部队想方设法协调了各自的行动，终于再次会合。这样的相遇让他们自己也吃了一惊，不能不停下来，花点时间商量对策。

徐率特赶紧把自己的人马排成一个球形阵列，使部队在任何方向都能同样抗住攻击。带尖头的高大盾牌被一个接一个地插在草地上，把步兵团团围住。外面是胸甲骑兵，大象被拉开距离安置在更靠外的地方。佣兵们觉得自己疲累至极，最好等明天再打；野蛮人认为自己必胜无疑，所以整个晚上都在吃喝。

他们点燃了一堆堆明晃晃的篝火，火光在照亮着他们的同时，却把布匿军队藏在他们下方的黑影里。哈米加按罗马人的方式，围着营盘挖了一条十五步宽、三肘深的壕沟，用挖出来的土在壕沟后面筑起一道胸墙，墙上交错竖立尖利的木桩；等到太阳升起的时候，佣兵们惊讶地发现所有的迦太基人都像在要塞里似的，有堑壕保护着。

他们认出了在营帐间走动的哈米加，他在发布命令。他身上披挂着一副棕色的鳞片铠甲，后面跟着他的战马，时不时停下来伸出右臂指点着什么。

于是不少佣兵都回想起，也是这样的清晨，在军号声中他慢慢地从他们面前走过，他的目光像烈酒使他们坚强。他们都有点动情。与他们相反，那些不认识哈米加的人，都因为马上能抓住他而欣喜若狂。

可是，如果大家一起进攻，由于地势狭窄，极有可能彼此误伤。奴米第亚人或许能越过壕沟，可是他们对付不了有铠甲护身的胸甲骑兵，再说怎么才能跨过那些尖桩围栏呢？至于大象，眼下它们又还没训练好。

马道喊道：

——你们全是些胆小鬼！

他领着一批兵士中的佼佼者向堑壕冲去，却被一阵乱石给打退了，因为徐率特用上了对方在大桥上丢弃的投石机。

进攻失败立刻对野蛮人易变的精神产生巨大的影响。超凡的勇气都消失了，他们渴望胜利，又不想冒太大风险。照司攀笛的主张，就该小心在意地维持好现有的态势，饿就能把布匿军队整垮。不承想迦太基人居然挖起井来，这是周围有大山包着的小丘，他们找到了泉水。

他们从尖桩栅栏的最高处往下射箭，还从地上捡起土块、粪便以及鹅卵石往下扔，他们有六台投石机，不停地沿着平台来回投射。

不过泉水慢慢会干涸，粮食早晚被耗尽，投石机也会出故障；而佣兵人数比他们多十倍，最后终将获胜。徐率特于是想法子用谈判来拖延时间，一天早上野蛮人在他们的阵地上发现了一张写满字的羊皮。徐率特先为自己那场胜仗开脱：这全是元老们逼着他干的；为了表明愿意履行过去对他们的承诺，他提出可以随他们挑选，去抢劫雨地克，或者伊包茶芮特；最后，哈米加宣称他毫不惧怕，因为蛮族部队里有许多内奸在帮他，所以他很容易就可以打败他们。

野蛮人心乱了：马上能得到战利品的建议值得考虑；他们害怕被内奸出卖，根本没想到徐率特的夸夸其谈只不过是个圈套，反而开始相互猜疑。他们留意别人的言行，晚上常被噩梦惊醒。好些人离开了自己的同伴，随自己的心意另选队伍；跟随欧塔芮特的高卢人去找内阿尔卑斯高卢人[1]组队，因为他们听得懂彼此的语言。

四位头领每晚都在马道的营帐里聚会，蹲在一面盾牌周围，专心致志地把一些小木偶移来移去，这些木偶是皮洛斯的发明，用来演练战术的。司攀笛论证哈米加资源匮乏，他凭借所有天神之名赌咒发誓，恳求他们千万别错失良机。马道愤怒地打着手势来回走动。向迦太基开战是他个人的事，他讨厌别人干预和不服从。欧塔芮特从他的脸

① 内阿尔卑斯高卢人是居住在阿尔卑斯山靠近意大利一侧的居民。

上猜出了他的心思，表示赞赏。纳哈法仰着下巴表示轻蔑，没有一种方案能行，脸上惯有的微笑也不见了。他没完没了地唉声叹气，仿佛要缓解自己为无法实现的梦想和注定失败的事业感到的绝望与痛苦。

就在野蛮人还没商量出个头绪的时候，徐率特却在加强防御：他在尖桩围栏里面又挖了一圈壕沟，又垒了一道围墙，在营盘的各个角落搭建了木碉楼；并且把奴隶们赶到前哨的中间地带，埋设下许多铁蒺藜。可是大象由于喂食太少，却在脚镣里拼命挣扎。为了节省草料，他命令胸甲骑兵宰杀那些不够健壮的战马吃掉。有个别人拒不执行，他就砍了他们的头。大家把马肉吃了。随后好几天，对这些鲜肉的回味，想起来就让他们特别伤心。

他们被围困在圆形剧场般的山谷里，从这里向四外望去，可以看见竖立在四周高地上的蛮族部队的四座营寨。妇女头顶着羊皮袋来回走动，山羊咩咩叫着在成堆架立的矛枪下面游荡，时常有哨兵在换岗，时常有人围着三脚支架大吃大喝。事实上，各个部落提供的食物极为丰足，野蛮人也根本没想到布匿军队如此害怕他们这样按兵不动。

从第二天起，迦太基人就注意到在游牧人的营地里有一支被单独隔离开的三百个人的队伍。他们就是开战以来一直被拘禁着的迦太基富豪们。一些利比亚人把他们排在坑边，拿他们当护墙，在他们身后向外投掷标枪。这些可怜虫已经让人无法辨认，脸上满是蛆和污垢，头发多处被拔掉，脑袋上长着烂疮，消瘦、可怖，就像裹在破烂尸布里的木乃伊。有几个人浑身颤抖，痴骇地啜泣；其他人则拼命喊叫他们的朋友向野蛮人还击。其中有一个人，动也不动，耷拉着脑袋，一声不吭，长长的白胡子垂下来盖在戴着镣铐的手上。迦太基人认出他是吉斯孔，心底里一下子就觉得共和国已经崩溃了。尽管危险，但他们还是推挤着来看他。尽管马道不喜欢，可人们还是按欧塔芮特的主意给他的头上戴了一顶奇丑无比的镶着石子的河马皮王冠。

被激怒的哈米加命令打开围栏，决心无论如何冲杀出去；如怒涛般涌出的迦太基人一口气爬上了半山腰，冲了三百步左右。然而像潮水似的从上面扑下来的野蛮人又把他们压了回去。一个禁军被石头绊倒，落在了外边。查耳萨斯追上了他，把他打倒，举起短剑插进他的咽喉，接着把它拔出来，扑到伤口上，——并且，伴着快活的唧哝和传遍全身直到脚跟的震颤，把嘴贴住伤口，使劲吸血，然后静静地坐在尸体上，他抬起脸，仰着脖，就像一头刚在山涧中喝过水的母鹿那样，用力呼吸空气，接着就用尖嗓子唱起一支巴莱阿里人的歌，一首充满拖长音节的含糊不清的曲调，时断时续，互相交替，仿佛在山谷间相互呼应的回声；他在召唤阵亡的兄弟们，邀请他们参加这个宴会；——然后，把手垂在两腿之间，他慢慢地低下头来哭泣。这样残酷的情景使野蛮人感到毛骨悚然，尤其是希腊人。

从此以后，迦太基人再也不敢尝试突围；——他们也不想投降，因为投降会被折磨至死。

可是无论哈米加如何精打细算，粮食还是在急遽减少。平均每个人只剩下不到十贺梅珥[①]麦子，三欣[②]小米和十二贝扎[③]的干果。没有肉、没有油、没有腌货，连喂马的大麦也一粒不剩，那些瘦骨嶙峋的战马伸长着脖子，努力在尘土中搜寻几株踩踏过的麦秸。在平台上站岗的哨兵一旦在月光下看到野蛮人的狗在壕沟底下的垃圾堆之间游荡，就用石头把它砸死，利用盾牌上的皮带沿着栅栏滑下去，一声不吭，就把那条狗吃了。可有时会听见凶猛的狗吠声，那个人就再也上不来了。在重装步兵方阵的第十二组小方阵的第四列，有三个兵士为了争抢一只耗子，竟拔刀互砍致死。

大家都在怀念家庭，怀念房屋：穷人们怀念他们那蜂窠般的茅舍、门槛上的贝介和挂着的网；贵族们怀念那宽敞的浅蓝色调的幽暗大厅，在一天之中最慵懒的时刻，他

① 贺梅珥是古代容量单位，等于 220 升。

② 欣是古代容量单位，等于 3.6 升。

③ 贝扎是古代度量单位，折算关系不详。

们躺在那里休息，倾听着街衢上隐约可闻的喧闹，夹杂着花园里树叶摇曳的窸窣——为了能更深地浸淫在遐思中，更多些享受，他们半阖住眼冥想，只有伤口突发剧痛，才会把他们惊醒。每一分钟都有零星战斗、新的警报。木碉楼起火了，那些吃“不洁食物”的人爬上了栅栏，守卫用斧子砍他们的手，别的人又冲上来，一阵阵铁雨砸落到营帐上。为了预防投射过来的标枪和矢石，迦太基人筑起一道灯芯草编的围廊，躲在里面，再也不动弹。

每天，太阳都会在山丘上空熠耀，但从一大早起它就躲开谷底，把他们留在阴影里。在他们的前后，都是向上延伸的灰色的斜坡，上面布满了有零星苔藓点缀的石子；高悬在他们头上的天空永远那么碧净，看起来比金属的穹顶更光洁冰冷。哈米加对迦太基气愤之极，甚至想投身到野蛮人中，率领他们杀向迦太基。而且，如今连挑夫、随军小贩，甚至奴隶都开始怨声载道，可是无论从人民、从国务会议，还是从任何地方，都没有带来一点希望。这种局面已经让人无法忍受，一想起将来还会更糟，就加倍难挨。

听到哈米加军队陷入重围的噩耗，迦太基人气愤和憎恨得跳了起来；如果徐率特让自己一开始就吃了败仗，或许大家还没那么忿恨。

如今既来不及也没钱去购买新的佣兵。至于在城里招募兵士，拿什么装备他们？哈米加把所有武器都拿走了！而且谁来指挥？最优秀的军官都跟着他走了！可是徐率特派来的信使跑到街上，向人民大声疾呼。国务会议甚为震动，赶紧设法灭口。

其实这种预防措施毫无必要，因为大家都在谴责哈米加太软弱。他应该在初战告捷之后就彻底消灭那些佣兵。他干吗要去劫掠各个部落？大家作出的牺牲已经够沉重了！贵族们心疼他们捐助的十四个金谢克，席西特惋惜他们那二十二万三千吉卡耳的金子，什么也没捐过的人也同其他人一样抱怨。贱民们则嫉妒那些新迦太基人，因为哈米加答应给他们完整的公民权；甚至那些为迦太基拼死战斗过的里古芮亚人，也照样被看作是野蛮人，并且同样受到诅咒，出身于这个种族就有罪，至少是同谋犯。站在店铺门前的商贾、手握铅尺的过路小工、冲洗篮筐的盐卤贩子、在澡堂沐浴的客人、出售热饮的小贩，全都在讨论作战的部署。人们用手指在地上描画作战计划，任何一个粗人都能出来指摘哈米加犯的错误。

祭司们则宣称，这是对他长期不敬神的惩罚。他不献燔祭，不为他的部队赎罪，甚至拒绝把占卜官带在身边；——这种种渎神的丑闻加剧了人们强忍的憎恨和希望破灭的愤怒。大家回忆起他在西西里岛打的败仗，回忆起被迫长期忍受他的佞妄而背负的重担！大祭司们不能宽宥他曾经夺走他们的珍宝，他们要求国务会议允诺，一旦他回来，就把他钉在十字架上凌迟处死。

这一年的以禄月特别溽热，这又是一种灾难。从湖边升腾起一股令人作呕的气味，它随空气飘散，同香料的烟雾糅混起来，在街角弥漫。哀乐在耳边不停地回响。庙宇的台阶上站满了人，墙壁上全蒙着黑纱，点燃的蜡烛在巴泰克神像的额头上摇曳，为祭献而砍杀的骆驼的血顺着一级级楼梯流淌下来，在台阶上形成了红色的瀑布。葬礼的狂热使迦太基动荡不安。从最狭窄的小巷深处，从最阴暗的窝棚里，一些脸色惨白、身子如蝮蛇般蜷曲的人被抬了出来，牙齿咬得咯咯直响。屋子里回荡着妇女撕心裂肺的尖叫，透过窗子格栅传到广场上，站着谈话的人都吃惊地回过头来。有几次大家以为蛮族人来了，有人在温泉山后看到他们，有人说他们驻扎在突尼斯，于是人声越来越多，越来越响，末了竟汇成一片鼎沸。然后一切复归静寂，一些人依旧攀在建筑物的三角楣饰上，手搭凉棚向远处张望，另一些人脸贴在堞墙脚下，侧着耳朵谛听。恐惧过去以后，怒火又重新燃起。可由于意识到自己的软弱无能，人们很快就复归于同样的悲哀之中。

这悲哀每天傍晚都会加剧，因为那时候他们全都登上平台，鞠躬九次并伴以大声呼喊来向太阳致敬，看着它慢慢落到潟湖后面，然后突然间消失在野蛮人所在的群山之中。

大家都在等待那三重神圣的佳节[①]，届时，一只雄鹰要从焚烧的火堆之巅飞上天空，它是年岁更新的象征，也是人们向巴力神传递的信息，它被视为一种缔约，一种获得太阳神力的途径。此外，由于如今内心充满怨恨，他们就极自然地转向嗜杀的摩洛神，彻底舍弃了达妮媞。实际上，月神丢失圣衣之后，似乎就被解除了某些神力。她拒不恩赐她的水，她背弃了迦太基；她成了叛徒，成了敌人。有人向她扔石头来侮辱她。可是大多数人一边痛骂，一边又可怜她；人们还在爱她，或许爱得较前更深。

可以说，一切不幸皆因丢失圣衣而起。萨郎宝间接参与其中，也就遭到人们同样的怨恨，她应受惩罚。一种要拿她作为牺牲祭神的模糊想法不久就在私下流传开来。要使天神息怒，必须献上一件无价之宝，一个年轻俊美的处女，出身显贵，是神祇的后裔，人类之星。每天都有陌生人闯入麦嘉辣的花园，奴隶们出于自保都不敢出面阻拦。不过，他们从不跨上那座船形楼梯。他们只是站在下面，仰望最高处的平台，等着看萨郎宝；他们一连几小时大声呼喊着责骂她，就像狂犬在吠月。

---

① 指从犹太教历的7月（提斯利月）审判日开始的赎罪节、住棚节和庆法节，宣告新的一年开始。

十　蛇

哈米加的女儿并不在意这些贱民的扰攘。

她的心被更高层次的烦恼占据了：她的大蛇，那条黑色的巨蟒，日见委顿，气息奄奄；而在迦太基人眼中，蛇是国家的也是私人的吉祥物。大家认为蛇是土地的儿子，因为蛇从土地深处出来，不用脚就能走遍大地，它的行进方式使人想起江河的蜿蜒，它的体温使人想起古代黏稠而繁殖力旺盛的黑暗，它咬着自己的尾巴所描绘的运行轨道使人想起星辰的和谐与艾实穆神的智慧。

萨郎宝的那条蛇已经多次在满月和新月时，拒绝捕食按例供给它的四只活麻雀了。它那像苍穹般在纯黑的底子上布满金色斑点的靓丽的皮肤，现在却变成黄色，松软起皱，对它的身体似乎有些过大，头部长满了毛茸茸的霉菌，在它的眼角还可以看到仿佛有红色的小斑点在移动。萨郎宝时不时地走近它的银丝篮子，掀开深红色的帘子、荷叶和鸟毛；它始终蜷成一团，仿佛一盘枯藤，动也不动。她长时间盯着它看，最后竟恍惚觉得心里也有一团东西，另一条蛇正一点一点爬上她的咽喉，要把她勒死。

她为见过圣衣而感到绝望，可同时也有点快活，内心深处还隐隐有些引以为傲。在圣衣华丽的皱褶中隐藏着某种神迹，那是翳蔽天神的云霞，宇宙存在的秘密，尽管萨郎宝对自己的好奇心感到害怕，但还是后悔没有把它掀开看。

她几乎整天蜷缩在自己房间的深处，双手抱住曲着的左腿，半张着嘴，下颏低垂，眼神呆滞。她惊恐地回想起父亲的面容，她希望进入腓尼基的深山，到阿法卡庙[①]里去朝圣，那里是达妮媞化为星星降临的地方，各种想象吸引着她，使她害怕，一天比一天加剧的孤独感包围着她。她甚至连哈米加现在的情况都不清楚。

沉思冥想到厌倦以后，她就会站起身，拖着她的那双小凉鞋在宽敞静寂的屋子里漫无目的地穿行，每走一步，鞋底都在她的脚后跟上敲一下。天花板上的紫晶和黄玉随处发出些光点在闪烁，萨郎宝会一边走，一边轻轻转过头来欣赏。她会走过去握住悬挂着的双耳尖底瓮的瓶颈，她会拿把大扇子来扇凉胸脯，或者在珍珠凹孔里焚烧肉桂自娱。日落时分，达纳克打开遮住墙上窗洞的菱形黑色毛

---

① 阿法卡神庙在黎巴嫩，是希腊神话传说中美少年阿多尼斯被野猪咬死之地。罗马帝国时期阿法卡神庙被君士坦丁大帝摧毁。

毡，然后她的那几只同达妮媞庙里的鸽子一样搽抹过麝香的鸽子就突然飞进来，粉红色的脚爪在玻璃地板上的大麦粒中间滑动，那是她用手像在田间播种似的一把把撒下去的。然而转眼间她又会呜咽起来，动也不动地直躺在牛皮带编成的大床上，嘴里反复念叨着同一句话儿，睁着眼睛，死人一样惨白，浑身冰冷，毫无感觉；可同时她却又能听到棕榈树丛里猴群的啼叫，还有那越过一层层楼台把清水车到中央斑岩蓄水池的巨轮的永无休止的辚辚声。

有时候，她会一连几天拒绝进食。她会梦见汹涌的群星在她脚下飘荡。她会把沙哈巴瑞叫来，可是等他来了，她又没有什么话要对他说。

他的存在对她是一种慰藉，否则她简直活不下去。可是在她内心深处却又抗拒这样的掌控，对于这位祭司她既感到畏惧、嫉妒、憎恨，又怀有些许爱恋，她感激在他身边能体验到的一种奇妙的快感。

沙哈巴瑞擅长辨别各种疾病是哪位神祇送来的，他认定萨郎宝是受了月神辣拜媞娜的影响。为了治她的病，他叫人在她的房间里洒了马鞭草①和铁线蕨②泡制的药水，每

---

① 马鞭草，又名龙牙草，多年生草本植物，入药有活血化瘀之功效。古代基督教视为驱魔之神草，用于装饰祭坛。

② 铁线蕨又称少女发丝，多年生草本挺水植物，常用于观赏栽培，入药有消炎止血化瘀之功效。

天早上让她服用曼德拉草[①]，睡觉时枕的是大祭司们亲手调配的装有各种香料的香囊，他连巴辣草[②]也用上了，这种植物有火一样颜色的根，能把致命的凶神赶回北方，最后他还转向北极星，嘟囔了三次达妮媞的神秘名字；可是萨郎宝照样难受，苦闷更加深了。

在迦太基，没人能比沙哈巴瑞更有学问。年轻时他曾经在巴比伦附近波尔西帕[③]城的袄教[④]主祭学校念过书，后来又遨游过萨莫色雷斯[⑤]、培希奴[⑥]、以弗所[⑦]、塞萨利[⑧]、朱

---

① 曼德拉草是茄参属植物，又称风茄或毒参茄，有很强的麻醉致幻作用。

② 巴辣草是迦南人传说中一种能驱魔的植物，福楼拜在小说《希罗底》中也曾提及。

③ 波尔西帕，又称尼姆鲁德，曾是亚述帝国都城，位于伊拉克摩苏尔南 39 公里。

④ 袄教又称拜火教，或以其创教者名称之为琐罗亚斯德教，曾是古波斯国的国教，这里的主祭学校是袄教培训其主持重大庆典的祭司的机构。

⑤ 萨莫色雷斯是北爱琴海中的希腊岛屿，岛上有古希腊的万神庙，法国卢浮宫的镇馆三宝之一的“有翼胜利女神”雕像便是在该岛上发现的。

⑥ 培希奴是土耳其小亚细亚北方位于萨卡里亚河上游的一座小城，因希腊神话传说中弗里吉亚国王弥达斯在此为地母库柏勒修建神庙而著称。

⑦ 以弗所，又译艾菲索斯，土耳其伊兹米尔市东南 40 公里的古城，有保存最完好的希腊罗马古迹，其中的阿尔忒弥斯神庙被列为世界七大奇迹之一。

⑧ 塞萨利，是希腊中部群山环抱的一片开阔山谷区，历史上以良马和骑兵闻名，西边与伊庇鲁斯接壤，东临爱琴海。

迪亚，以及迷失在沙漠中的纳巴泰人[1]的庙宇，并且沿着尼罗河岸，从大瀑布一直步行到海边。他还曾经脸上戴着面罩，挥舞着火把，当着恐怖之父斯芬克司像的胸前，把一只黑公鸡扔进山达树木[2]的火堆里。他又曾下过冥后普洛塞庇娜的岩洞，他曾经见过利姆诺斯岛上迷宫中那五百根旋转的柱子，也见过塔兰托的巨大的分支烛台大放光芒，这个烛台的烛托数目同一年的日数相同；他时常在夜间会见希腊人，向他们提出问题。他对于世界的构成同对天神的本性一样关注，他曾经用放在亚历山大城柱廊里的天文仪器观测过春分秋分，还伴随托勒密三世[3]的丈量官[4]一直走到昔兰尼，通过计算自己的步数来测量天空；——由于有过这些经历，在他的头脑里萌发着一种特殊的宗教，没有清晰的模式，却因此更令人着迷和热狂。他再也不相信大地的构成像松果，认为大地是圆的，并且不停地在浩瀚的宇宙中跌落，不过跌落的速度如此神奇，以致没有任何

---

① 纳巴泰人，是阿拉伯一个游牧民族，由于其占据的约旦古城佩特拉是古代骆驼商队的必经之隘口而一度成为阿拉伯与印度香料、埃及黄金、地中海沥青、中国丝绸的交易中心，如今又以其建于岩石中的奇特陵墓、神庙和壁画引起关注。

② 山达树是一种非洲松香树，其树脂用于制作香料和清漆。

③ 托勒密三世（公元前 284 年—前 221 年）又名奥厄葛提斯（施主），其妻为昔兰尼加王国贝蕾尼西二世公主。

④ 丈量官，古希腊御用的计量官员，经过专门培训，用步数测量距离。希腊步略大于罗马步，600 希腊步约等于 625 罗马步，约等于185 米。

人能察觉。

由于太阳位置在月亮之上，他就得出结论说巴力神是主神，而月亮只是它的反光和表象；何况他在人世间所看见的一切，也迫使他承认男性主掌生杀大权的法则是至高无上的。而且他私下始终把他一生不幸的原因归罪于辣拜娓娜。难道从前不是为了她，大祭司才拿一爵沸水在铙钹声中把他的生殖器阉割掉的吗？如今他只能忧郁地目送那些男人领着月神庙的女尼们消失在笃耨香树[1]丛的深处。

他的日子全用在检查香炉、金瓶、火钳、祭坛上拨香灰的耙子、所有的神像袍子，直到一根铜针，那是为第三小神殿里挨着祖母绿葡萄旁的一座老旧的达妮娓神像卷头发用的。每天在同样的时刻，他把悬挂在规定的几扇门前的大挂毯撩起来，用同样的姿态张开两条臂膀守在那里，或者在同一块石板上跪下祈祷；在他的周围，则是一大群赤着脚的祭司在昏暗的走廊里走来走去。

在他枯燥乏味的生活中，萨郎宝宛如墓穴坟头的一丛迎春。可是他对她非常严厉，从不减轻赎罪的苦行或尖刻的责备。他的生理缺陷好像在他们之间建立起一种无性别差异的平等关系。他怨怼这年轻的姑娘，并非由于不能占

① 笃耨香树，和阿月浑子即开心果同为黄连木属落叶乔木，常用做其嫁接树种。

有，而是由于她的美丽，更是由于她的清纯。他经常看出来她厌倦追随他的思绪。于是他回来后更加忧郁，被抛弃、空虚、孤独的感觉也更加剧了。

有时他会脱口说出一些奇怪的话，宛如巨大的闪电在萨郎宝面前划过，照亮了深渊。那通常是在晚上，他们两人单独在露台上，一起仰望星空的时候，迦太基展开在他们脚下，海湾和涨潮的大海模糊地隐在黑暗之中。

他对她解释灵魂降临人间的学说，它遵循太阳在黄道十二宫图里同样的运行路线。他伸长胳膊，指点说人类降生之门在白羊星座，而回归天神之门在摩羯星座；萨郎宝竭力要看到这两个星座，因为她把这些设想都当作事实；即使这纯属一种象征，甚至只是一种表达的方式，她也不加区别地当作真理接受，其实祭司自己也并非总能分清这种区别。

他说道：

——死者的灵魂在月亮里分解，就如尸体在地上分解一样。它们的眼泪使月亮潮湿，使它成了一个充满泥泞、残骸和风暴的黑暗居所。

她问她将来在那里会怎么样。

——首先，你将萎靡无力，轻盈得像在水面上飘浮的雾汽，然后经过漫长的考验和焦虑以后，你将返回太阳的中心，到智慧的泉源里去！

可是他没有谈起辣拜媞娜。萨郎宝以为这是他不好意思提起这位被征服的女神，于是她就用惯用的名称来呼唤月亮，并且开始祝福这颗多产而又温柔的星辰。最后，他终于忍不住喊道：

——不！不！它的繁殖能力全都是别人给的！你没有看见它总围着太阳转悠，就像一个怀春的女子在田野里追逐男子一样吗？

同时他不绝口地赞美阳光的效力。

他不仅不压制她探究神秘事物的欲望，相反，他还力图激励这种欲望，甚至似乎还很陶醉于通过阐述这种冷酷的学说来折磨她。萨郎宝尽管在对月神的爱上受到伤害，仍然全身心耽思于这种学说。

可是沙哈巴瑞越感觉自己在怀疑达妮媞，就越希望自己坚定信仰。在他的内心深处，有种内疚在揪扯他。他急需某种证明，某种天神的启示才行；为此，祭司筹划了一个方案，它既能挽救他的祖国，又能拯救他的信仰。

于是，他就开始在萨郎宝面前哀叹那桩圣衣被窃的渎神罪行和随之而来的灾难，这灾难甚至会殃及天国。然后，他突然向她说起徐率特的危险处境，他遭到马道统率的三支军队的围攻；因为在迦太基人看来，马道凭借那件圣衣，当上了野蛮人的国王；他还加上一句，说共和国和她父亲的安危，如今全在她一个人身上。

她失声喊道：

——在我身上？我怎么能够……？

祭司带着轻蔑的微笑说道：

——你当然是不会同意的！

她求他说出来。最后沙哈巴瑞对她说道：

——你必须到野蛮人那里去把圣衣拿回来！

她软瘫在乌木矮凳上，两臂垂在膝间，浑身颤抖，就像在祭坛下等待被击杀的牺牲。她的太阳穴在嗡嗡作响，眼前火花乱转；在昏昏沉沉中，她只明白一件事，那就是她快要死了。

可是沙哈巴瑞认为，如果辣拜娓娜获胜，圣衣取回而且迦太基得救，死一个女人算得了什么！何况，她也有可能拿到纱帔而不至于丧命。

他一连三天没有过来。到了第四天傍晚，她派人去找他。

为了加强蛊惑，他向她转述了元老聚会中大家对哈米加的肆口谩骂，并且说她是有罪的，应该赎罪，辣拜娓娜要她作出牺牲。

不时有巨大的叫喊声越过马巴勒岬区传到麦嘉辣来。沙哈巴瑞和萨郎宝急忙走出去，站在船形楼梯上向下张望。

那是聚集在嘉蒙广场上的人群，大声叫嚷着要求得到武器。元老们不想提供，认为这种努力得不偿失；有些没有将领的人擅自行动，结果都白送了命。最后他们终于得到出发的许可，为了向摩洛神致敬，或者受朦胧的破坏欲驱使，他们将庙宇林子中的大柏树连根拔起，在喀毕尔神的火炬上点着树干，扛着它们走到街上唱歌游行。这些巨大的火炬摇晃着缓慢行进，它们把火光映射在庙宇屋顶的玻璃球上、巨大神像的装饰上和船舶的冲角上，它们经过城里的一座座平台，就像有许多太阳在各处滚动。他们走下了卫城。马喀的城门打开了。

沙哈巴瑞喊道：

——你准备好了吗？否则就托他们转告你父亲说你已经把他抛弃了。

她把脸藏在面纱中；巨大的火光远去了，慢慢地消失在海边的波浪里。

一种无法形容的惊恐攫住了她；她害怕摩洛神，也害怕马道。这个身材像个巨人似的男子，既然当了圣衣的主人，就能像巴力神一样驾驭辣拜媞娜，而且在她看来，他也同样会有电闪雷鸣环绕。天神的灵魂不是也有时会附身人的躯体吗？沙哈巴瑞谈到马道的时候，不也说她应该战胜摩洛神吗？马道同摩洛神已经合为一体，她无法区分，他们两个都在折磨着她。

她想预卜未来，就走到那条蛇前面，因为可以通过蛇的形态判断凶吉。可是篮子里空空如也，萨郎宝极为不安。

她发现那条蛇用尾巴卷在吊床旁的一根银栏杆上，使劲摩蹭栏杆，蜕掉暗黄的旧皮，它的身子变得又光又亮，像一把半出鞘的宝剑。

以后几天，随着她听任自己慢慢被说服，愿意去拯救达妮媞，那条大蟒也逐步复原和变粗，似乎重生了。

于是在她的内心深处建立起一个确切的信念，认为沙哈巴瑞所表达的是神旨。一天早上，她醒过来时决心已定，便问要怎么做才能使马道交还纱帔。

沙哈巴瑞答道：

——问他要。

她又问：

——可是，如果他拒绝呢？

祭司专注地细看着她，露出一个她从来没见过的微笑。

萨郎宝仍坚持问：

——是呀，那怎么办呢？

他用手指揉搓着从法冠上垂到肩头的带子的末端，双眼低垂，动也不动。最后，看见她还是不明白，才说道：

——你要和他单独相处。

她问道：

——然后呢?

——单独待在他的营帐里。

——那又怎么样?

沙哈巴瑞咬了咬嘴唇。他在努力寻找一种委婉的表达方式:

——即便你要去死,那也是以后的事,以后的事!所以不用害怕!不管他做什么,都不要叫喊!不要吃惊!你必须卑躬屈膝,明白吗?必须依从他的意愿,他的意愿就是上天的旨意!

——那纱帔呢?

沙哈巴瑞答道:

——天神会作出安排的。

她又央求道:

——你能陪我一起去吗,师父?

——不能!

他让她跪下,然后举起左手,伸直右手,代她起誓说一定要把达妮媞的纱帔带回迦太基。她发毒誓表示自己愿为天神牺牲一切,沙哈巴瑞每说一句,她就声音颤抖地重复一句。

他告诉她所有该做的洁身礼和斋戒,以及怎样到达马道身边。而且会有一个熟识道路的人陪着她去。

她觉得自己得到了解脱。现在她只想着重见圣衣的快乐，感谢沙哈巴瑞给她的劝告。

如今正是迦太基的鸽子迁徙西西里岛的季节，它们要飞往艾里克斯山和维纳丝神庙。在动身之前，连着好些天它们在彼此寻觅，相互召唤，为了聚合成群。最后，在一个黄昏，它们起飞了，就像被风吹送着的一大片白云，在大海之上的高空掠过。

天际染着血红的颜色。鸽群好像逐渐贴近海面，最后完全消失了，仿佛被波涛吞没或者跌进了太阳的大嘴。萨郎宝一直望着它们远去，最后低下了头；达纳克自以为猜出了她的哀愁，温柔地对她说道：

——女主人，它们会飞回来的。

——是的，我知道。

——你还会见到它们的。

她叹了一口气道：

——也许吧！

她没有向任何人吐露自己的决心，极其小心谨慎地实施她的计划，她不向管家们要，而是打发达纳克到肯西道的郊外去购买所需要的各种东西：朱砂、香料、亚麻腰带和几件新衣服。老女奴对这些准备非常惊奇，可又不敢问任何问题；沙哈巴瑞指定的日子到了，萨郎宝该动身了。

在十二点左右，她望见枫林深处有一个瞎老头，一只手搭在走在他前面的一个孩子的肩上，另一只手拿着一把靠住臀部的类似齐特拉琴[1]的黑木乐器。净身祭司、奴隶和侍女们，都被小心地支开了，谁也不让知道这件在准备中的秘密。

达纳克在房间的四角点起了四只装满松果和小豆蔻的三足香炉，然后打开几幅巴比伦的大挂毯，把它们系在绳子上，在房间四周张挂起来，因为萨郎宝不愿意被人瞧见，连墙壁也不行。那个基诺尔琴[2]琴师就蹲在门背后，孩子在他旁边，嘴唇贴在一支芦笛上。远处街道上的喧嚣已渐消失，庙宇的列柱廊前拉出一片长长的紫色阴影，同时，在海湾的另一边，山麓、橄榄田、黄色的荒地，起起伏伏，全融入了一片青蓝色的氤氲；四周如此静谧，充溢着一种难言的沉重、压抑的气氛。

萨郎宝蹲在浴池旁的玛瑙台阶上，挽起宽大的衣袖，拿来系在肩后，然后按照宗教的仪式按部就班地开始洁身礼。

接着，达纳克递给她一个雪花石膏瓶，里面装着一种凝固的液体：一条黑狗的血，它是被一些不能生育的妇女在冬夜带到荒墓宰杀的。她拿这狗血来涂抹耳朵、脚跟、右手的拇指，以致指甲都被染红了，好像刚用手捏碎过浆

---

① 齐特拉琴是古希腊的一种和里拉琴相似的大号抱琴，有木质音板。

② 基诺尔琴是古代犹太人用的一种七弦竖琴。

果似的。

月亮升起来了，于是基诺尔琴和芦笛同时演奏起来。

萨郎宝褪下她的耳坠、项圈和手镯，脱去白色长袍；她松开发箍，让头发披落在肩上，缓缓地摇动了几分钟，为了凉快，也为了让头发完全散开。门外的音乐在继续；只有三个音符，翻来覆去都是同样的三个音符，急促而且激烈；琴弦铮铮，笛子呜呜；达纳克跟着节奏击掌；萨郎宝扭动着身躯，吟诵着祷文，身上的衣服一件件飘落在她脚边。

沉重的挂毯颤动起来，在悬挂它的绳子上出现了蟒蛇的脑袋。它慢慢地滑落下来，像一滴水沿着墙壁流下来一样，在洒落一地的衣衫中爬行，然后，把尾巴贴住地面，笔直地立起身来；它那比红宝石还明亮的眼睛，凝视着萨郎宝。

起初或许是怕冷，也可能是害羞，她有些犹豫。可是想起了沙哈巴瑞的命令，她立刻迎上前去；蟒蛇折下身子，拿它的中段搭住她的后脖，头和尾垂下来，就像一条断开的项链，两端一直落到地上。萨郎宝让它绕在自己肋部、胳膊底下和两膝之间，然后抓住它的下颚，让它的三角形尖嘴凑近自己的牙齿，然后半阖住眼睛，头向后仰，沉浸在月亮下。皎洁的月光仿佛一层银色的薄雾把她裹住，她的湿脚印在石板上闪着亮光，繁星在浴池深处颤动；蟒蛇有金色斑点的墨黑身子缠得更紧了。萨郎宝在它沉重的挤压下喘不过气来，腰也弯了，觉得自己像要死了；蛇用尾巴轻轻撩着她的大腿，随着音乐停止，它也跌落下来。

达纳克端着两个枝形大烛台过来，在她的身边放好，烛台里面的灯火都在一个个盛满水的水晶球里面燃烧，然后拿散沫花染红手心，把萨郎宝的双颊染红，拿锑粉给她抹上眼影，拿树胶、麝香、乌木和碾碎的飞虫脚制作的调和剂把她的眉毛画长。

萨郎宝坐在一把象牙靠背的椅子上，听任女奴给她打扮。可是这些触摸、香料的气味和长时间的斋戒，快要使她精力耗尽了。她的脸色变得这样苍白，以致达纳克赶快住了手。

萨郎宝挺了挺身子，突然振作起来。她感到不耐烦，催促女奴道：

——快接着做！

老女奴叽咕道：

——好了！好了！女主人！……再说，又没有人在等你！

萨郎宝说：

——有的！有人在等我。

达纳克惊得退开一步，她想知道得更多一点：

——女主人，你对我有什么吩咐？因为你要是离开挺长时间的话……

萨郎宝呜咽起来，女奴惊叫道：

——你在难受！为什么？别走了！或者带上我！你特别小的时候，只要一哭，我就把你抱在怀里，用我的奶头来逗你乐；如今它已被你吸干了，女主人！

她拍了拍自己干瘪的胸脯，继续道：

——现在，我老了！我没有什么用处了！你不再爱我！有痛苦也不跟我说，你看不起你的奶妈！

于是她既心疼又气恼，眼泪沿着双颊流下来，渗进她在脸上刺的花纹里。

萨郎宝说：

——不！不！我爱你！你放心吧！

达纳克释怀了，带着像一只老猴子做鬼脸般的微笑，继续为萨郎宝梳妆打扮。听从沙哈巴瑞的指示，萨郎宝命令女奴把自己打扮得华丽些，于是她就按蛮族人的口味把她打扮得既考究又纯朴。

她贴身的长内衣很薄，是葡萄酒的颜色，外面再套上一件绣有鸟羽的长衫。腰上束着一条贴有金色鳞片的宽腰带，腰带下是条带波浪皱褶的蓝底银星衬裤。然后达纳克再给她穿上一件用赛里斯[1]绸裁制的白底绿条纹的宽松长

① 赛里斯，古代希腊和罗马人对中国（主要是西部地区）的称呼，意为丝之国或丝来的地方。

袍。肩上系了一块红色方巾，边沿坠着一粒粒印度闪色绿宝石，最后，又在所有这些服饰外面，披上一件拖着长裾的黑一口钟。然后达纳克打量着她，为自己的杰作感到骄傲，忍不住说道：

——你就是到了结婚那天也不会比今天更美！

——结婚那天！

萨郎宝跟着应了一句，把手肘支在象牙靠背的椅子上，胡思乱想起来。

这时达纳克已经在她面前竖起了一面又大又高的铜镜子，可以看见全身。于是她站了起来，用手指轻轻地把一个垂得太低的发卷撩了上去。

她的头发撒了金粉，前额的刘海卷曲着，后面的头发像螺旋形的波浪垂在背后，发梢系着珍珠。她那红扑扑的脸颊、金光闪闪的衣饰和白皙的皮肤，在烛台的灯光照耀下，显得更加鲜艳；她的腰肢、胳膊、手指和脚趾上佩戴着那么多珠宝，铜镜就像太阳，把它们的闪光全反射过来；——萨郎宝站在侧身望着她的达纳克旁边，在一片眼花缭乱的景象中微笑着。

然后，她在房间里来回踱步，不知该如何打发剩下的时间。

突然，鸡叫了。她急忙往头发上别了块很长的黄色面纱，拿了条肩巾裹住脖子，两只脚蹬进蓝色小皮靴，对达纳克说道：

——去看看桃金娘树下面是不是有个人牵着两匹马？

达纳克刚回来，萨郎宝已经走下了船形楼梯。

乳媪叫道：

——女主人！

萨郎宝回过头来，一个指头按在嘴唇上，示意她别出声，不要动。

达纳克于是沿着船艏悄悄地溜到平台尽头，远远地在月光下望见柏树林荫道上有个高大歪斜的黑影在萨郎宝身边跟着她移动，这是死亡的预兆。

达纳克回到屋里，扑在地上，用指甲抓自己的脸，揪自己的头发，发出声嘶力竭的尖叫。

一想到别人会听见，她便住了口，双手抱头，脸贴住石板，改为低声的呜咽。

十一　营帐下

给萨朗宝带路的男子领着她攀越过灯塔，朝地下墓穴方向行进，然后沿着到处是陡峭小街的长长的莫洛亚郊区走下去。天色开始泛白。有好多次，他们需要低头躲开从墙上伸出来的棕榈木的房梁。行进中的两匹马脚下经常打滑，他们就这样来到了特韦思特城门。

两扇沉重的城门半开着；他们一走过去，城门就在他们身后关上了。

起初他们沿着城堞的墙根走了好久，到了蓄水池的高处，他们就沿着代尼亚运河走上一条黄土小路，它像一条窄带子把海湾同湖隔开，一直伸展到辣代司。

无论是海上还是在原野，迦太基周围全都见不到人。深灰色的波浪在轻轻地翻滚，微风把它们的泡沫吹散，给海面添上些白色的裂痕。萨朗宝虽然裹上了所有的披巾，还是在清冷的晨风中索索发抖，长途跋涉和旷野的空气使她晕眩。接着，太阳升起，晒着她的后脑勺，又让她忍不住打瞌睡。两只牲口并排漫步小跑，蹄子陷进悄无声息的沙子里。

走过温泉山以后，地面变硬，他们速度也加快了。

尽管早已到了耕地和播种的季节，然而放眼望去，田野却像沙漠般空旷。四下里散布着一堆堆麦垛，别的地方则是焦黄的穗子正在脱落的大麦。清晰的地平线上，露出杂乱无章的村落的暗影。

路边到处都是半截烧焦的残墙断壁。村舍的屋顶坍塌了，可以看到里面尽是些陶器的碎片、破衣烂衫和各种已经被砸烂到无法辨认的生活用具。有时从废墟里会突然蹿出一个人来，衣衫褴褛，灰头土脸，两眼冒火，可是很快他就跑掉或者消失在洞穴里。萨郎宝和她的向导并没有停下他们的脚步。

荒废的田野连绵不绝。在大片黄色的土地上，撒布着一缕缕不规整的炭灰，马蹄把这些炭灰扬在他们身后。有时他们也会遇到一处宁静的地方，一条小溪在高大的草丛里流淌；萨郎宝跨过小溪之后，总要揪几片湿漉漉的叶子，让自己的双手清凉一下。在拐过一片夹竹桃林的时候，地上躺着的一具男尸把她的马惊得跳了起来。

那个奴隶赶快过来扶她重新在马背上坐稳。他是庙里的一个圣奴，沙哈巴瑞遇到危险的差事，总是打发他去。

如今他格外小心，干脆下马，在她身边和两匹马中间步行起来；他一边奔跑，一边不时用缠在胳膊上的皮鞭抽打牲口，或者从挂在胸前的旅行袋里取出包在荷叶里的用小麦、椰枣和蛋黄做的团子，默不作声地递给萨郎宝。

中午的时候，有三个披兽皮的蛮族人在路上同他们错身而过。渐渐地人多了起来，这些人成群结队，十个、十二个、二十五个地一组一组到处游荡，有的还赶着几只山羊或者一头跛脚的母牛。他们沉重的木棍上插满了青铜尖钉，脏极了的衣服上挂着明晃晃的刀剑；瞪着两眼，露出威吓而又惊讶的表情。相遇时，有的表示惯常的问候，有些则说几句猥亵的俏皮话，沙哈巴瑞的圣奴总是用他们各自的家乡话作答。他对他们说，他护送一个生病的年轻人到远方的庙宇去治病。

日落了。听见狗吠的声音，他们循着这声音前进。

暮色中，他们看见了一幢由干燥的石头围墙围着的轮廓模糊不清的建筑。一条狗沿着墙头在奔跑，带路的圣奴朝它扔了几块小石子，然后他们走进了一间高大的有拱形圆顶的大厅。

一个老女人蜷缩在屋子中央，挨着一堆用荆棘点燃的火堆边取暖，烟从屋顶上的窟窿里冒出去。她的身子有一半藏在垂到膝盖的白头发里，什么问话也不回答，一副痴騃的模样，嘴里不停地嘟囔着要向蛮族人和迦太基人报仇的话。

带路的四下里搜索了一阵，然后回到老女人身边，问她要吃的东西。她摇摇头，两眼盯着炭火，喃喃地说道：

——我本来有手。十个指头全被砍掉。嘴巴也用不着吃了。

圣奴抓了一把金币给她看。她朝钱扑了过去，可是很快又回归僵冷不动的状态。

最后他从腰带里拔出一把匕首，搁在她的脖子上。她这才战战兢兢地掀开一块大石板，拿出来一罐酒和几条用蜜糖浸渍过的伊包茶芮特的鱼。

萨郎宝转过身，不想触碰这些不洁的食物，她在大厅一角躺在铺开的马衣上睡着了。

他在天亮以前就把她叫醒。

狗在狂吠。圣奴静悄悄地走近它，一匕首就砍下了它的脑袋。然后他拿血涂抹马的鼻孔，使它们振奋起来。老女人在背后诅咒他，萨郎宝察觉了，赶忙按住挂在胸口的护身符。

他们又继续赶路。

萨郎宝不断询问是不是快要到了。道路在一座座山丘上起起伏伏。耳边听到的只是蝉鸣。阳光晒热了枯黄的野草；土地到处都是裂口，它们把地面分割成块，就像大块的铺路石板。有时爬过一条毒蛇，或者飞过几只老鹰。圣奴始终在奔跑，萨郎宝裹在披巾下面遐想，尽管天气很热，也不肯解开这些披巾，因为她怕弄脏了身上漂亮的衣服。

每隔一定距离，就立着一座塔楼，那是迦太基人建造来监视各部落的。他们走进去凉快一下，然后接着上路。

为谨慎起见，昨天他们绕了个大圈子。可是眼下一个人也碰不到，这地区非常贫瘠，野蛮人从不往这里来。

可是战争留下的疮痍又渐渐出现了。有时，在田野中央会见到一片马赛克，这可能是一座宅邸残留下来的唯一痕迹；没了叶子的光秃秃的橄榄树，远远看去就像是一片荆棘。他们穿过一个小镇，镇里的房屋都被烧光夷平。沿墙可以看到人的骷髅，也有骆驼和骡子的骸骨。被啃掉半截的腐尸会把街道堵住。

夜幕降临。天低云密。

他们继续向西往上走了两个小时，眼前突然出现了许多小火堆。

火堆在圆形剧场般的谷底熠耀。有些金甲在移动时会在四下里闪闪发光，那是布匿军营里胸甲骑兵们的铠甲。接着，他们又在四周看到别的更多的火光，那是野蛮人的兵营，因为现在蛮族的各路部队都混在一起，占据了很大一片地方。

萨郎宝动了一下，像是要继续前进。可是沙哈巴瑞的圣奴把她拉了过去，让她沿着包围野蛮人营盘的高台走。看到前面出现了一个豁口，圣奴便躲开了。

一个哨兵在堑壕的顶上踱步，手里握着弓，肩上扛着长矛。

萨郎宝越走越近，蛮族哨兵跪下瞄准，一支长箭射穿了她的一口钟的下摆。于是她站住不动并且大声呼喊，哨兵问她要干什么。她回答道：

——我是从迦太基逃出来的，我有话要同马道说。

哨兵吹了个口哨，这口哨声一级级传递下去，直到远处。

萨郎宝在等待，她的马受了惊，打着响鼻在团团转。

马道到来的时候，月亮已经从她背后升起。可是她的脸上蒙着黄底黑花的面纱，身上又穿着许多衣服，实在难以猜出她是谁。马道从高台上注视着这个模糊的形体，在昏暗的暮色中就如同一个幽灵立在那里。

最后她对他说道：

——把我带到你的营帐里去！我要去！

一个他难以确定的回忆扫过他的脑海。他感到心跳得厉害。这种命令的口吻威慑住他。他说道：

——跟我来！

栅门放了下来，她马上进入了野蛮人的营盘。

营盘里人头攒动，一片喧嚷。明亮的火焰在悬挂着的锅子下面燃烧，它们深红色的反光照亮了一些地方，却使别的地方更加黑暗。叫嚷声、呼唤声不绝于耳，系着绊索的马匹在营盘中间排成一条条笔直的长线，皮制的或帆布的营帐有圆的也有方的，还有用芦苇搭的窝棚，甚至有像狗一样在沙土里掏出来的洞。有些兵士在装运柴禾，有的把手肘支在地上休息，或者裹着席子准备睡觉，萨郎宝的马有时要伸开腿往前跳才能跨过去。

她想起来她曾经见过他们，只不过眼下他们的胡子更长，脸更黑，嗓音也更加沙哑。马道走在她的前面，做手势让他们分开的时候，胳膊带起了身上红色的一口钟。有些人过来吻他的手，另一些人弯着腰过来问他有什么吩咐，因为他如今是野蛮人真正的、唯一的领袖了。司攀笛、欧塔芮特和纳哈法都泄了气，只有他显得极其大胆和顽强，所以大家都服从他。

萨郎宝跟着他穿过了整个营盘。他的营帐在最里边，离哈米加的堑壕有三百步远。

她注意到右边有一个大坑，坑边上挨着地面似乎搁着不少人脸，就像是被砍下来的人头。不过他们的眼睛会动，半张着的嘴巴里发出来的呻吟，说的是布匿语。

两个举着树脂提灯的黑人，站在门的两侧。马道猛地把布帘掀开，她随着走了进去。

这是一个很深的营帐，中央立着一根柱子。一盏形如莲花的大灯台照亮了整个营帐，灯里盛满黄色的灯油，上面浮着几把燃烧的麻屑，在灯影中可以辨出一些兵器在熠耀。一柄出鞘的利剑倚在一张凳子上，旁边是一面圆盾；河马皮制的鞭子、铙钹、铃铛、项圈，乱糟糟地堆放在芦苇筐里；一条毡毯上撒落着黑面包屑；角落里的一块圆石上随意地码着一堆铜币；透过营帐的缝隙，风把外面的尘土连同大象的气味一起吹进来，还可以听见象群摇动着铁链吃东西的声音。

马道问道：

——你是谁?

她没有回答，只是慢慢地环顾四周，然后她的视线落到营帐深处一张用棕榈枝搭的床铺上，那里有件浅蓝色的东西在熠耀。

她急忙跑过去，不由自主地惊叫起来。马道跟在她后面，顿着足问道：

——谁带你来的? 你来干吗?

——为了取它!

她指着那件圣衣，一边说一边用另一只手扯下了她头上的面纱。他连连后退，两肘缩在身后，张着大嘴，几乎惊呆了。

她觉得仿佛有众神之力在给自己做后盾，面对面地瞧着他，一边滔滔不绝地用华丽动听的语言向他索要那件圣衣。

马道什么也没听见，只是一味凝望着她，在他眼里，她的服饰同她的身体是一个整体。衣料上的云彩波纹，同她皮肤的美丽光泽一样，全都是独特的，仅只她一个人拥有。她的眼睛同她的金刚钻交相辉映，光润的指甲仿佛是手指上宝石的精美延续，她的乳房被紧身内衣的两个搭扣挤在一起，鼓了起来，他的思绪迷失在她狭窄的乳沟里，那儿垂着一条挂链，透过紫色的薄纱可以看见它下面系着的一片祖母绿玉石。她的耳坠子是两朵蓝宝石的鳞苞，各自托着一粒装满香水的空心珍珠。从珍珠的小孔里不时滴下一滴香水，润湿着她的裸露的双肩。马道看着它滴下来。

在一种无法抑制的好奇心驱策下，就像小孩子伸手触摸一个奇异的水果似的，他用颤抖的指尖轻轻碰了一下她的胸脯，清凉的肌肤富有弹性地凹陷了。

这个几乎无法感知的触摸，却使马道一直震撼到灵魂深处。他的体内狂潮汹涌，忍不住冲了过去，一心就想搂紧她，把她吞下去、咽下去。他的胸膛在剧烈起伏，牙齿在震颤。

他抓住她的两只手腕，把她轻轻地拉到身边，然后在一副铠甲上坐下，旁边是一张铺着狮皮的棕榈床。她站着。他仰望着她，把她夹在两腿之间，一边不断重复道：

——你多么漂亮！多么漂亮！

他的眼睛始终盯着她，让她感到难受；这种不舒服的、厌恶的感觉变得这样尖锐，使得萨郎宝差点忍不住喊出声来。可是一想起沙哈巴瑞的叮嘱，她就只能强迫自己去顺从。

马道始终把她的两只小手握在自己手里；尽管有祭司的命令，她还是不时扭过脸，晃动着胳膊想要挣开。他张大鼻孔以便更好地嗅她身上散发出来的香气。这是一种难以确认的新鲜香气，然而却像香炉的烟一样使他晕眩。这里面有蜂蜜的、胡椒的、乳香的、玫瑰的香味，还混着其他的香味。

可是她怎么会和他一起待在他的营帐里，顺从他的心愿？肯定是有人在支使她。她不会是为了圣衣来的。他垂下胳膊，低下头，淹没在一阵突如其来的沉思之中。

为了软化他，萨郎宝用一种抱怨的口气对他说道：

——我到底做过什么，你非要逼我死？

——逼你死？

她继续说道：

——有一天晚上，在我的花园被焚烧的火光里，在酒气蒸腾的杯子和被杀害的奴隶中间，我见到过你，你当时那样狂怒地向我扑过来，我只好赶快逃走！这以后恐怖就降临到了迦太基。不断听到哭诉说城市受到劫掠，乡村的宅邸被焚毁，兵士们惨遭屠戮；这都是你在祸害，你在谋杀！我恨你！仅是你的恶名就让我受到良心责备一样的折磨。你比瘟疫和罗马战争更令人憎恶！各省都在你的怒火下颤抖，沟渠里填满了死尸！我一路经过你战火烧过的踪迹，就像是我随在摩洛神后面行走一样！

马道一跃而起，心里充满无比的骄傲，觉得自己被抬到同神一样高的地位了。

她的鼻翼翕动，咬着牙继续说道：

——好像你对神明的亵渎还没干够，你居然披着圣衣，趁我睡熟时闯进我家！我虽然没听懂你说的话，可是我能看出来你是想把我拖进万劫不复的深渊。

马道挥动着胳膊叫道：

——不！不！我是要把它给你！把它还给你！我觉得那纱帔是月神给你留下的，它是属于你的！放在庙里还是在你家，有什么区别？难道你不是同达妮媞一样无所不能、洁白无瑕、光彩照人、美艳绝伦吗？

他又无限崇敬地望着她说道：

——除非，或许你本人就是月神吧？

萨郎宝跟着自语道：

——我，达妮媞！

他们不再说话。远处响起了隆隆的雷声。羊群受到暴风雨的惊吓，咩咩地叫起来。

他开口道：

——啊！靠近我！靠紧点！不用怕！

——以前，我只是混在佣兵群中的一个极其普通的兵士，而且温顺到经常替别人背柴禾。我根本不在乎迦太基！它那熙来攘往的人群就像消失在你鞋子扬起的尘土里，我蔑视它所有的宝藏以及它统辖的那些省、舰队和岛屿，使我倾慕的只有你鲜艳的嘴唇和扭动的身形。我想推倒它的城墙，只是为了能亲近你，占有你！与此同时，我也是在报复！现在，我杀人就如同碾碎一只贝介，我敢冲击步兵方阵，用手拨开长矛，抓住马鼻子挡住战马，就连投石机也杀不死我！啊！你可知道，在激战时我是多么想你！有时，突然想起你的一个手势、你纱帔上的一道皱褶，这记忆就会像罗网一样把我缠住！我仿佛在火箭的火光中和盾牌的闪闪金光中看见了你的眼睛！我在铙钹的乐声中听见了你的声音。我回过头来，可是你却不在那里，于是我又重新投入战斗！

他举起胳膊，上面青筋交错，宛如常春藤缠绕在树干上。汗水在他的胸膛上结实的肌肉间流淌，他的呼吸带动他的两胁以及铜腰带也跟着一起一伏，腰带上装饰的皮制缕子一直垂到他那比大理石还坚实的膝盖上。萨朗宝已经习惯同阉人交往，如今格外惊叹这个男人的孔武有力。这该算是月神的报复或者是在她周围的五支部队中所传说的摩洛神的威力。她感到极度的疲乏，在一种昏昏沉沉的状态中听着哨兵们互相呼应的时断时续的叫喊。

热风吹得油灯上的火焰摇曳不定。不时有巨大的闪电照亮营帐，过后却更加黑暗；她只能看见马道的两颗眼球，就像在黑夜中燃烧的火炭。然而，她明白她已经大难临头，到了性命攸关、刻不容缓的关键时刻，她竭尽全力重新振作起来，走向圣衣，伸出手来取它。

马道大喊道：

——你要干什么？

她沉着地答道：

——我要回迦太基。

他抱着胳膊走过去，神气那么可怕，使她立刻像脚跟被钉住一样呆住了。

——你要回到迦太基去！

他结结巴巴地喊了一句，然后又咬牙切齿地继续说道：

——你要回到迦太基去！啊！原来你是来取圣衣的，是来战胜我，然后又消失的！不！不，你已经是我的人了！现在没有人能将你从这儿抢走！啊！我从没忘记你安静的大眼睛有多么放肆无礼，也没有忘记你用你的美貌多么傲慢地来压倒我！现在轮到我了！你是我的俘虏、我的奴隶、我的女仆！随便你向你的父亲以及他的军队，向元老们、富豪们和你的可恶的全体民族呼救吧！我是三十万军队的主帅！我还要到吕西塔尼亚、高卢和沙漠深处去招募兵士，我要推倒你的城池，烧毁它所有的庙宇，三层桨的战船将要在血海中航行！我不想留下一所房子、一块石头、一株棕榈树！如果我人手不够，我会到山里去找狗熊和狮子！你别想逃走，小心我会杀了你！

他脸色惨白，攥紧拳头，哆嗦得像琴弦快断裂的竖琴。猛然间一阵呜咽使他窒息，他的腿一软就跪了下去：

——啊！原谅我！我是一个卑鄙的人，比蝎子、污泥、尘土更下贱！刚才你说话的时候，你的气息拂过我的脸颊，我高兴得像一个垂死的人趴在溪边喝到清水。践踏我吧，这样我就可以触到你的脚！诅咒我吧，这样我就可以听到你的声音！请你别走！可怜可怜我吧！我爱你！我爱你！

他跪在她面前的地上，用两条胳膊搂住她的身子，头向后仰，双手来回游移，耳朵上悬挂的黄金圆片在他晒黑的脖子上闪闪发光，大滴泪珠在他的眼睛里像银球般滚动，他柔情脉脉地叹息，喃喃地说着一些含糊不清的话，比微风还轻柔，比亲吻更甜蜜。

萨郎宝身心浸淫在一种温柔、慵倦的感觉之中，使她完全失去了存在的意识。一种既亲切又有权威的东西，大概是天神的命令吧，迫使她委身于他。她像在腾云驾雾，绵软无力地瘫在棕榈床的狮皮上。马道抓住她的脚跟，那条金链爆裂了，分成两半飞出去，弹到营帐上就像蹦起来的蝮蛇一样。圣衣滑落下来，把她裹住，她仿佛看见马道的脸俯到她的胸膛上。她呻吟道：

——摩洛神，你烧痛了我！

马道那比火焰更炙人的亲吻，遍布她的全身；她仿佛被暴风吹走了，被太阳的威力占有了。

他吻遍了她的手指、她的胳膊、她的脚，她的长辫子从头到末梢。一边说道：

——拿走圣衣吧，难道我在乎吗！把我同它一起带走吧！我不要部队了！我放弃一切！离嘉代司不远，在海上航行二十天，可以找到一个布满金砂、青枝绿叶和各种鸟雀的岛屿。高山上有香气四溢的巨大花朵，它们摇曳不定，仿佛永存的香炉；在比柏树更高的柠檬树丛里，奶白色的蛇用它们口中的金刚钻把果子击落在草地上；空气温馨得使人永葆青春。啊！我一定会找到这岛屿，你等着瞧吧。我们要生活在山冈下的水晶岩洞里。从来没有人在这岛上住过，我会成为那地方的国王。

他掸去她靴上的尘土，要她把一块石榴放在嘴里；他在她脑后把衣服堆起来，为她做了一个靠垫。他想尽办法服侍她，自贬身价，甚至把圣衣摊开在她的腿上，把它当作一幅普通的毯子。他说道：

——那些你用来悬挂项圈的羚羊角还在吗？你把它们送给我吧，我喜欢它们！

他说话的神情仿佛战争已经结束，不时发出快活的笑声；如今什么佣兵、哈米加以及一切障碍都不存在了。月亮在两片云之间掠过。他们从营帐的缝隙中望见它：

——啊！我有多少夜晚在仰望着它！我觉得它像遮蔽你面貌的一块面纱，你透过面纱来看我，对你的回忆是同它的光辉混在一起的，我简直不能把你们区别开来！

说完他把头埋在她的乳房中间，嚎啕大哭起来。

萨郎宝心中暗想：

——原来这就是使迦太基战栗的那个可怕的人！

他睡着了。她挣脱出他的臂膀，把一只脚放到地上，发觉脚上的小金链条已经折断了。

名门望族的处女们总是被教育把这些绊脚的金链条当成宗教的圣物去珍惜，因此萨郎宝红着脸，把两截断了的金链条缠在腿上。

迦太基、麦嘉辣、她的家、她的闺房和她跨过的田野，都在她的记忆中像旋风似的转动，画面纷乱而又清晰。但是一道张着大口的深渊把它们全都和她隔开了，赶到无限远处去了。

暴风雨渐渐平息，稀疏的雨水一滴一滴溅落下来，使帐顶在颤动。

马道像喝醉酒似的，侧着身子酣睡，一只胳膊伸出床外。他的珍珠头带褪了上去，露出前额。他微微笑着，牙齿上下分开，在他的黑胡子中间发着亮光。他半闭着的眼皮带出一种无声的、几乎是侮辱性的欢悦。

萨郎宝动也不动地注视着他，垂着头，交叉着手。

床头的柏木桌子上放着一把匕首，闪亮的锋刃燃起她嗜血的欲望。远处黑暗中传来拉长的悲惨的哀鸣，就像是天神的合唱在激励她行动。她走近桌子，握住匕首的把。在她长衫的飒飒声中，马道微微睁开眼睛，把嘴凑到她的手上，匕首掉了下去。

一片喊声响起来，营帐后面燃起了骇人的火光。马道揭开篷布，他们看见一片大火正在席卷利比亚人的营盘。

他们的芦苇棚烧着了，芦苇被烧得绞扭起来，在浓烟中炸裂开，像箭一般四处横飞，一些黑影在血红的天幕下狂乱地奔走。听得见棚里有人在尖声哀嚎，大象、牛和马裹在人群里，践踏着人和从火里抢救出来的军需品及行李。军号声吹响了。有人在喊：

——马道！马道！

有人要从门外进来，说道：

——快来！哈米加在烧欧塔芮特的营盘呢！

他冲了出去。她发现只剩下自己一个人。

于是她仔细端详起那件圣衣来。等她看够以后，她很惊讶自己并不像以前想象的那样开心。面对她实现了的梦想，却依然心情忧郁。

这时篷布的下端掀开，一个怪异的形体爬了进来。萨郎宝一开始只能分辨出两只眼睛和一大把长长的拖到地上的白胡子，身体的其余部分在黄褐色的破烂长衫的羁绊下，在地上拖着爬行，每向前挪动一步，两只手就要插进胡子里，然后再收回来。一直等到他这样爬到她脚下，萨郎宝才认出来他就是吉斯孔老头。

事实上，佣兵们为了防止早先被拘禁的那些元老们逃跑，用青铜棍把他们的腿骨都打断了；他们全被扔在一个坑里，乱七八糟地在垃圾当中腐烂。其中最坚强的人听见吃饭的声音就会挺起身子叫嚷，吉斯孔就是这样才望见了萨郎宝。他从那些不断磕碰她半长靴的一粒粒印度闪色绿宝石，猜出来她是一个迦太基女人；预感到其中有重大的秘密，他就在同伴的帮助下，设法爬出了大坑，然后，靠着手和肘拖着身子，爬到二十步外的马道的营帐。有两个声音在里面说话，他在外面偷听，一切都听见了。

——是你！

她终于开口了，差不多吓昏了。

他用手腕撑起自己，答道：

——是的，是我！人家都以为我死了，是吗？

她低下了头。他又往前挪近到她身边触手可及的地方，并且接着说道：

——啊！天神为什么不赐予我这个福分呢！这样我就

不必费心来诅咒你了！

萨郎宝猛地向后退缩，她怕极了这个肮脏恶心的家伙，他就像恶鬼那样丑恶，像幽灵一样吓人。

他继续说道：

——我快满一百岁了。我见过阿嘉陶克来斯，也见过赖古路斯和罗马人的鹰旗掠过丰收的布匿田园！我亲历战争的一切恐怖，也目睹过我们舰队在海上的无数残骸！我指挥过的蛮族兵士竟然把我的四肢像犯了谋杀罪的奴隶一样拴上了铁链。我身边的同伴，一个接着一个死去，他们尸体的臭味有时在晚上把我熏醒，我赶走那些来啄他们眼睛的鸟雀；尽管如此，我对迦太基总是满怀信心！哪怕我看见大地上的所有军队都来向它进攻，哪怕我看见攻城的火焰高出庙宇之上，我仍然坚信它会永存不灭！可是如今一切都完了，希望全破灭了！天神厌憎它了！你该受到诅咒，是你的无耻行径加速了它的毁灭！

她动了动了嘴。他喊了起来：

——啊！我刚才就在这里！我听见你像个娼妓似的发出做爱的娇喘，接着他向你申诉他的情欲，你就让他吻你的手！可是，即使淫荡的欲火驱使你这样干，起码你得像野鹿一样，在交配的时候躲藏一下，而不是把你的丑行公然暴露在你父亲的眼皮底下！

她喊道：

——什么?

——啊！原来你不知道两边的堑壕相距只有六十肘，而且你的马道骄狂之极，硬把自己的营盘扎在哈米加对面。你父亲就在你背后，要是我爬过那条小路上到平台，我就能对他叫喊：来呀，来看你的女儿在蛮族人的怀抱里呀！她为着讨他欢喜，竟穿上了女神的纱帔；她委身于他，也就是在玷污你的英名和天神的尊严，彻底抛弃了祖国的复仇和迦太基的得救！

他那牙齿掉光了的嘴巴一开一合，所有的胡子也都跟着动了起来；他的眼睛死盯着她，仿佛要把她活吞下去；他在尘土中喘着气，连声说道：

——啊！你这亵渎神灵的！你该被诅咒！被诅咒！被诅咒！

萨郎宝掀开篷布，用胳膊托着，并没有回答他，只顾朝哈米加的方向张望。她问道：

——就是这条路吧，对吗?

——这跟你有什么关系！掉转身子，滚吧！最好还是把你的脸贴到地上！那边是神圣的地方，别让你的眼睛把它玷污了。

她把圣衣裹在腰上，飞快地捡起她的面纱、一口钟和肩巾，喊了一声：

——我要赶到那边去！

接着她就逃出营帐，不见了。

起初，她在黑暗里走着，一个人也没遇见，因为所有的人都去救火了；喧闹的声音越来越响，巨大的火焰映红了身后的天空。她发现一座长长的高台挡住了她的去路。

她转过身来，左右乱转，想找个梯子、一条绳子，或者石头什么的来帮她攀上去。她害怕吉斯孔，总觉得有喊声和脚步声正在追逐她。天已开始破晓。她发现堑壕的厚壁上有条小径。她用牙齿把碍事的长衫的下摆咬在嘴里，跳了三下，就跳到高台上面。

一阵嘹亮的鸡啼声从下面黑暗中传出来，同她在船形楼梯底下听见的叫声一样，她赶忙俯下身子，认出了沙哈巴瑞的那个圣奴同他的那两匹马。

他整夜都在两边的营垒之间游荡。后来，火灾使他担心，就走回来想看看马道的营盘里发生了什么事；他知道这地方离马道的营帐最近，为了遵从祭司的命令，就一直待在这儿不动。

他站到其中一匹马的背上。萨郎宝从上面滑到他那里。然后他们骑上马绕着布匿营盘飞驰，想要找到出入口。

马道回到自己的营帐里。冒烟的油灯光线暗淡，他以为萨郎宝还在睡觉。于是他小心翼翼地触摸棕榈床上的狮皮。他喊了一声，她没有回答。他急忙撕开一块篷布让阳光照进来；圣衣不见了。

大地在狂潮般的人群脚步下震颤。呐喊声、马嘶声和兵器的撞击声在空中震荡，嘹亮的军号吹响了冲锋号。这一切就像飓风在围着他旋转。暴怒驱使他扑向他的兵器，冲到外面。

成排的野蛮人奔跑着冲下山坡，向他们进攻的布匿人的方阵笨重而有规律地摇摆着。被阳光划破的晨雾，化成许多小块的云彩，飘飘荡荡，慢慢上升，使军旗、头盔和矛尖都露了出来。在队形快速的机动变化中，部分还留在阴影中的土地，仿佛在整块移动；别的地方则可以说是相互交错的一股股急流在涌动，而在它们中间是一个剑戟矗立、静止不动的庞然大物。马道可以辨认出其中的军官、兵士、传令兵，还有最后面骑着驴子的那些仆役。但是纳哈法不但不守着自己的阵地去掩护步兵，反而突然向右转，仿佛有意让哈米加把自己消灭似的。

他的骑兵越过那些放慢了前进速度的象群，所有的马都伸长它们没戴缰绳的脖子，疯狂地奔跑，以致它们的肚子都快擦到了地面。然后，猛然间纳哈法坚决地朝一个哨兵走去。他扔掉他的剑、长矛和所有标枪，消失在迦太基人中间。

奴米第亚人的国王进了哈米加的营帐，指着他那些停在远处的骑兵们对哈米加说道：

——巴喀！我把他们带来了。他们全归你了。

然后他就匍匐在地以示臣服，并且为了表白自己的赤诚，还把开战以来他的所作所为述说了一遍。

起初他阻止过围攻迦太基和屠杀俘虏。后来，哈龙在雨地克战败之后，他没有去乘胜追击。至于他占领了推罗人的一些城镇，这是因为它们离自己王国的边境太近。最后，他没有参与马加尔之战，他是特意离开以避免同徐率特交战。

事实上，纳哈法想用蚕食布匿各省的办法来扩大自己的地盘，他根据胜利可能性的大小，一会儿帮助又一会儿抛弃佣兵。现在他看到哈米加会是最终的强者，就又倒向了他；他变节投降，也许还出自对马道的怨怼，因为他当上了主帅，或者因为他曾是情敌。

徐率特听着他讲述，没有打断他。一个人这样投奔到正在相互仇杀的敌营，他的作用是不可轻视的。哈米加立刻想到同他结盟对实现自己的宏图大计极为有利。他可以借助奴米第亚人清除掉利比亚人。然后可以把西部地区拉进来，一起去征服伊比利亚。因此，他不质问纳哈法为什么不早过来，也不计较他的谎言，就吻了他，并且用自己的胸膛同他互碰了三次。

他是出于绝望和想寻求了结，才去放火焚烧利比亚人的营盘。现在这支部队的归降，真是天神的恩赐。他掩饰住自己满心的欢喜，回答道：

——愿天神眷顾你！我不知道共和国将怎样对待你，但我哈米加绝不会忘恩负义。

外面的喧嚣和骚乱在加剧。有些军官走了进来。哈米加一边拿起武器一边说道：

——来吧，杀回去！用你的骑兵去压制那些夹在你的和我的象群之间的步兵！勇敢点！干掉他们！

纳哈法刚要冲出去，萨郎宝出现了。

她很快地跳下马，敞开她的宽大的一口钟，张开双臂，展示那件圣衣。

皮帐篷的四角是掀开的，可以看得见山岭四周布满的兵士；由于萨郎宝正站中央，外边所有的人都可以看得见她。一阵巨大的欢呼声爆发了，那是长时间的、充满胜利和希望的呐喊。行进中的兵士停下脚步，垂死的人用手肘撑起身子，转过头来给她祝福。所有的野蛮人现在都知道她把圣衣取回去了，他们从远处看见了她，或者他们自认为看见了她。于是不顾迦太基人的欢呼喝彩，又响起了另外一种喊声，这是暴怒和复仇的叫骂。五支部队一层一层地排列在山岭上，他们都围绕着萨郎宝顿足和吼叫。

哈米加说不出话来，只是向她点头致谢。他的视线轮流扫视圣衣和萨郎宝，发现她脚踝上的金链条断了。他打了个寒噤，可怕的疑窦涌上心头。然而他迅速恢复若无其事的样子，斜眼看着纳哈法，并没有转过脸去。

这位奴米第亚国王恭谨地站在一旁，额头上还带着些许方才伏地跪拜时沾上的尘土。最后徐率特走到他面前，神情庄重地说道：

——为了奖励你为我效劳，纳哈法，我把女儿许配给你。做我的女婿。

接着，他又加上一句：

——捍卫你的父亲吧！

纳哈法做出十分惊异的表情，扑过去抓住他的手使劲亲吻。

萨郎宝冷静得像个雕像，似乎并没全弄明白。她脸色微红，眼帘低垂，弯曲的长睫毛在她的脸颊上投下了阴影。

哈米加想用牢不可破的订婚礼马上使他们结成一体。萨郎宝的手里被放上一根长矛，让她献给纳哈法；又用一条牛皮带把他们的拇指拴在一起，并且往他俩的头上倾倒麦粒，那些麦粒落在他们周围的地上，像下冰雹似的叮咚乱响。

十二　引水渠

十二个小时以后，佣兵只剩下一大堆伤兵、死了的和濒死的人。

哈米加突然从谷底冲出来以后，就走下俯视伊包茶芮特的西面的斜坡，这里地势比较开阔，他故意把野蛮人吸引到这里来。纳哈法用骑兵把他们围住；同时，徐率特就迎头痛击并且击溃他们。何况他们失去圣衣等于事先已经受到重创，就连那些并不看重它的人也感到懊恼而且沮丧无力。哈米加并不陶醉于夺取了战场，马上退到左边稍远的高地上，从那里俯视他们。

从歪斜的栅栏还可以认出营盘的形状。长长的一摊黑色灰烬在利比亚人的营地上冒烟，蹂躏后的土地仿佛海浪一样高低起伏，篷布已被扯烂的营帐就像半截沉没在暗礁中的模糊的航船。铠甲、叉子、喇叭和木头、铁与青铜的碎片，还有麦子、草料和衣服，全都散乱地堆放在死尸中间；随处可见已快燃尽的火箭还在挨着一堆行李燃烧；有些地方地面完全被盾牌覆盖了；马的尸体一具接一具成了一座座小山；遍地的大腿、皮带鞋、胳膊和锁子甲，还有那些像球一样滚动的、戴着系着扣袢的军盔的脑袋；荆棘上挂着一簇簇头发；象群带着象塔躺倒在血泊里，肚子被剖开，正在发出垂死的喘哮；脚下尽是黏糊糊的东西，虽然没下过雨，到处都是烂泥坑。

这些乱七八糟的尸体，从上到下，铺满了整个山坡。

那些侥幸存活下来的人也像死人一样动也不动。他们三五成群地蹲在那里，胆战心惊地闭着嘴，面面相觑。

长长的草地尽头是伊包茶芮特湖，它在落日下熠耀。右边，从围墙上展现出一幢幢白色的房舍，再过去就是一望无际的大海；——野蛮人手托着下颏，叹着气思念自己的故乡。一阵灰色的沙雾随风飘落下来。

晚风吹拂，所有的胸膛都舒张开来；随着空气越来越凉爽，可以看到蛆虫离开了渐冷的腐尸，奔到热沙上面。乌鸦立在巨石的顶上，动也不动地盯着那些垂死的人。

入夜以后，就有不少黄毛狗，一些专门跟着部队到处走的肮脏畜生，静悄悄地来到野蛮人中间。起初它们只是舔舐尚有余温的残肢上的凝血，接着就贪婪地从肚子开始啃食起尸体来。

逃亡者一个接一个幽灵般地回来了，还有些妇女也壮着胆子回来了，因为她们中间还是有些人躲过了奴米第亚人的大屠杀，尤其是在利比亚人的营里。

有些人拿着一段麻绳，点着了当火把。另一些人把长矛交叉起来当担架，把死尸放在上面，抬到一边。

死尸一排排仰面朝天地躺着，张着嘴巴，身边放着长矛；有些则是乱七八糟地叠在一起，往往要扒开一大堆尸体，才能找到他们要找的人。然后，拿着火把慢慢挨个去照他们的脸。可怕的兵器在他们身上弄出了许多复杂的伤口。额头上挂着一条条暗绿色的破皮碎肉，他们被肢解、被压出骨髓、被勒得发青，或者被象牙豁开了个大口子。尽管他们几乎是同时死的，可是腐烂的程度却相去甚远。北方人浑身发青，肿胀起来；而比较强健的非洲人，则像被烟熏过似的变干了。佣兵可以从他们手上刺的花纹来辨认：安条克[①]来的老兵刺的是鹞鹰，在埃及服过役的兵士刺的是犬面狒狒的脑袋，为亚洲王公们服过役的兵士刺的是斧子、石榴或铁锤，在希腊各共和国里服过役的兵士刺的是一座城堡的侧影或者某个执政官的名字，有些人的胳膊上则可以看到布满了各种各样复杂的标志，而且和臂上的老疤痕、新创伤混杂在一起。

架起了四座柴堆，用来火葬拉丁族裔人的尸体，他们是萨莫奈人、伊特鲁利亚人、坎巴尼亚人和布鲁提屋

---

① 安条克大帝是古代塞琉西帝国（也称叙利亚王国）的国王，其都城也叫安条克，在土耳其南部。

穆人。

希腊人用刀尖挖了一些墓穴。斯巴达人脱下他们的红色一口钟包裹死者；雅典人把死者的脸朝向日出的方向；坎达布里亚人把死者埋在一堆鹅卵石底下；那扎蒙人[①]用牛皮带把死者对折起来绑住；嘉辣芒特人抬走死者埋到沙滩上，使他们能永远得到海浪的冲洗；可是拉丁人因为不能把骨灰存进骨灰瓮感到忧伤；游牧人怀念炎热的沙漠，在那里死尸会变成木乃伊；凯尔特人怀念的则是在小岛星罗棋布的海湾尽头，在细雨蒙蒙的天空下，那三块天然的石头。

响起了一阵大声的呼喊，接着是一段长时间的静默。这是为了召唤亡灵归来。这样的呼喊和静默每隔一段固定的时间便重复一遍。

他们向死者致歉，因为不能依据正规的礼仪举行殡葬，而葬仪被褫夺将使他们在死后永遭种种劫难和灾变；他们呼唤亡灵，探询他们的愿望；有一些人则狠狠地咒骂死者，因为他们让自己吃了败仗。

柴堆的火光使得各处躺在残盔破甲上的死者失去血色的脸，显得越发苍白；眼泪引发出更多的眼泪，呜咽声变得越来越尖锐刺耳，与死者相认和拥抱变得越来越狂热。

---

① 那扎蒙人是利比亚昔兰尼加西南地区的一个民族。

妇女们扑到尸首上，嘴对着嘴，额头贴着额头；在要埋土的时候，必须狠揍才能把她们驱离。他们涂黑脸颊，绞断头发，把自己的血挤出来往墓穴里洒；有人甚至狠狠砍伤自己来模仿使死者破相的伤口。铙钹声中突然爆发出怒吼。有人摘下他们的护身符，往上面吐唾沫。濒死的人在血泊里打滚，发狂地咬自己的断手；有四十三个正值年华的萨莫奈人，像角斗士一样彼此割喉死掉。柴堆的木头很快就用尽了，火焰即将熄灭，所有的位置全被占满；——他们喊累了，精疲力竭，摇摇晃晃，就挨着他们死去的战友沉沉入睡；那些眷恋生命的人满怀忧虑，有些人则希望长眠不醒。

黎明时分，野蛮人驻地外边出现了一些列队经过的兵士，矛尖上挑着头盔。他们同佣兵打招呼，问他们有没有口信捎回故乡。

有些人靠近了，野蛮人认出了其中有些他们过去的伙伴。

徐率特向全体俘虏提议到他的部队里来服役。有些胆大的人拒绝了，他于是果断决定既不再供养他们，也不把他们交给国务会议，而是让他们带着再也不同迦太基作战的誓言离开。至于那些害怕酷刑而顺从的人，则被用缴获来的武器装备起来；现在他们到战败者这里来，与其说是来劝诱，倒不如说是出于自傲和好奇。

起初，他们讲述徐率特对他们的优渥待遇；野蛮人尽管心中鄙视，但是听了仍有点嫉妒。接着，这些胆小鬼一听到谴责，就发起火来；他们远远地把原来属于野蛮人的刀剑、盔甲拿给他们看，并且谩骂着请他们来取回去。野蛮人捡起石头，他们就全逃跑了。山顶上除了高出围栏的矛尖，别的什么也看不见。

于是野蛮人伤心至极，远超过战败的屈辱。想起自己空有满腔豪气，只能瞠目呆视，咬牙切齿。

他们起了同样的念头，一窝蜂地冲向迦太基囚犯。徐率特的兵士，出于偶然，没有发现他们；在哈米加离开战场以后，他们仍然被留在深坑里。

他们被安置在一块平坦的空地上。哨兵围着他们站成一圈，允许妇女们三四十人一组依次走进圈子。为了充分利用限定的那点时间，她们犹疑不决，心突突地乱跳，从一个人奔向另一个人。然后，她们弯下腰，用胳膊狠揍那些可怜的躯体，就像洗衣妇捣衣服一样；她们喊着丈夫的名字，用指甲去抓他们的皮肉，用卡头发的长别针去挖他们的眼珠。男人们接着进去，他们从脚往上折磨他们，先砍掉脚踝，再从额头上揭下头皮，拿来戴在自己的头上当王冠。吃“不洁食物”的人想出来的方法更残酷，为了毒化伤口，他们往伤口里塞进尘土、醋和陶器碎片，别的人还在排队等候；血流出来，他们就像种葡萄的人围着酒气蒸腾的木桶一样兴高采烈。

马道一直坐在地上，就在战斗结束时他所在的地方，胳膊支在膝盖上，两手捧着太阳穴。他什么也看不见，什么也听不见，连思想也停顿了。

直到人群发出开心的叫嚷，他才抬起头来。在他面前，撕裂的篷布条还挂在柱子上，破布的下端拖在地上，盖在一些杂乱的篮筐、毯子和一张狮皮上面。他认出了这是自己的营帐，他的眼睛专注地盯着地面，仿佛哈米加的女儿在消失的时候钻进地里去了。

那块破篷布随风飘舞，有几次长长的布条拂过他的嘴边，他看见了上面有一块像是手印的红色印迹。那是纳哈法留下的结盟的标记。于是马道站了起来。他捡起一根还在冒烟的木柴，鄙夷不屑地向残破的营帐扔了过去。然后又用靴尖把一些掉在外面的东西全都踢进火里，什么也不让留下。

猛然间司攀笛出现了，谁也猜不出他是从哪里钻出来的。

旧日的奴隶在大腿上绑了两根折断的长矛，可怜兮兮地跛着腿走路，一边不住诉苦。

马道对他说道：

——把它拿掉吧，我知道你是一个勇敢的人！

天神的不公道已经把他压垮，他再也无力去对别人发怒了。

司攀笛做了一个手势，把他带到一个山洞里，查耳萨斯和欧塔芮特都躺在里面藏身。

他们两人虽说一个十分残暴，一个十分勇敢，但也都仿效那个旧日的奴隶，逃了出来。他们说，谁能料到纳哈法会叛变、利比亚人的营盘被点燃、圣衣被劫走和哈米加会突袭，尤其是他会使用计谋逼迫他们回到山底，直接落入迦太基人的打击之下。司攀笛死不承认害怕，坚持说，是由于他的腿断了。

最后，三个领袖同统帅相互商量，现在应该采取哪种决策。

哈米加堵住了他们去迦太基的道路，他们被困在他的部队和归属纳哈法的各省之间，推罗的各城市早晚会倒向胜利者，野蛮人将发现自己被逼到海边，所有这些力量将联合起来把他们消灭。结果必然如此。

因此，无法避免战争。也就是说，他们必须竭尽全力把仗打下去。可是，怎样才能使那些泄了气而且伤口还在流血的兵士们理解必须进行这场没完没了的战争呢？

司攀笛说道：

——这件事交给我吧！

两个小时之后，从伊包茶芮特方向来了一个人，他飞奔着爬上山，伸长了胳膊，挥舞着一些书版，并且，由于他叫得极响，野蛮人都过来围着他。

这些书版是撒丁岛的希腊兵士写来的。他们叮嘱他们的非洲伙伴要好好地看住吉斯孔和其他囚犯。萨摩斯①地方的一个商人，一个名叫伊波那克斯的人，从迦太基来，告诉他们迦太基人正在筹划要使囚犯越狱，提醒野蛮人加强戒备，共和国是很强大的。

起初，司攀笛的计策并没有像他预想的那样成功。发生新危险的通告，不但没有引起狂怒，反而造成了恐慌。他们想起了不久前在他们中间流传的哈米加的警告，他们都在期待着发生不可预测的、可怕的事件。一整夜人们都在提心吊胆，有些人甚至丢掉了武器，以便徐率特到来时可以得到宽恕。

但是第二天的三更时分②，第二个信使出现了，而且跑得更加上气不接下气，灰头土脸。希腊人从他的手里夺过一卷写满腓尼基文字的纸莎草纸。信里恳请佣兵们不要泄气；突尼斯的勇士很快就要带着强大的增援来了。

司攀笛先是把信一连读了三遍，然后两名喀巴多西亚人把他扛在肩上到处走并且反复念信。他一口气演说了整

---

① 萨摩斯岛是爱琴海东部的希腊岛屿，有著名的赫拉神庙，也是哲学家和数学家毕达哥拉斯的出生地。

② 古罗马人将一夜分为四更，半夜 12 点至早上 3 点为第三更。

整七个小时。

他提醒佣兵追忆国务会议答应过的诸多诺言，告诉非洲人要牢记总管们的种种残暴，并且让所有野蛮人都回想迦太基的不公道。徐率特的温情只是俘获他们的诱饵。投降的人会被卖作奴隶，战败的人将受刑罚折磨到死。想逃的话，往哪儿逃？没有一个民族肯收容他们。可是只要继续努力战斗，他们就可以同时获得自由、复仇和金钱！他们用不着再等多久了，因为突尼斯人和整个利比亚正在赶来解救他们。他挥舞着打开的那卷纸莎草纸说道：

——看看吧！读一读！这就是他们的许诺！我不骗你们。

许多狗在那里游荡，黑色的嘴上全被染红了。火辣辣的太阳晒得没有遮盖的脑袋滚烫。令人作呕的臭气从埋掩得不好的尸体上散发出来。有些尸体甚至露出了地面，一直露到肚子。司攀笛把它们也用来当作自己说话的证据，然后向哈米加的方向挥动着拳头。

马道在旁边观察他。司攀笛起先想用乔装愤怒来掩饰自己的怯懦，渐渐假戏成真，真的激动起来了。一边宣誓笃信天神，一边肆口恶毒地诅咒迦太基人。折磨囚犯只能当作小孩玩的把戏。干吗要留着他们，拖着这些没用的畜生各处奔波？

——不行！这事一定要有个了结！他们的计划已经被

揭露！绝不能让他们的任何阴谋得逞！不能心慈手软！谁跑得最快，谁打得最有力，就能证明谁是真英雄。

于是他们都转身向囚犯扑过去。有几个还没完全断气，他们就用脚踹进嗓子或者用尖利的长矛全给结果了。

然后他们想起了吉斯孔。哪儿都看不到他，他们都极其焦虑。他们想确认他的死亡并且参与执行。最后三个萨莫奈的游牧人在离马道过去设立营帐的地方十五步外发现了他。从他的长胡子他们认出了他，就赶紧把别人喊了过来。

他仰面朝天躺着，两条胳膊紧贴着身体，双腿并拢，就像个准备好送进坟墓的死人。然而他消瘦的两胁还在一起一伏，他苍白发青的脸上那双眼睛睁得大大的，还在以一种持续不断的、令人难以忍受的方式盯视着四周。

野蛮人起先都十分惊异地瞧着他。自从他被活着扔进大坑以后，几乎已被遗忘了；如今过往的回忆使他们局促不安，他们都站得远远的，不敢去碰他。

可是那些站在后面的人在发牢骚，并且往前推搡，于是一个嘉辣芒特人走了出来，挥舞着一把镰刀；大家全都明白他的意图，他们因心中羞愧而涨红了脸，大声喊道：

——干得好！干得好！

举着镰刀的人走到吉斯孔身边。抓住吉斯孔的头，按在自己的膝盖上，手法快捷地锯起来，脑袋落下，两大股血喷涌而出，在尘埃上冲出一个坑。查耳萨斯跳过去捡起那颗头颅，朝迦太基人的方向跑去，比豹子还轻快。

当登上山的三分之二的高度，他就从怀里取出吉斯孔的头，抓住胡子，手臂飞快地抡了几圈，——然后那东西终于被甩了出去，在空中划了一道长长的弧线，最后落到布匿人的壕沟后面不见了。

过了不久，围栏边上便交叉地竖起了两面军旗，这是传统的要求交还尸首的信号。

于是四名因胸膛宽阔而被选中的蛮族传令兵，举着大喇叭走了出来；他们通过青铜号筒宣告，今后在迦太基人和野蛮人之间，再也不讲信义、仁慈，也无所谓天神，他们事先就拒绝一切谈判，使节一律砍手后遣返。

紧跟着司攀笛奉命出使伊包茶芮特去筹措粮秣，这个推罗城市当晚就把东西送了过来。他们贪婪地大吃了一顿。觉得体力恢复以后，他们迅速收拾好残存的行李和损坏的兵器，让妇女集中在队伍中央，狠心丢下那些在他们背后哭泣的伤员，像一群狼似的，沿着岸边开拔了。

他们向伊包茶芮特进发，决心把它拿下来，因为他们太需要一座城市了。

哈米加远远地望着他们，感到些许失望，尽管看见他们在他面前逃跑也还是感到骄傲。他理应调派生力军立即再次发动攻击。只要再来这么一天，战争就能结束！如果战事拖延下去，他们会更凶狠地卷土重来，推罗各城会和他们结盟，他对战败者的宽宥毫无作用。他决心以后不再有一点仁慈。

当晚，他打发人送了一头骆驼给国务会议，满载着从死者身上搜来的手镯，并且以可怕的威胁口吻，下令给他再派一支部队来。

许久以来，大家都以为他完了，所以猛一听见胜利的捷报，都感到茫然甚至有些惊吓。含糊不清地宣告圣衣复归，更使人们的惊奇达到顶点。这就是说，天神和迦太基的权力全都归他所有了。

他的仇敌中没人敢抱怨或出面指责。由于某些人的狂热和其他人的怯懦，限期未到，一支五千人的部队已经组建好了。

这支部队迅速地朝雨地克方向进军，作为徐率特的后援。其中三千最精锐的乘船到伊包茶芮特登陆，以便截击野蛮人。

哈龙接受了指挥权，可是他把部队交给他的副官玛格达桑，自己乘船带领要登陆的队伍，因为他再也吃不消轿子的颠簸。他的麻风病已经腐蚀掉了他的嘴唇和鼻翼，脸上留下一个大洞，十步以外都能看见他的咽腔后壁。他知道自己奇丑无比，于是像妇女一样在头上蒙了一块面纱。

伊包茶芮特既不理会他的，也不理会野蛮人的招降，可是每天早上城里的居民们都用篮子给后者放下食物，而且在碉楼上大声喊话，诉说他们受到共和国胁迫的苦衷，恳求他们撤退。他们也发信号给驻在海上的迦太基人，提出同样的恳求。

哈龙以封锁港口为满足，并不想冒险进攻。可是他却说服了伊包茶芮特的审判官接受三百个兵士驻扎在城里。然后他驶向葡萄岬，并且采取了一种极不妥当甚至危险的做法，绕了一个大圈子去包围蛮族人。他的嫉妒心阻止他去救援徐率特，他拘捕哈米加的密探，妨碍哈米加的所有计划，危害哈米加作战成功。最后哈米加写信给国务会议要求赶走哈龙。于是后者被迫返回了迦太基，对元老们的卑鄙下作和他这位同僚的疯癫行径表示极端愤怒。因此，迦太基人屡次满怀希望，情况却变得越来越悲惨，但是大家尽量不去想它，甚至绝口不去谈它。

这样的倒霉好像还嫌不够，又有消息说撒丁岛的佣兵把他们的将军钉上了十字架，占领了岛上的各处要塞，而且到处屠杀迦南族人。罗马人也对共和国发出威胁，如果不交出一千二百达郎以及整个撒丁岛，就立刻开战。罗马人答应和野蛮人结盟，给他们运送了好几艘平底船的面粉和干肉。迦太基人追逐这些船只，俘虏了五百人。可是三天以后，从拜扎凯纳[1]给迦太基运送粮秣的一支舰队，却遇到风暴沉没了。很明显，天神也表态反对迦太基了。

于是伊包茶芮特的市民们，借口说有警报，把哈龙派驻的三百个兵士骗上了城堞，然后从后面抓住他们的大腿，一下子把他们全给扔了出去。那些没摔死的也被赶到海里淹死了。

雨地克也在强忍兵士的骚扰，因为玛格达桑也像哈龙一样，对哈米加的恳求装聋作哑，却听从哈龙的命令，围困着这座城市。于是，雨地克人骗他们喝下掺着曼陀罗花的酒，并且在他们入睡以后全都杀掉。与此同时，野蛮人恰好到达，玛格达桑逃跑了，城门全部开放。从此以后这两座推罗城市就对它们的新朋友表现出持久的忠诚，而对过去的盟邦却是难以置信的怨怼。

这种同布匿的决裂是诱导，是榜样。解脱桎梏的希望复苏了。迄今还没明确表态的民众都不再犹豫。各处都在骚乱动荡。徐率特也听闻了一切，他再不指望得到任何援助！他如今是无可挽回地输定了。

他马上遣走了纳哈法，让他回去守住自己王国的疆界。至于他自己，他决心回到迦太基去招募兵士，重新开

---

① 拜扎凯纳曾是古罗马在北非的一个行省，相当于今天突尼斯的萨赫勒地区。

始战争。

驻扎在伊包茶芮特的野蛮人，在哈米加的部队下山的时候，看见了他们。

迦太基人会去哪儿？毫无疑问，一定是饥饿驱使他们行动，并且，苦难已使他们丧失了理智，所以尽管如此虚弱，还想前来交战。可是他们向右拐了，原来是要逃跑。追上去就可以将他们全部消灭。野蛮人猛冲过去追逐他们。

迦太基人被大河挡住了去路。这一次河面很宽阔，而且西风也没有刮起来。有些人游了过去，其他人趴在盾牌上泅渡。然后继续行军。夜幕降临，他们从视线中消失了。

蛮族兵士并没有停下来，他们向上游走，试图找到一处狭窄的河段。突尼斯人急匆匆赶了上来，还带来了雨地克人。每经过一个灌木丛，他们的人数都在增加。迦太基人贴住地面就能听得见黑暗中追逐者的脚步声。巴喀时不时让人向后面射一阵箭并且射杀几个人来阻截追逐。等到日出时，他们已走进阿芮阿那山中，那里正是道路要拐弯的地方。

这时候走在最前头的马道，觉得自己在远处地平线一个高地的顶上能分辨出些许绿色的物体。随着地势下降，一些方尖碑、圆屋顶和房屋出现了：这就是迦太基！他的心狂跳起来，为了不让自己跌倒，赶紧靠到一棵树上。

他想起自从上次经过这里之后，他生活中所发生的一切！那真是无限的惊奇，令他晕眩。然后，想到能够重新见到萨郎宝，他就快活到了极点。一些应该憎恨她的理由，也回到了他的记忆中，但很快就被他抛开了。他战栗着，双目紧绷，凝视着越过艾实穆神庙，一片棕榈树林上方一座宫殿的巍峨的平台；一缕心醉神迷的微笑点亮了他的脸，仿佛某种强烈的光线照耀着他；他伸开双臂，在微风中送去无数飞吻，同时喃喃地说道：

——来吧！来吧！

一声叹息胀满了他的胸膛，两行眼泪，如珍珠落到了他的髭须上。

司攀笛喊了起来：

——谁拦住你了？赶快！前进啊！徐率特就要从我们手里逃掉了！可是你的膝盖在摇晃，你像个醉鬼似的望着我！

他不耐烦地跺着脚，催促马道，两眼闪闪发光，仿佛瞄准好久的目标已经到了眼前：

——啊！我们到了！我们来了！我抓住他们了！

他那满怀自信和扬扬得意的神情，惊醒了处在麻痹状态中的马道，并且令他不自觉地受到感染。在马道苦恼之极时猛然听到这些话，如醍醐灌顶，由绝望转向复仇，愤怒有了出口。他跳上一头在行李堆中的骆驼，抢过缰绳，用长长的麻绳使劲抽打那些落伍的人，他在队尾左右奔跑，就像一条狗在驱赶羊群。

听见他雷鸣似的喊声，兵士的行列凑紧了，就连瘸子也加快了脚步。到了地峡中部，双方的距离缩短了。走在最前面的蛮族兵士简直踏着迦太基人扬起的灰尘在前进。两支部队越来越近，马上就要接触上了。可这时马喀城门、塔噶斯特城门和巨大的嘉蒙城门都敞开着。布匿军队的方阵分成三股往城里挤，在城门洞下乱成一团。过了不久太拥挤的人群便无法前进了；长矛在空中相互冲撞，蛮族人射来的箭已簌簌地落到城墙上。

在嘉蒙城门的入口，人们看到了哈米加。他回转身来大声呵斥，让他的兵士闪开。他跳下了马，用手中握的剑往马屁股上扎，让它径直向野蛮人那边奔去。

这是一匹奥兰日种马，一直用小面团来喂养，它会屈膝跪下让主人骑上身子。为什么他要把它赶走？作为献给天神的牺牲吗？

那匹骏马四蹄腾空，在长矛中间飞奔，踢倒许多人，然后脚被自己的肠子绊住，跌倒了，又狂怒地跳起来。正当人们向一旁闪开，试图拦住它或者吃惊地张望的时候，迦太基人已经重新整合起来进了城，巨大的城门在他们背后轰然关闭。

城门坚不可摧。野蛮人一拥而上过来拼命冲击；——整支军队像弹簧似的前后振动了几分钟，越来越弱，最后停了下来。

迦太基人在引水渠上安排了兵士，他们开始往下扔石头、弹丸和檑木。司攀笛认为不应该这样硬拼。于是野蛮人退到稍远些的地方安顿下来，决心围攻迦太基。

这时战争的传闻已越过了布匿帝国的疆界，从海格力斯之柱①直到昔兰尼以外，牧人们在放牧时沉迷在对它的遐想之中，骆驼商队在星光下聊的也是它。伟大的迦太基，海洋上的霸主，如太阳般光辉，像天神一样可畏，居然也有人敢攻击！有好几次人们甚至断言它已被攻陷，所有人都信以为真，因为所有人都盼望这样：被征服者、纳贡的村镇、被迫结盟的省份、独立不羁的游牧部落，以及所有那些痛恨它暴虐、嫉妒它强权，或者觊觎它财富的人。最勇敢的人很快去投奔了佣兵。可是其他所有的人却被马加尔之战的败绩吓退了。最终他们又恢复了信心，逐渐向前靠拢过来。现在，来自东部地区的人都藏身在海湾另一边克利佩亚附近的沙丘中。只要看到蛮族部队，他们

① 海格力斯又译赫拉克勒斯，是希腊神话中最伟大的英雄，曾完成12项英雄事迹。西方经典中用海格力斯之柱来形容直布罗陀海峡两侧的高山。

就会现身。

他们是利比亚人，但不是迦太基附近的利比亚人；后者早就组成蛮军的第三支部队了，他们是巴喀高地的游牧人，是来自菲斯居斯岬、戴尔内岬、法扎那和马尔玛芮克[①]的强盗。他们越过沙漠时，喝的是咸水井里的水，这些井是用骆驼的骨头砌成的；祖亚埃斯人[②]浑身上下披着鸵鸟毛，他们是驾着四马二轮战车来的；嘉辣芒特人蒙着黑色的面纱，是倒骑着涂饰过的良种牝马来的；其他的人有骑着驴子、野驴、斑马或者水牛来的；甚至有人还携家带口，捧着偶像，拖着外形像单桅帆船的茅屋的屋顶。他们中还有被温泉的热水烫得四肢满是皱褶的阿莫尼特人[③]、诅咒太阳的阿塔朗特人[④]、笑着把亡者埋在树枝底下的特洛克洛地特人、吃蚱蜢的可怕的奥塞人、吃虱子的阿西马熙德人、吃猴子的涂抹朱砂的热桑特人[⑤]。

他们全都在海边排成一长条直线，然后就像被风卷起的沙尘暴一样向前推进。走到地峡中央，这群人停了下

---

① 菲斯居斯岬、戴尔内岬、法扎那和马尔玛芮克都在昔兰尼加地区。

② 祖亚埃斯是利比亚的一个少数民族。

③ 阿莫尼特人是古代居住在约旦河以东的闪族人的一支，在《旧约》中多有提及。

④ 阿塔朗特也是利比亚的一个少数民族。

⑤ 特洛克洛地特人、奥塞人、阿西马熙德人和热桑特人都是非洲的少数民族。

来，他们前面的佣兵，驻扎在城墙附近，并不想移动。

然后从阿芮阿那方向，来了西部地区的人，他们属于奴米第亚民族。事实上，受纳哈法统治的只是马西利安人①，何况习俗允许在情势逆转时可以舍弃他们的国王，于是他们都聚集在扎纳河边，哈米加一退却他们就跨了过去。跑在最前头的是来自马蒂巴勒和加拉福②的所有猎人，他们穿着狮皮，用长矛的柄驱赶着瘦小的长鬃马，接着走来的是穿着蛇皮胸甲的热蒂利人，然后是戴着用蜡和树脂制作的高冠的法鲁塞人③，最后是高纳人、马卡尔人和蒂拉巴尔人④，他们每人握着两把投枪和一副河马皮制的圆形盾牌。他们在地下墓穴末端停了下来，正是作为潟湖开端的几个水洼那里。

可是等到利比亚人一离开，他们原先占据的地方出现了一大群黑人，就像贴着平地涌起一堆乌云。他们有的来自白哈鲁实山，有的来自黑哈鲁实山，有的来自奥吉勒沙漠，还有人来自阿加赞巴大地区⑤，它的位置更靠南部，从嘉辣芒特还要再走四个月路程，甚至还有从比它更远的

---

① 马西利安人是奴米第亚东部地区的民族。

② 马蒂巴勒和加拉福都在毛里塔尼亚，前者是山名，后者是一座城与湖泊。

③ 法鲁塞人是北非的一个民族。

④ 高纳人和马卡尔人生活在毛里塔尼亚；蒂拉巴尔人在利比亚。

⑤ 阿加赞巴大地区在埃塞俄比亚境内。

地方来的！尽管他们戴着红木制的镶玉的饰物，可是他们黑皮肤上的污垢使他们看起来就像沾满尘土的桑葚。他们穿着树皮纤维的短裤，干草编织的战袍，脑袋上套着猛兽的头，并且，像狼那样嗥叫，一边摇晃着带环的金属杆，挥舞着按军旗式样拴在棍子顶端的牛尾巴。

在奴米第亚人、玛鲁希亚人和皆土利人之后，又聚集了一些皮肤发黄的人，他们散居在比塔日尔[①]更远的雪松林子里生活。猫皮箭袋拍打着他们的肩膀，手里的皮带牵着些一声不吭、和驴子一般高的大狗。

最后，似乎嫌非洲还没有倾巢而出，有意要再添点狂热，就连最低等的种族也被搜罗进来；在所有其他人后面，人们看到有些外形像野兽并且像白痴般露着牙齿傻笑的人；——他们是受恶疾摧残的可怜虫、畸形的矮人、黑白混血的两性人、红眼珠见到阳光就不停眨巴的白化病人；他们结结巴巴地发出一些错乱费解的声音，同时把一只手指含在嘴里，表示他们肚子饿了。

武器的混乱程度一点不亚于族裔和服饰。任何杀人工具都能在这里找到，从木头匕首、石斧和象牙三齿叉，直到用柔韧的薄铜片制成的带锯齿的长刀，应有尽有。他们使的刀像羚羊的角一样分叉，还有系在绳子头上的砍柴刀

① 塔日尔在非洲内陆。

以及铁三角、狼牙棒和锥子。来自邦勃特河[①]的埃塞俄比亚人把有毒的袖箭藏在头发里。有些人带着装在口袋里的石头。另外一些人空着手，可是把牙齿咬得格格作响。

在这一大片人海中经常闹出些风波。一些像船一样用柏油全身涂满条纹的单峰骆驼，撞倒了后腰上驮着孩子的妇女。筐子里的粮食散落在地上，人们走在路上踩碎了盐巴、装在小口袋里的树脂、腐烂的椰枣和可乐果[②]；——有时在某个人长满虱子的胸膛上，会有细绳悬挂着一颗金刚钻，那竟是波斯总督费尽心机搜寻的传说中的贵可敌国的宝石。大多数人甚至都不清楚自己到底要什么。完全是受到某种吸引力或者好奇心的驱使，那些从没见过城镇的游牧民连城墙影子都害怕。

如今整个地峡里塞满了人，在这片狭长的地表上鳞次栉比的帐篷就像洪水中的茅舍，一直延伸到其他野蛮人的前沿，那里刀枪如流水，对称地排列在引水渠的两侧。

迦太基人正在对他们的到来惊魂未定之时，又见到推罗各城镇给野蛮人送来的各种各样的攻城器械，它们就像

---

① 邦勃特河即今非洲西部的塞内加尔河，最早见于古罗马作家老普林尼的著作。邦勃特源于布匿语中的“巨兽（河马）”，但埃塞俄比亚在非洲东部，显然此河不在塞内加尔。应该理解为埃塞俄比亚境内的一条河马河才对。

② 可乐果又称红可拉，是西非的一种梧桐科常绿乔木的果实，内含少量咖啡因。

怪兽和巨大的建筑，带着桅杆、摇臂、绳索、铰链、柱头和外壳，迎面扑来。它们是六十台投石车、八十尊石弩炮、三十具蝎弩机、五十架天平云梯、十二个羊角攻城锤，以及三座特大号的投石机，可以投射十五达郎重的巨石。一大群人聚集在机械的底部往前推，每进一步都会引起摇摆震颤，就这样把它们挪到了城墙跟前。

可是要完成攻城的准备，还要花上好几天工夫。佣兵经过几次败仗已经得到教训，不愿再冒险作徒劳无益的战斗；而且双方都不着急，因为大家都知道一场恶战即将来临，其结果不是完全胜利便是彻底灭亡。

迦太基是有能力长期坚持下去的，它宽大的城墙上有许多凹进和凸起的棱角，这种结构有利于挫败攻击。

然而在地下墓穴方向有一段城墙坍塌了，在漆黑的夜晚，透过这段残垣可以望见马喀郊区破屋里的灯光。它们的地势有的比城墙还高。这里正是被马道赶走的佣兵原先的老婆和她们的新丈夫居住的地方。看见佣兵回来，她们的心再也无法忍受。她们在远处挥舞自己的披巾，随后就在夜里通过城墙的缺口同佣兵对话。一天早上国务会议获悉她们全都逃掉了。有些是设法穿越石头间的缝隙，有些胆子更大的则用绳子从城墙上吊着爬下来。

司攀笛终于决定实施自己的计划。

战争迫使他远离迦太基，始终没机会实施；自从回到它的跟前，他又觉得似乎城里的居民对他的打算有所戒备。可没过多久，他们就减少了引水渠上的哨兵。因为没有足够兵力来守卫城墙。

旧日的奴隶一连几天都在练习用箭来射湖上的火烈鸟。然后，选了一个月色皎洁的夜晚，他先请求马道到了午夜时分用干草点燃一堆大火，同时让所有人都齐声呐喊，自己带着查耳萨斯沿着海湾，向突尼斯的方向走去。

到了最后一排拱架的高度，他们转身直接朝引水渠走去；这地方没人守卫，他们一直爬到拱架的柱子底下。

平台上的哨兵安静地踱来踱去。

巨大的火焰猛然腾空而起，军号响声震天，哨位上的兵士以为开始攻城了，都急忙朝迦太基方向奔去。

只有一个人留了下来。在天空的映衬下现出一个黑色的身形。月亮从他背后照过来，在平原上投下一个奇大无比的倒影，从远处看就像有座方尖碑在移动。

他们等着他走到了他们面前。查耳萨斯拿起他的投石器，不知是出自谨慎还是残忍，司攀笛止住了他：

——别动，抛射石弹动静太大，让我来！

于是他用左脚的大脚趾抵住弓的末端，使足力气把弓拉开，瞄准了，一箭射去。

那个人没有从上面掉下来。他消失了。

司攀笛说道：

——如果他只是受了伤，我们会听见他的声音的！

他迅速借助绳子和鱼叉，就像上一次做过的那样，一层接一层攀登上去。爬到最高一层，到了那具尸体旁边，他再把绳子给放下来。巴莱阿里人把一把鹤嘴锄和一个木槌系到了绳子上，便转身回去了。

军号声已经停了下来。一切恢复安宁。司攀笛掀起一块石板，钻进水里，再把它重新盖上。

凭借自己的步数测算距离，他准确到达以前注意到有条倾斜裂纹的地方，然后连续三小时，发了狂地一直干到天亮，仅靠头顶上石板的缝隙维持呼吸，内心极度焦虑，不下二十次认为自己快死了。终于，听到了劈啪的爆裂声，一块巨石在下面几层拱架上蹦跳着滚落到地面，——突然间一道巨大的瀑布，一整条河流，从天而降，坠落到平原。引水渠被拦腰截断，滴水无存。对迦太基而言，这就是死亡；对野蛮人来说，这就是胜利。

被惊醒过来的迦太基人立刻聚集到城墙、房屋和庙宇上面。野蛮人则推挤着欢呼向前。他们癫狂地围着大瀑布跳舞，而且快活得忘乎所以，跑过来把脑袋浸泡到水里。

人们发现引水渠顶上有一个人，披着一件被撕破的棕色战袍。他两手叉腰，俯身在平台最靠边的地方往下面张望，似乎对自己的成果感到惊讶。

然后他立起身子。神情傲慢地放眼周遭地平线，似乎在说：

——这一切都属于我了！

野蛮人爆发出一阵欢呼喝彩，而终于明白了自己遭遇灭顶之灾的迦太基人，则发出了绝望的哀嚎。于是司攀笛开始绕着平台来回奔跑，——像在奥林匹克竞赛中得胜的战车驭手，骄傲得神魂颠倒，向天空举起双臂。

十三　摩洛神

野蛮人不需要在通往非洲的方向设立壁垒，因为非洲是支持他们的。但是，为了更方便接近城墙，他们把壕沟边上的壁垒也拆掉了。接着，马道又把部队划分成若干个很大的半圆形，为了更好地包围迦太基。雇佣军中的重装步兵被安排在第一线，跟着他们的是投弹兵和骑兵，最最后面是行李、车辆和马匹；在这一大堆人的前面，离碉楼三百步的地方，耸立着那些攻城机械。

它们的名称虽几经嬗变（在过去几个世纪里已变过数次），但这种机械大致可归为两个体系：第一种就靠投掷，第二种类似弓弩。

第一种是投石机，由一个方框、两根垂直的立柱和一根水平的横木组成。在它的前部有一个圆柱体，绕着缆绳，扣住一根粗大的杠杆，支着一个用来装填投掷物的勺子。它的底部被绷紧的绞索缚住，一旦绳子松开，它就会弹起来，重重砸在那根横木上，它被挡住时受到的冲击，又会加大投掷的力量。

第二种是弩机，结构比较复杂，一根横梁，中心固定在一个小立柱上，从这个连接点沿横梁的垂直方向支出去某种管道；横梁的两端立着两个绕着马毛绞索的轴套；两根固定在轴套上的细杆拴住一根麻绳的末端，绳子则一直伸到管道底部的一块铜片上。铜片由弹簧控制，它一被释放，就会沿着凹槽滑动，把箭推射出去。

投石机又叫做野驴，因为野驴会用蹄子把石头踢出去；弩机被叫做蝎子，因为铜片上有个钩子，只要用拳头把它往下一砸，弹簧就弹出去。

制造这些机械需要进行精确的计算；木头要挑选质地最坚硬的品种，传动设备全要采用青铜制作；它们靠杠杆、复合滑车、绞盘或者波斯水车[①]来工作；射击方向的转换靠坚固的枢轴；要架在圆筒上才能使它们向前推进；其中最巨大的更是需要把部件分拆开运来，然后当着敌人的面组装到一起。

司攀笛把三台巨大的投石机安置在三个主要的攻击方位，在每扇城门前都架设了一具羊角攻城锤，每个碉楼前放了一尊弩炮，再安排一些机动的弩车在后面走动。可是必须保护它们不被守城的人放火烧毁，而且必须先要把阻

---

① 波斯水车，也叫波斯轮，是古代波斯人在尼罗河畔利用齿轮原理（把水平的旋动转换为垂直的旋转）制造的一种车水工具。

挡它们接近城墙的壕沟填平。

他们推过来一些用碧绿的芦苇编织的篱笆做围挡的长廊，架在三只轮子上滑行的、像一面巨大盾牌似的橡木制的半圆拱架，在工作人员的棚屋上覆盖充填海草的生皮袋子，投石机和弩炮则用浸过醋的、不会被烧毁的麻绳编织的帘子加以保护。妇女和儿童都到沙滩上去捡石头，用手收集泥土交给兵士们。

迦太基人也在做准备。

哈米加很快就使人心安定下来，因为他宣称蓄水池存留的水足够使用一百二十三天。这样言之凿凿，加上他的现身，尤其是圣衣的失而复得，使人们产生美好的希望。迦太基浴火重生了。那些不是迦南族裔的人，也被别人的热情带动起来。

奴隶也被武装起来，军械库全空了，市民各有各的岗位和职务。一千二百个投诚后幸存的兵士，全被徐率特提升为小队长；木匠、兵器匠、铁匠、金匠，都被安排去制造战争机械。尽管受到与罗马媾和条约的制约，迦太基人还是保留了几具作战机械。他们技艺高超，很快就把它们修好了。

东面和北边有大海和海湾庇护，不可能受到攻击。在面对野蛮人的城墙上，他们堆积了櫑木、磨盘石、装满硫磺的瓶罐和注满油的桶，还砌了好些炉灶。石块被堆放在碉楼的平台上，紧贴着城墙的房子，都填满了沙土，为了使它更坚固，更厚实。

野蛮人看到对方的备战，气愤之极，他们恨不得马上就开打。可是他们往投石机里放的石块实在太重了，连杠杆都给压折了，进攻被迫推迟。

最后，到了细罢特月的第十三天，——太阳刚升起时，——从嘉蒙城门上传来了一下巨大的撞击声。

七十五个兵士拉着拴在一根巨大的横木下面的麻绳，横木通过铁链水平地悬挂在一个吊架上，它的一头是一个青铜制的羊角撞锤。横木外面用牛皮包裹住，并且箍上了一圈又一圈的铁环，它的腰围有人身子三倍那么粗，长一百二十肘，七十五双赤裸的胳膊又推又拉，让它有规律地前后摆动。

其他城门前面的羊角攻城锤也开始摆动起来。在波斯水车的空心轮里，好些人在一级一级地向上蹬踏。滑车和轴套嘎嘎作响，麻绳编织的帘子突然掀开，阵雨般的石头和箭同时投射出去，零散的投弹兵也在往前跑。有些人把一罐罐树脂藏在盾牌下面走到城墙底下，然后使足力气把点燃的树脂扔上去。冰雹似的弹丸、标枪和火箭在空中划出一条弧线，从前面几排人的头上飞过，落到城墙后面。但是架设在城墙顶上的、给船舶安装桅杆的长臂吊车，从上面伸下一副巨大的钳子，它的末端有两排半圆形的锯齿，咬住羊角攻城锤使劲往上拽。佣兵们则紧紧揪住横木，拼命往后拉。战斗一直延续到傍晚。

第二天，佣兵再来攻城时，城墙顶上全都铺上了棉花包、帆布和垫子，雉堞的孔眼里也填塞了席子，城墙上的吊车之间配备了一排排用棍棒加长了的叉和刀。于是，立刻开始了激烈的抵抗。

用缆绳系住的树干，一升一降地落下来攻击羊角攻城锤；弩炮发射出来的铁钩，掀翻了棚屋的屋顶；从碉楼的平台上，燧石和鹅卵石飞瀑般往下砸。

最后，羊角攻城锤终于撞破了嘉蒙门和塔噶斯特门。可是迦太基人早在里面堆砌了大量障碍物，把门扇顶住无法打开。它们照样立在那里。

于是他们就改用螺丝钻来破拆城墙，专挑石料接缝处下钻，以便把砌墙石挖走。攻城机械的管理改进了，操作人员分班工作，从早到晚，机械都在不间断地运行，像纺织工的织布机那样单调和精确。

司攀笛不知疲倦地在指挥攻城。他亲自去把弩炮里的绞索绷紧。要使两根绞索松紧程度完全相同，在绷紧它们的时候，就得轮流左右敲打，直到两根绞索都发出了同样的声音。司攀笛爬到横木上。他用脚尖轻触绞索，扯着耳朵像调琴的乐师一样倾听。然后，等到投石机的杠杆跳起来，弩炮的小立柱在弹簧的冲击下开始震颤，石弹像光束般迸射，箭矢如激流般飞溅的时候，他就全身倾侧，两臂伸向空中，仿佛要随它们而去。

兵士们佩服他的技艺，执行他的命令。他们干得快活，便给那些机械取诨名逗乐。因此，抓羊角攻城锤的大钳子被喊作“狼”，覆盖长廊的是“葡萄藤”；他们是绵羊，他们要去摘葡萄；在装填投射物的时候，他们对“野驴”说：

——来吧，好好尥蹶子！

然后又对“蝎子”说：

——往他们心脏里扎！

这些玩笑始终如一，鼓舞他们的士气。

然而攻城机械并没有摧毁城墙。它是在两道墙体中间夯实沙土筑成的。每当它的上半部遭到破坏，守城的人就会把它修复加高。马道命令建造一些木碉楼，要它们同对方的石碉楼一样高。他们把草皮、木桩、鹅卵石，甚至连车带轮子都一起扔在壕沟里，想尽快些把它填平；但是没等他们干完，平原上铺天盖地的野蛮人已经一齐波动起来，就像泛滥的海水一样滚滚向前，拍打着城墙的墙脚。

他们搬来许多绳梯、直梯和攻城飞桥[①]，后者是两根桅杆，吊着一溜活动的竹桥，通过复滑车，可以降下来。

---

① 攻城飞桥是古希腊罗马时使用过的一种攻城云梯。

这些竹桥靠在城墙上形成一条长直的栈道，佣兵们可以手握兵器鱼贯攀登上去。迦太基人全躲了起来。佣兵们爬到城墙三分之二高的地方，被堵塞的雉堞的孔眼突然打开，像巨龙的嘴巴冒出烟和火来；喷射出来的沙子四下散开，钻进了甲胄的缝隙；汽油沾在衣服上；滚烫的铅汁溅落在头盔上，把人肉烧出了窟窿；火花如雨点般飞溅到人脸上，——没了眼珠的眼眶仿佛在流泪，流出杏仁大小的泪滴。有些人身上被油染黄，头发上着了火，他们发狂地奔走，把别的人也烧着了。人们从远处往他们脸上扔过去浸透鲜血的一口钟，帮着扑灭火焰。那些没有受伤的人像木桩一样僵立在那里，动也不动，张着嘴，摊开两臂。

这样的攻击一连好几天都在反复进行，——佣兵们希望凭借他们的优势兵力和过人的勇气，马上夺取胜利。

有时，一个人站在另一个人的肩头上，在石块间插进一根扦子，把它当作向上攀登的踏脚，然后再依次插第二根、第三根。由于雉堞的边沿比城墙突出，可以掩护他们用这种方法向上攀登；可是，到了一定高度，他们总要跌下来。巨大的壕沟已经满得要溢出来，伤兵同死人、垂死的人乱七八糟地堆在一起，任由活人践踏。烧焦的躯干黑点般掺杂在袒露的内脏、散开的脑浆和一摊摊血水中间，从尸堆中伸出半截的胳膊和大腿，僵直挺立，好像葡萄园被大火焚毁后残留的立柱。

梯子既不管用，就改用天平吊，——这个设备由两根相互横向叠架着的长长的杠杆组成，杠杆的一头挂着一只四方的吊篮，可以容纳三十名带着武器的步兵。

第一个天平吊刚安装好，马道就想上。司攀笛把他拦住了。

一些兵士俯身趴在绞盘上推。那根巨大的杠杆升了起来，先是变成水平状态，然后几乎垂直地立了起来，由于负荷超重，它弯得就像根粗大的芦苇。那些步兵挤在吊篮里，隐没到下巴，只有盔翎露在外面。最后，等到离地五十肘高时，它开始在空中左右摇晃，然后落了下去，就像一个手里握着一队侏儒的巨人，把一篮子兵士放到城墙边上。他们跳了出来，扑到人群里，无一生还。

其他天平吊也很快都安装完毕。但是要靠它们来夺取城市，必须增加一百倍才行。他们以一种极其残忍狠毒的方法来使用这些机械：一些埃塞俄比亚弓箭手坐在吊篮里，等到缆绳稳定以后，他们就在空中发射毒箭。五十座天平吊包围着迦太基，就像恐怖的秃鹫居高临下地注视着雉堞。看到堞墙上的卫兵在难以忍受的痉挛中死去，黑人们都开怀大笑。

哈米加把重装步兵派到这些岗位上，并且让他们每天早上喝某种可以防止中毒的草汁。

在一个夜色如墨的晚上，他安排最优秀的兵士登上驳船和木板，从港口右侧拐弯，在代尼亚上岸。然后他们向前穿插到野蛮人的第一线，从侧面进攻，大杀一阵。有些人趁夜色用绳子从城墙上吊下来，手执火把，把雇佣军的工事烧毁后，又爬上城去。

马道被彻底激怒了，挫折加重他心中的怒气，使他做出一些可怕而荒诞的行为。他臆想传召萨郎宝同他幽会，然后真去等她。她没来，于是他认为这又是一次新的背叛，——并且从今以后，他对她只有憎恶。倘若看到她的尸体，他也会扭头走开。他在前哨加派了双岗，在城墙脚下插上尖叉，在地面埋设蒺藜，命令利比亚人把整座森林给他搬来，以便放火焚烧迦太基，就像用火燎狐狸洞窟一样。

司攀笛执意继续围城。他试图发明一些可怕的、过去从未有人制造过的攻城机械。

驻扎在地峡远处的其他野蛮人，对于围城进展的迟缓感到惊讶。他们窃窃私语，怀疑自己被剥夺了入城劫掠的机会。

于是他们就拿着弯刀和标枪冲过来，就这样去攻打城门。他们赤裸的身体极易受伤，迦太基人恣意杀戮，佣兵却挺高兴，无疑是因为他们无端嫉妒自己洗劫城市。于是导致相互之间争吵和斗殴。之后，由于乡间已遭蹂躏而荒芜，很快粮食开始短缺。他们都感到沮丧。大批乌合之众离开了。可是围城的人群庞大，并没显出人数减少。

他们之中最优秀的试着去挖地道，但地面不够结实，坍塌了。他们换个地方再试，但是哈米加把耳朵贴在铜盾上，总能猜出他们地道的走向。他在木碉楼必经的途径下面挖了反地道，一旦他们向前推进，就会掉进坑里。

最后，大家都意识到这座城是很难攻下的，除非有一座能升到与城墙比肩的长平台，使他们能和迦太基人在同一高度上作战；而且平台的顶上要好好铺设，方便攻城机械在上面滚动。这样迦太基就会觉得实在难以抵抗了。

城里开始缺水了。围城开始的时候，每一驮水才两个开西塔，现在涨到一个银谢克。储存的肉和小麦也快耗尽了，害怕闹饥荒的恐惧心理蔓延开来，甚至有人开始议论要清理吃闲饭的，这使每个人都心惊胆颤。

从嘉蒙广场直到麦喀耳提神庙，满街都是尸体；如今正当夏末，黑色的大苍蝇拼命滋扰着战士。年迈的老人在运送伤兵，虔诚的人继续为战争中死在远方的亲友举行虚拟的葬礼。透过大门可以看到代替死者的穿戴着衣服和假发的蜡像，在贴近它的燃烧的蜡烛的炙烤下溶化；颜料流淌到了肩膀上，在它身边唱着丧歌的活人的脸上也淌满了泪水。与此同时，人群在来回奔跑，一队队武装在经过；军官们在大声嘶吼着发布命令，羊角攻城锤撞击城墙的轰鸣声也始终在耳边震响。

天气变得异常闷热，尸首都肿胀得没法装进棺材。它们被放在院子中间焚化。然而地方太窄，火燎着了邻居的墙壁，于是长长的火苗霎那间从房屋蹿出来，就像是鲜血从大动脉喷溅出来。摩洛神就这样子占有了迦太基，它紧紧抱住城墙，打着滚穿过街道，甚至连死尸都成了它饕餮的美味。

有人为表示绝望，穿着百衲的破布缀成的一口钟，把自己戳在十字路口的街角。他们宣称反对元老们，反对哈米加，向民众预言全面毁灭，劝大家破坏一切，恣意放纵。最危险的是那些喝天仙子汁[①]的人，一旦毒性发作，他们就自认为是猛兽，扑到路人身上撕咬。围观者成群结队，保卫迦太基的事被忘得一干二净。徐率特要实行他的主张，只能花钱收买人心。

为求神灵庇护，怕它们离开城市，所有的神像都被链子缠住。凶神巴泰克的头上蒙了黑纱，祭坛周围放上了苦行僧穿的苦衣。为激起天神的自尊和嫉妒，人们在神像的耳边吟唱：

——你就要被打败了！有比你更强的，是吗？你显显

① 天仙子是茄科草本植物，又名莨菪、小颠茄子，果实含生物碱，能麻痹中枢神经。

灵吧！帮帮我们！别让外人讥笑说：他们的天神如今在哪儿?

各个神庙的大祭司们全都忧心忡忡。月神庙的祭司们尤其害怕，——圣衣的归来没起什么作用。他们把自己关在像堡垒般难入侵的第三道围墙里面。唯一敢冒险出去的只有大祭司沙哈巴瑞。

他常去见萨郎宝。不是一声不吭、两个眼珠动也不动地凝视着她，就是说个没完，对她的训斥比以往加倍苛刻。

一种不可理喻的矛盾心理支配着他，他无法原谅这个年轻姑娘执行了他的命令；——沙哈巴瑞猜出了一切，——这个挥之不去的想法，更加激起他对自己丧失性能力的妒恨。他指责她是引发战争的祸根。按照他的说法，马道包围迦太基就是想夺回圣衣。他肆口咒骂，恣意挖苦这个野蛮人，说这种人居然也妄想占有圣物。其实这些都不是大祭司真想说的话。

不过萨郎宝如今对他已不再畏惧。过去感到的苦恼已不复存在。她的心境出奇的安谧。眼神也不再游移，而是闪耀着一股清澄明澈的亮光。

与此同时，那条黑蟒却和萨郎宝的复苏相反，它又病倒了。老达纳克却为此感到高兴，因为她确信女主人的萎靡就是蛇带走的，它就是因此才衰弱的。

一天早上，她发现它蜷成一团，藏在皮带床的后边，比大理石还冰冷，脑袋被一大堆蛆盖住了。她的喊声招来了萨郎宝。她只是过来用皮带鞋的鞋尖把蛇翻弄了几下，女奴对她的冷漠感到惊讶。

哈米加的女儿再不像以前那样热衷于延长禁食时间了。她一整天待在她的平台上，胳膊肘支在栏杆上，眺望眼前景致作为消遣。在城市的尽头，城墙的顶端在天空中勾划出参差不齐的之字形曲线，哨兵的长矛把整道城墙装点得就像麦穗的边界。再往远去，可以看到野蛮人在碉楼之间移动。在暂停攻城的日子里，她甚至能辨认出他们的活动。他们在修理武器，往头发上抹油，并且在海水里清洗自己血污的手臂，营帐的门帘关着，驮货的牲口在吃草，远处，排列成半圆形的配备镰刀的双轮战车，就像躺在山脚下的一把银制阿拉伯弯刀。沙哈巴瑞的话又回到她的脑海里。她在等待她的未婚夫纳哈法。尽管她憎恨马道，却依然很想再见到他。在所有的迦太基人中，或许她是唯一能毫无畏惧地同他谈话的人。

她的父亲常到她的房间里来。他气喘吁吁地坐在靠垫上，用差不多带点温情的目光凝视着她，仿佛觉得看着她的身形有助于解乏似的。有时他会问她去雇佣军营盘的经过。甚至问她，是不是受到了谁的怂恿，她摇着头回答说没有，——萨郎宝为仅凭一己之力就能夺回圣衣而深感自豪。

不过徐率特的话头总要回到马道身上，借口说他想了解军情。他不明白她在军营里怎么能待那么长的时间。事实上，萨郎宝只字不提吉斯孔；因为字眼倘若有效，一旦把那些诅咒转述出去，它们可能会在对方身上应验；她也闭口不谈自己有过刺杀马道的想法，害怕因为自己没有实施而受到责备。她只说蛮军的统帅似乎非常震怒，他叫嚷了很长时间，后来就睡熟了。萨郎宝收住口不再往下述说，也许是害羞，也许是极度天真所致，她并不看重马道的亲吻。况且，这一切就像是对一场沉闷的梦境的回忆，既忧郁又模糊不清地在她脑海中漂浮，她不知道该用什么方法、什么样的语言来表达。

一天晚上他们正这样面对面待着，达纳克突然惊慌地走了进来。说院子里有个带着孩子的老头，要见徐率特。

哈米加脸色变白了，立刻回答：

——叫他上来！

伊狄巴没有匍匐施礼就走了进来。他手里牵着一个披着羊毛一口钟的孩子，旋即揭开罩住孩子脸的风帽，说道：

——这就是他，主人！把他带走吧！

徐率特同老奴隶一起走到房间的角落里去。

孩子留在屋子中央，他环顾四周，用专注而不是惊异的目光审视着天花板、家具、随意地扔在深红色床幔上的珍珠项链，以及那位朝他弯下腰的尊贵的年轻女人。

他看上去十岁左右，并不比一柄罗马利剑更高。鬈曲的头发遮住他凸出的前额。双眸仿佛在寻觅更大的发展空间。薄薄的鼻翼遒劲有力地翕动，浑身呈现着某种注定要肩负大任的伟人特有的无法形容的光辉。他脱掉沉重的一口钟，只剩一张猞猁皮缠在腰间，赤裸的沾满白色尘土的小脚坚定地踩在地面的石板上。毫无疑问，他肯定猜出有要事在商谈，所以动也不动，一只手放在背后，低着头，嘴里咬着一根手指头。

最后，哈米加做了一个手势，把萨郎宝叫过去，低声说道：

——听着，把他留在你身边！不准任何人，哪怕是府第的人，知道他的存在！

然后，到了门外，他又再一次叮问伊狄巴，是否肯定没有人看见他们。

奴隶答道：

——没有！街上一个人都没有！

战争蔓延到各省，他为主人的儿子担忧，不知道该把他藏到哪里，只好划着一条单桅帆船，沿着海岸驶来。伊狄巴一边观察城墙一边转悠，已经在海湾里待了三天。最后，这天晚上，看到嘉蒙郊区似已荒无人烟，海港的入口也没被封锁，他便迅速驾船通过水道，在军械库附近上了岸。

可是没过多久，野蛮人就在海港前面放置了不计其数的浮木来阻止迦太基人的船只从这里出入。并且又开始建造木碉楼，继续加高平台。

与外界的交通被切断，难以忍受的饥荒开始了。

被困在城里的人们把所有的狗、骡子、驴全杀了，就连徐率特带回来的十五头象也宰了。摩洛庙里的狮子变得十分残暴，圣奴都不敢靠近它们。起初喂它们吃蛮族伤兵，后来就扔给它们还有余温的死尸，但它们拒绝吃，最后全死了。天色昏暗的时候，人们沿着旧围墙逡巡，搜寻石头缝里的花草，拿来放在酒里煮了吃；——因为酒比水更便宜。还有人偷偷摸摸地爬到敌人的前哨阵地，钻进帐篷里偷食物。蛮族人大吃一惊，有时也放他们回去。终于到了那一天，元老们决定私下里把艾实穆庙里的马杀掉。它们被视为圣物，大祭司用金带子把它们的鬃毛编成辫子；它们的存在意味着太阳的运动——火的观念的最高贵形态。他们把马肉切成同样大小的块，埋在祭坛后面。每天傍晚，元老们借口祈祷，进入庙宇，背着人大吃一顿，而且每个人都在祭服里面藏了一块带回去给他们的孩子。在离城墙较远的冷僻的街区，那里居民的境况不那么悲惨，害怕其他人来抢劫，都筑起了壁垒。

投石机的石块，以及为了保卫城市而下令拆毁的房屋，都在街道中间留下了大堆大堆的废墟。在万籁俱寂的时刻，也会有一大群人突然狂喊着冲出来；从卫城的顶上，大火就像深红色的破布散落到各处平台上，在风中扭摆着。

尽管有如此显赫的战果，那三台巨大的投石机一刻也没有住手。它们造成的损害简直匪夷所思：譬如，一个男人的脑袋会一下子弹到席西特的三角楣饰上去；在肯西道的街上，一个正在分娩的妇女被一块大理石砸中，她的孩子连同那张床竟然飞到西拿桑十字路口，毯子也是在那里找到的。

最恼人的是投弹兵抛射出来的弹丸。它们坠落到屋顶上、花园里、院子中间，而且恰好是人们坐在餐桌前，面对难以果腹的粗劣食物，愁肠欲断的时候。这些残忍的投射物上还刻着字，能在被击中的皮肉上印出字来。于是，在死尸上有时会读出“猪猡”、“豺狗”、“臭虫”这样的恶言秽语，甚或是些恶意的嘲弄：“打中了！”或“我活该！”

从海港的一角到蓄水池高台处的那一段城墙被攻垮了。于是马喀的居民发觉自己陷入了前有野蛮人、后有比耳萨老城墙阻挡的绝境。可是要把城墙加高加厚的任务已够繁重，哪还有能力去救他们，只好弃之不顾，听任他们惨遭屠戮；虽说这些人平时挺招人嫌，可哈米加还是为此背上了骂名。

第二天，他就下令打开储藏麦子的地窖，让管家把它们分发下去。全体民众放开肚子狠吃了三天。

然而口渴变得越来越难以忍受，眼前经常浮现引水渠中喷涌而下的清水形成的长长瀑布。在阳光下，一片薄薄的水雾带着彩虹从瀑底升起；一条小溪，在平地上蜿蜒流淌，一直流进港湾。

哈米加并不气馁。他正指望着一件大事，一件有决定意义的、异乎寻常的事件。

他让家奴去麦喀耳提神庙揭取装潢的银片，从港口拉出四条长船，把对着海岸的城墙挖了个大洞，用绞盘把船牵引到马巴勒海岬底下，然后派人乘船去高卢，打算不惜任何代价从那里买些佣兵回来。然而，哈米加最感苦恼的还是不能同奴米第亚国王通消息，他明知他正在蛮族人的背后，并且准备投入战斗。可是纳哈法兵力太弱，不愿冒险单独进攻；徐率特只能下令把城墙加高十二掌①，把军械库里的物资全堆放到卫城山上，并且再次修复他的作战机械。

投石机的绞索通常使用公牛的脖筋或牡鹿的腿筋。可是迦太基城里既没公牛也没牡鹿。哈米加便向元老们

① 掌是古罗马长度单位，等于六分之一肘，约合 0.074 米。

索要他们女人的头发，然而即使她们全部奉献，数量也不够。在席西特的院落里，倒是有一千二百个妙龄女奴，指定去希腊和意大利卖淫的，她们的头发因经常使用香脂而富有弹性，最适合在作战机械中使用。但随之而来的损失又太大。因此，最终决定选用那些头发长得最好的平民的女人。她们可不管什么祖国的需要，只要一被国务会议拿着剪刀的爪牙抓住，就绝望地拼命叫喊。

野蛮人的怒气无处发泄。从远处就可以看到他们用死人的脂肪来涂抹机械，还有人拔掉死人的指甲，一片片缝起来做胸甲。他们想了个主意，在陶罐里装满黑人带来的蛇，把它放进投石机；罐子在迦太基城的铺地石上砸得粉碎，这些蛇四下乱窜，似乎还在不断繁殖，而且数量如此吓人，仿佛是从城墙里自然而然钻出来的。野蛮人对这样的发明还不满意，又继续改进，他们投掷各种秽物：粪便、腐肉、死尸。瘟疫爆发了。迦太基人嘴里的牙脱落了，牙龈失去血色，就像经历了过长距离跋涉折磨后的骆驼。

尽管堆砌的平台各处还没全达到和城墙比肩的高度，各种攻城机械已经都搬了上来。对着防御工事里的二十三座石碉楼，蛮族人立起了二十三座木碉楼。所有的天平吊都重新架了起来，中间稍为偏后一点，巍然耸立着一座令人望而生畏的德米特里一世①发明的活动攻城塔，它是司攀笛费尽心机仿造出来的。它像亚历山大港的灯塔②一样，呈金字塔形，高一百三十肘，宽二十三肘，一共有九层，越往上越窄，全都有青铜片防护，四周开了无数扇门，里面装满了兵士；最高的平台上立着一座投石机，旁边还有两尊弩炮。

于是哈米加竖起了十字架，用钉刑来惩戒谈及投降的人，连妇女也收编入伍。人们在街头露宿，忧心忡忡地忍受着煎熬。

随后，在日出前的一个早晨（尼散月③的第七天），他们听见了全体野蛮人同时发出的大声喊叫，装了铅管的喇叭齐声吹响，帕夫拉戈尼亚④号角发出公牛似的哞叫。于是所有人都起身跑到城墙上去。

城墙根下竖立着一片密林似的长枪、长矛和刀剑，野蛮人正向城墙扑过来，云梯搭在城墙上，雉堞的垛口出现了他们的脑袋。

一长溜一长溜的人抬着一根根大梁撞击着城门；在平

---

① 德米特里一世，绰号“征服城市者”，公元前294年—公元前288年就位马其顿国王。

② 亚历山大港的灯塔位于埃及亚历山大城边的法洛斯岛，高135米，靠橄榄油和木材点燃千年，最终毁于地震。

③ 尼散月是犹太教历的1月，相当于公历的3月到4月。

④ 帕夫拉戈尼亚是古代小亚细亚中部的黑海沿岸地区。

台还没堆砌好的地方，佣兵为了摧毁城墙，就排成密集的步兵大队前进，第一排蹲着，第二排屈着腿，其余几排逐渐升高，直到最后一排完全直立着；有些地方为了攀登，就让最高的人站在最前面，最矮的人排在最后面，每个人都用左臂把盾牌托在军盔上，盾牌的边缘紧密相接，就像一个许多乌龟组成的集合体。所有投掷过来的东西都从这一大块斜面上滑落下去。

迦太基人把石磨、杵槌、酒缸、木桶、床，一切有分量可以往下砸的东西，统统投掷下去。有些人拿着鱼网在城墙的炮眼里埋伏着，野蛮人一进来就被擒住，像条鱼一样在网子里挣扎。他们毁掉了自己的雉堞，坍塌的城墙掀起了大片尘土；平台上的投石机相互对射，它们的石弹在空中相撞，裂成无数碎块，仿佛倾盆大雨落到战士头上。

没过多久，两边的人群就拧成了一股粗大的人体链条；它在原地不停地翻滚，把平台之间的间隙塞得满满的，只有两头稍微松散些。他们相互抱紧，像摔跤手那样平着身子趴在地上，想把对方压垮。妇女们从雉堞上弯下身来尖声喊叫。她们被人拽住自己的纱帔揪下来时，猛然间暴露在外的体侧的白色肌肤，在握着匕首扎她们的黑人胳膊的映衬下，显得分外耀眼。有些尸体被人群紧挤着，根本倒不下去；他们靠在同伴的肩膀上，瞪着两眼，直着身子，走好几分钟。有人两边太阳穴被一根标枪刺穿，像熊一样摇晃着脑袋。正要叫喊的嘴张开着僵在那里，断掉的手掌在空中飞来飞去。有许多精彩的战斗场面，那些幸存者很久以后还在谈论。

在此期间，木碉楼和石碉楼里都在往外射箭。天平吊的长横梁在快速摆动。由于地下墓穴下方的原住民的古墓已被野蛮人盗挖过，他们就拿那里的墓石往迦太基人头上扔。有时缆绳会因吊篮太重而断掉，于是一大堆人举着胳膊从空中跌落下来。

直到中午，重装步兵中久经沙场的老兵都在猛攻代尼亚，他们想杀进海港，摧毁舰队。哈米加派人在嘉蒙庙的屋顶上点燃了一大堆湿草，用烟熏他们的眼睛，逼迫他们向左转，加入向马喀推进的庞大人群。野蛮人专门挑选出来的硬汉组成的几组小方阵，已经攻破了三座城门。他们被钉板制成的高大障碍物挡住了去路，而第四座城门一攻就破，他们飞奔着冲了进去，却全都掉进埋设了套索的陷阱。在东南角，欧塔芮特带领兵士推倒了城墙，它的裂缝都是用砖胡乱填塞的。墙后面的地势向上升高，他们轻快地爬了上去。可是在顶上还有第二道城墙，它是由石头和水平放置的长长的梁木筑成的，而且交替排列成棋盘格子的形状。这是一种高卢的流行式样，徐率特根据地形需要做了修正。高卢人产生了面对家乡城市的错觉。他们的进攻变得软弱无力，终于被击退了。

从嘉蒙街直到草市的整条巡查道路现在都被野蛮人所控制，萨莫奈人在用长矛结果垂死的人；或者一只脚踏在城墙上，俯视底下冒烟的废墟，还有远处重新开始的战斗。

被安排在进攻队伍后面的投弹兵们，还在不停地发射。可是那些阿卡纳尼亚[①]投石器的弹簧都被用得断裂了，于是许多人就像牧人那样用手来投掷石子。另一些人则用鞭子的柄来抛射铅弹。黑色长发披肩的查耳萨斯，跳跃着带领巴莱阿里人到处跑。他腰间挎着两个装石弹的皮口袋，左手不停地伸进袋里，而右臂像战车轮子一样转动。

马道为了能更好地同时指挥所有的野蛮人，起初克制住自己没有参加战斗。他在各处出现：沿着海湾同佣兵在一起，在靠近潟湖的奴米第亚人中间，在突尼斯湖畔的黑人中间，或者在平原深处鼓励那些不断涌来向城墙冲击的兵士们继续前进。随着他逐渐接近战场，血腥的气味，厮杀的情景，激昂的号角声，终于使他心动了。于是他回到自己的营帐，甩掉胸甲，换上更方便战斗的狮子皮。狮吻扣住了他的脑袋，一圈獠牙围着他的脸蛋，两只前爪交叉搭在胸口，两只后爪一边一只垂到膝盖下面。

---

① 阿卡纳尼亚是希腊中西部濒临爱奥尼亚海的地区。

他系着结实的腰带，别着一把闪亮的双刃斧，双手举着他的巨剑，狂热地冲进城墙的缺口。就像个砍伐柳树枝的修剪工，为了多挣钱而不顾一切地狂砍滥伐，他一边前进，一边斩除身边的迦太基人。想从侧面抓住他的人被他用剑柄击倒，从正面进攻他的人被他用剑刺穿，打算逃跑的人被他劈成两半。有两个人一齐跳到他背后，他往后一跃把他们挤死在门上。他的剑不停地起起落落。它在一个墙角上折断了。于是他拿起沉重的斧子，前后挥动，把迦太基人当作羊群，肆意砍杀。人们逃散开去，越退越远，当他冲到卫城底下的第二层围墙时，只剩下他孤零零一个人。从顶上扔下来的东西把上山的阶梯全堵塞了，堆得比城墙更高。马道转过身，在一片废墟中召唤他的伙伴。

他发现他们头盔上的羽饰散失在人群中，几乎被淹没了。他们快要覆灭了。他向他们冲了过去；于是红色羽翎组成的大圆环收拢过来，很快就围着他汇合到一起。可是从旁边的街道里又涌出一大群人。他被人从臀部抱住，托举着拉到城墙外，来到一处高高的平台上。

马道喊了一道命令，让所有的盾牌都顶在军盔上。他跳了上去，想找到一个地方可以重新进入迦太基城；他挥舞着可怕的双刃斧，在如同青铜波浪的盾牌上奔跑，就像在巨浪滔天的大海上挥舞着三叉戟的海神。

与此同时，一个身穿白袍的男子正在城墙边沿行走，毫不在意他周围发生的死亡。有时他把右手举到眼睛上来找人。马道恰好从他的下面经过。突然间这人的眼睛冒出了火，灰白的脸挛缩成一团；他举起两条消瘦的胳膊，冲着马道破口大骂。

马道听不清他的谩骂，可是感到一股仇恨恶毒的目光直刺自己的心窝，于是他发出了一声怒吼。他把长斧瞄准沙哈巴瑞掷过去，有些人也随着扑了上去。马道再看不见他，自己也精疲力竭，仰面倒下。

由远而近传来一片吓人的吱吱嘎嘎的声音，混杂着许多沙哑的嗓子在一齐有节奏地哼唱。

那是一大群兵士簇拥着的巨大的活动攻城塔。他们用两只手拉，用绳子拽，用肩膀推，——因为从平原上到平台的坡度虽然非常平缓，但是这样沉重的机械，也还是难以移动。它有八个箍了铁的轮子，从早起就这样慢慢地挪动，就像把一座山挪到另一座山上。然后，从它的底层伸出一个巨大的羊角攻城锤。上面三层朝着城市的门全放了下来，里面有许多穿着胸甲如铁柱般的兵士。往里可以看到有些人在连接上下楼层的两座楼梯上奔走。还有些人在等着门上的钩子一搭住城墙就冲过去。塔顶的平台中间，弩炮的绞索绷紧了，投石机粗大的杠杆也压了下来。

这时候，哈米加正好站在麦喀耳提神庙的屋顶上。他料定攻城塔会直接向他这里进攻，因为这是最难攻破的一段城墙，所以连防守的哨兵也没派。已经有很长一段时间了，他的家奴沿着巡查道路用羊皮袋运水过来，而且在那里用黏土砌了两道横断的隔墙，做成一个水池。水悄无声息地沿着平台流走了，奇怪的是，哈米加对此却毫不在意。

可是，等到活动攻城塔相距只有三十步远的时候，他命令在房屋之间的街道上架起木板，从各个蓄水池一直架到城墙。一长排人用手传递盛着水的头盔和双耳尖底瓮，不停地把它们倒空。然而，迦太基人都对这样浪费水感到愤怒。攻城锤撞破了城墙，刹那间一道激流从被拆散的石块后面喷涌而出。于是这座九层高的有青铜片防护的庞然大物，带着三千多忙碌的兵士，开始慢慢像艘船一样摇晃起来。原来，渗入平台的水泡坏了它面前的道路，轮子陷进了泥潭，司攀笛从第二层塔的皮门帘里探出头来，鼓足腮帮子吹起象牙短号。那座巨大的机器，痉挛地抖动了一下，向前挪了十步左右。地面变得越来越软，泥淖没过了车轴，攻城塔停了下来，令人毛骨悚然地向一边倾斜。于是投石机滚到了塔顶平台的边上，被它那沉重的杠杆拽着跌了下去，一路砸烂了塔的下面几层。站在门口的兵士被抛落深渊，有些抱住了梁木的末端，可是他们的重量更加剧了攻城塔的倾斜度，使整座塔终于在各个接合部的爆裂声中坍塌下来。

其他野蛮人奔过来救他们，前呼后拥挤成一团。迦太基人乘机从城墙上下来，从后面发起攻击，杀了个痛快。可是装配镰刀的双轮战车冲了过来，绕着这群人的外围疾驰，迦太基人撤回到城墙上。天黑下来，野蛮人也逐渐退走了。

平原上能看到的只是一大片黑魆魆的攒动的人群，从暗蓝的海湾一直延伸到纯白的潟湖；而被鲜血污染的突尼斯湖，就像一口深红色的水塘向远处扩展开去。

平台上布满了死尸，使得它看上去像是人的身体堆成的。中间立着铠甲覆盖的攻城塔，从它上面不时有些巨大的碎块坠下，就像有石块从颓圮的金字塔上脱落。城墙上留下了铅水流过造成的宽大的烙痕。被捣毁的木碉楼在四下燃烧，朦胧显现的房屋就像古罗马毁弃的圆形剧场残存的阶梯座位。

滚滚浓烟腾空而起，带着翻飞的火星消逝在漆黑的夜空。

这时，被口渴煎熬着的迦太基人向各个蓄水池奔去。他们砸开了大门。池底只剩下一摊淤泥。

这可怎么办？而且野蛮人无计其数，他们一缓过劲，肯定又要卷土重来。

一群一群的人整晚聚在街角上商议。有些人说应该把妇女、病人和老人全都送走，还有人建议放弃这座城，到远处找殖民地重建。可是没有足够的航船可用，议到日上三竿，也还是没有定论。

这一天，双方都精疲力竭，不想战斗。各个睡得就像死人一样。

迦太基人思索灾难降临的原因，想起来今年没有把应该献给推罗之神麦喀耳提的祭品送往腓尼基，心中惊恐之极。天神被共和国激怒了，毫无疑问要进行报复。

天神被认为是残暴的主人，人们可以通过哀求来平息它们的怒气，它们也允许人们奉献礼物贿赂自己。所有神祇中最强大的就是折磨人的摩洛神。人类的生存，乃至肉体，都属于它；——因此，为了保命，迦太基人通常会奉献一点“生命”给它，以平息它的愤怒。这种取悦巴力神的习俗就是用点燃的羊毛灯芯灼孩子的前额或者后颈，由于这样能让祭司挣很多钱，因此这也是他们最爱推荐的简单易行而又皆大欢喜的办法。

可是这一次，关系到共和国本身。既然有所得必有所失，而且每一桩交易的达成都出于弱者的需求和强者的意愿，对神祇而言，更不存在惩罚过度的问题，越是残忍恐怖它越开心，何况如今一切全听凭它支配。必须彻底满足它才行。许多先例证明天灾可以由此得到赦免。此外，人们确信只有通过燔祭才能涤除迦太基的罪孽。世人的残暴本来就有这种倾向。最终的抉择当然只有名门望族才有权决定。

元老院于是召开会议。他们商量了很长时间。哈龙也来了。由于已经坐不起来，只好躺在门边，让挂毯的穗子挡住他的半拉身子；等到摩洛神的大祭司问他们是否愿意交出自己的孩子时，他的嗓音突然像洞窟深处的精灵嗥叫般从阴暗处响起来。他说，他为自己没有血脉相承的子嗣可献而感到遗憾，然后就死盯着坐在大厅另一端面对他坐着的哈米加。徐率特被他看得心慌意乱，眼都不敢抬。所有的人都依次点头表示同意之后，哈米加不得不按惯例回答大祭司说："好吧，就这样办。"于是元老院采用一种委婉曲折的说法宣布要进行燔祭，——因为有些事情公开说比实际干感觉更加难堪。

这个决定几乎立刻传遍了迦太基，于是哀声四起。到处都能听见妇女在哭叫，丈夫在劝慰，或者在叱责与训诫。

可是三个小时之后，传出来一个惊人的消息：徐率特在海边峭壁下找到了水源。人们全扑了过去。水就在沙地上挖出来的一些洞里，已经有好些人趴在地上喝水。

哈米加自己也说不清这是冥冥之中有天神指引，还是由于依稀记起了父亲曾经说起过的意外的发现；总之，离开元老院以后，他带着家奴走下海滩，在砂砾地里挖掘。

他把衣服、鞋子和酒全捐了出来。储藏在地窖里的所有剩下的麦子也统统拿出来施舍。他甚至让人民进入他的府第，敞开厨房、仓库和所有的房间，——唯独萨郎宝的房间除外。他宣布说招募来的六千高卢雇佣军即将到达，马其顿国王也正在派兵过来。

可是，水源的水从第二天起就开始减少；第三天晚上，它们完全枯竭了。于是元老院的决定又在人民中口口相传，并且摩洛神的祭司也开始燔祭的准备。

穿黑袍子的人出现在人们家里。多数情况下，这家的主人会假装出去办事或者哄骗说去买好吃的躲开，然后摩洛神的圣奴们就进来把孩子带走。其他人则是痴骇地俯首听命。孩子们都被送到月神庙里，女祭司负责哄骗和喂养他们，直到祭献的那一天。

他们突然造访哈米加，在花园里找到他：

——巴喀！你清楚我们来干吗……你的儿子！

他们又补充说有人在上个月的一个晚上看见过他，在马巴勒岬区的中心，由一个老头子领着。

起初他怔住了，闷在那里。但很快就想清楚任何否认都毫无用处，哈米加鞠了一躬，把他们领进商行。一些家奴遵照他的手势奔过来，分散在四周进行监视。

他心慌意乱地走进萨郎宝的屋子，一只手抓住汉尼拔，另一只手捡起乱扔乱放的一件外衣的绦带，用它捆住他的两只手和脚，并且把它的一头塞进他的嘴里，让他出不了声，然后把他藏在牛皮床底下，用垂到地面的宽大帐幔遮住。

接着他在屋里来回踱步，咬着嘴唇，举起胳膊，在原地打转。然后两眼发直地呆立着，喘着粗气，仿佛快要死了。

最后他拍了三下巴掌。吉德南出现了。

他说道：

——听着！你到奴隶里去找一个八九岁的男孩来，要有黑头发和凸出的额头，把他带到这儿来！赶快！

不一会儿吉德南就回来了，把一个小男孩领到他跟前。

这是一个可怜的孩子，既消瘦又浮肿；灰黑色的皮肤，就和悬挂在他体侧污秽不堪的破烂衣衫一个颜色；他的头缩在肩膀中间，手背揉着满是眵目糊的两眼。

有谁会把他错认成是汉尼拔！然而已经没时间再换人了！哈米加怒视着吉德南，恨不得一下子就把他掐死。

他大喝一声：

——给我滚！

于是奴隶总管赶快逃走。

一直在让他担惊受怕的大祸终于临头了，他曾经挖空心思想尽一切方法，采取各种手段力图逃避它。

阿布达努尼穆突然在门外传话，说摩洛神的仆役要见徐率特，他们已经等得不耐烦了。

哈米加仿佛被烧红的烙铁烫了一下，好不容易才忍住没有叫出声来。他像个疯子似的又开始在房间里来回踱步。然后颓然跌坐在栏杆边上，胳膊肘支住膝盖，用两只握紧的拳头顶着额头。

斑岩石的蓄水池里还存着一些供萨郎宝净体用的清水。徐率特强压住内心的厌恶和全部自尊，把孩子浸到水里，像个奴隶贩子似的，用刮刀器和红土给他擦洗身子。然后又从墙上的格子里取出两方大红衣料，一块搭在孩子胸前，一块搭在他背后，用两只金刚钻扣针在锁骨处把它们别住。他往孩子头上倒香水，取过一条金银合金的项链套在他脖子上，给他穿上有珍珠后跟的皮带鞋——那可是属于自己女儿的鞋子！由于羞愧和气恼他一直在跺脚，萨郎宝忙着帮他，脸色同样惨白。眩惑于这样的奢华，孩子笑了，也不再畏葸，哈米加拽他走时，他甚至开始拍手和蹦跳。

他紧紧抓住孩子的胳膊，似乎生怕把他丢掉；被弄痛的孩子，一边啜泣一边跟着他跑。

到了地窖牢房旁边，从一棵棕榈树下传来一个凄凉悲惨的哀告声，有人在轻声嗫嚅：

——主子！啊！主子！

哈米加回过头来，看见身边站着一个形貌落魄猥琐的男人，一个偶然在他府第里苟且偷生的可怜虫。

徐率特问：

——你要什么？

奴隶浑身哆嗦，结结巴巴地说：

——我是他的父亲！

哈米加继续走着。那个人紧跟着，弓着腰，弯着腿，脑袋向前突。他的脸由于极度的焦虑在痉挛，强忍的呜咽快要把他憋死了，他多么想质问，想呼喊：

——你开恩吧！

他终于鼓足勇气用一个手指触了一下哈米加的肘部，开口道：

——难道你要把他……？

他实在没有力量把话说完，哈米加停了下来，对于他会这样痛苦深感诧异。

他从未想到过，——由于分隔彼此的鸿沟太深太宽——他们之间会有任何共同点。在他看来，这简直就是侮辱，是对他特权的侵犯。他用比刽子手的斧子更冷酷、更沉重的目光来回答，奴隶昏倒在他脚下的尘土里。哈米加从他身上跨了过去。

三个穿黑袍子的人正在大厅里，靠着石头圆盘站在那里等候。哈米加突然撕破了自己的衣服，在石板地上一壁打滚一壁发出撕心裂肺的尖叫：

——啊！可怜的小汉尼拔！哦！我的儿子啊！我的安慰！我的希望！我的生命！把我也杀了吧！带上我走吧！真不幸！真该死！

他用指甲抓伤自己的脸，揪扯自己的头发，像出殡时哭丧的妇女那样哀嚎：

——把他带走吧！我实在太痛苦了！你们走吧！把我像他一样杀了吧。

摩洛神的仆役十分惊讶，伟大的哈米加居然会这么心软。他们几乎被感动了。

这时响起了赤脚奔跑的嘈杂声，还伴有喉咙里发出的断续的咕噜声，就像猛兽急速冲刺时的喘息；随即在第三道走廊的入口，象牙立柱之间，出现了一个人，面色惨白，神情恐怖，张开着双臂大声叫喊：

——我的孩子！

哈米加一跃而起，扑到奴隶身上，用手捂住他的嘴，用更高的声音叫喊：

——这就是那个领养他的老头！他总叫他“我的孩子”！他急得快要发疯了！够了！够了！

然后，用肩膀把三个祭司和他们要燔祭的牺牲硬推出门外，他也跟着一起出去，用脚向后使劲一踢，把门关上。

哈米加又扯着耳朵听了好一会儿，生怕看到他们会退回来。接着他又想去把奴隶干掉，免得他说出去，可是危险未必就此完全解除，如果他的死亡触怒了神祇，天谴可能返回到他儿子身上。于是他改了主意，让达纳克把厨房里最好的食物给他送去：一块羊肉、一些蚕豆和罐头石榴。那奴隶已经饿了许久，见到食物立刻扑了上去，眼泪不停地落到盘子里。

最后，哈米加回到萨郎宝屋里，解开汉尼拔身上的绦带。被激怒的孩子把他的手咬出了血。他用爱抚把他推开。

萨郎宝想使弟弟安静下来，就用拉弥亚[①]来吓唬他，拉弥亚是昔兰尼的一个吃人的女妖。

孩子问道：

——她在哪里？

她又声称有强盗要来把他关进牢房。他答道：

——他们敢来，我就把他们全都杀掉！

哈米加于是把可怕的事实真相告诉了他。他却对父亲发起火来，认为既然他是迦太基的主子，就应该能毁灭整个民族。

---

① 拉弥亚是希腊神话中半人半蛇的女妖，曾为利比亚女王，嗜好食幼童。

最后，耗尽了精力和怒气，他睡着了，睡得很不安稳。他背靠在一个猩红色的枕垫上，说着梦话，脑袋稍向后仰，小胳膊伸在外面，直直地一副发号施令的姿态。

天黑以后，哈米加把他轻轻地抱起来，不用火烛照明直接走下船形楼梯。经过商行时，他拿了一筐葡萄和一壶清水。到了贮藏宝石的地下室里，在阿莱特雕像前，孩子醒过来了，他在父亲的臂弯里微笑起来——和阿莱特雕像一个模样——，周围一片金光璀璨。

哈米加如今确信他的儿子再也不会被夺走了。这是一个谁都进不来的地方，还有一条直通海岸的地道，这秘密只有他一个人知道。他向四周扫了一眼，做了一下深呼吸，然后把孩子放到挨着一面金盾的矮凳上。

再不用担心被人撞见，也不必小心翼翼地四处观望，于是他彻底放松下来。就像个找回了丢失的头一胎婴儿的母亲，他扑到儿子身上，把他紧紧搂在怀里，又是哭又是笑，用各种最甜蜜的称呼来叫他，吻遍了他全身。小汉尼拔被这种可怕的柔情吓得安静下来。

哈米加轻手轻脚摸着周围的墙壁往回走。到了大厅里，月光透过圆屋顶的缝隙射进来。屋子中间，那个吃饱了的奴隶伸直身子躺在大理石地板上熟睡。他注视着他，起了一点怜悯之心。他用靴尖把一块地毯推到他脑袋下面。然后抬起眼睛来端详达妮媞，那一弯细细的在天空熠耀的新月，感觉自己比众神更强大，心中充满了对它们的鄙视。

燔祭的准备工作已经开始。

摩洛神庙的一部分墙被推倒了，为的是不触动祭坛的圣灰就把青铜神像从庙里移出来。然后等太阳一露头，寺院的圣奴们便把神像挪到嘉蒙广场。

神像倒退着移动，在滚筒上滑行。它的肩膀比围墙还高，迦太基人远远望见，就急忙地逃走，因为只有在祭祀时瞻仰它，才不会受到惩罚。

浓郁的香料气味弥漫在街道上。所有庙宇的门全都同时打开了。大祭司运送着从庙里抬出来的圣龛，有的用马车，有的用驮轿。巨大的翎饰在它们的四个角上摇曳，尖尖的顶盖里有光线在向外渗漏，最高处装饰着水晶的、金的、银的或者铜的圆球。

它们全都是迦南人信奉的神祇，全都派生自至高无上的日神，如今回到本尊面前，在它的威力面前奴颜婢膝，在它的光辉面前无地自容。

麦喀耳提神的宝帐是精细的大红布料，遮蔽着石油的火苗；嘉蒙神的宝帐是青紫色的，里面立着一具象牙的阳具，周围镶着一圈宝石；艾实穆神的宝帐蓝如以太，在它的帷幔之间熟睡着一条盘成一圈的蟒蛇；那些凶神巴泰克，被它们的祭司抱在手里，如同裹在襁褓里的巨婴，脚跟都触到了地面。

跟在后面的，是形形色色的低级神祇、主管天空的萨敏神、来自圣山的毗珥神、引起疾病的恶魔西卜神，以及邻国的和同种族的神祇：利比亚的伊阿巴尔神，迦勒底的亚得米勒神，叙利亚的基然神，容颜美如处女、靠鱼鳍爬行的女神狄赛多[①]，在灵台中央，烛台和头发之间是坦姆斯[②]的尸体。为使苍穹诸神都臣服于太阳，防止它们各自的势力侵犯太阳的势力，人们挥舞着一些安在长杆顶上的各种颜色的金属星星；一切星辰全都聚齐，从水星之神乌黑的纳波，一直到鳄鱼星座丑陋的喇合。被尊为阿帕蒂尔神的月亮陨石，在银线编织的投石器里旋转；模仿女性生殖器的小面包，被放在篮子里由谷物女神的祭司抬着；还有人带着他们自己的崇拜物和符箓；有些久已被遗忘的偶像也重新出现了；甚至还有人取来了船舶上的神秘的符号，就好像迦太基想把自己完全沉浸在死亡与哀伤的单一思想里。

在每一个圣龛前面，都有个男人用脑袋很平稳地顶着

---

① 狄赛多是古代腓利斯人（海上民族）崇拜的美人鱼，叙利亚人称为阿塔伽提斯。

② 坦姆斯是巴比伦的农神，他的妻子伊什塔尔是主自然与丰收的至高无上的女神，象征金星。

一个香烟缭绕的大瓮。到处飘浮着云烟，不过在浓浓的烟雾中仍可以辨认出帷幔、水晶坠子和宝帐上的刺绣。这些圣龛都很沉重，只能缓缓地前进。车轴有时在街道上被卡住，这时信徒们就趁机用他们的衣服去触摸各尊天神，然后把这件衣服当作圣物收藏起来。

青铜神像继续朝嘉蒙广场行进。富豪们带着有绿宝石球饰的权杖，从麦嘉辣深处出发了。元老们戴着冠冕，在肯西道集合，还有那些财政主管、各省总督、商人、兵士、水手，被雇来为燔祭服务的一大群人，都带着他们官职的标志或者职业用具，一齐朝圣龛走过来，这时圣龛正在大祭司们的簇拥之下，从卫城下来。

为表示对摩洛神的敬重，他们都戴上了自己最耀眼的金银珠宝饰物。金刚钻在黑色的衣服上熠耀，然而过大的戒指却总是从他们如今变瘦了的手指上滑脱下来，——再没有比看着这群默不作声的人更叫人心酸的了，耳坠子拍打着他们苍白的脸，金法冠紧箍着他们由于难以承受的绝望而皱缩的前额。

最后，摩洛神像终于到达了广场的正中央。它的大祭司们用青铜格栅拉起一道围栏隔开人群，自己则环伺在它的脚下。

嘉蒙神的祭司穿着浅黄褐色的袍子，在自己庙宇的门廊柱子底下排成一行；艾实穆神的祭司穿着亚麻一口钟，挂着布谷鸟颅骨的项链，戴着尖法冠，站在卫城的台阶上；西边立着穿紫色祭服的麦喀耳提神的祭司；占据东边的是阿帕蒂尔神的祭司，他们身上裹着弗里吉亚[①]产的布带；依次排列在南边的是遍体文身的巫师、穿百衲一口钟的职业哭嚎人、巴泰克的主管祭司，以及把死人骨头放在嘴里就能占卜未来的伊多南人。席瑞斯神的祭司则穿着蓝袍子，小心谨慎地停留在萨泰布街上，低声地用麦嘉辣的方言吟颂着这位谷物女神。

时不时过来几排赤身裸体的男人，两臂伸开，搭着彼此的肩膀。他们从胸腔深处发出沙哑而低沉的圣咏，他们的眼睛在尘埃中熠耀，目不转睛地注视着巨像并且每隔一段时间，就像同时受到触发似的，摇晃着他们的身体。他们太狂热了，圣奴们为了恢复秩序，不得不用棍棒击打，迫使他们平躺到地上，脸贴着青铜格栅。

这时有一个穿白袍子的人从广场后面过来。他慢慢穿过人群，人们认出他是达妮媞神的祭司——大祭司沙哈巴瑞。嘲骂声响了起来，因为男性专权的原则在这一天高于一切，人们彻底忘了女神，甚至都没有注意到她的祭司没有出席。然而等看到他打开了格栅上的一扇门以后，大家

---

① 弗里吉亚位于土耳其中西部，公元前 8 世纪曾建立弗里吉亚王国，但先后被吕底亚、波斯和罗马吞并。

更惊奇了，因为这里是只让贡献牺牲的人出入的。摩洛神的祭司认为这是对自己天神的侮辱，于是做出激烈的姿势，要把他撵出去。这些人被祭肉养得肥肥的，穿着君王般的大红袍，戴着上下三层的法冠，蔑视这个脸色苍白、因禁食而消瘦不堪的阉人，他们胸前的黑胡须展示在阳光下，随着怒笑在颤动。

沙哈巴瑞一声不吭，继续走着，慎重地越过整个围栏来到巨像的脚下，然后张开双臂，以一种庄严的崇拜仪式，触碰它的两侧。达妮媞已经把他折磨得太久了，出于绝望，或是由于始终没有能使他在思想上感到完全满意的天神，所以才做出这样的决定。

群众被这样变节叛教的行为惊呆了，呶呶不休。觉得把自己的灵魂同仁慈的天神联系起来的最后的纽带折断了。

可是由于受过阉割，沙哈巴瑞不能参加太阳神的祭礼。披红色一口钟的人们把他逐出了围栏。他出来之后，继续绕着所有圣职人员转了一圈，然后，这位从今以后失去自己主神的祭司，消失在群众之中。人们见他过来都赶紧躲开。

这时候，用芦荟、雪松、月桂架起来的柴堆已经在巨像的两腿之间熊熊地燃烧起来。神像巨翅的翼尖直插入烈焰，它身上涂抹的香脂像汗水一样在它的青铜四肢上流淌。它脚下的圆石板上，裹着黑纱的孩子们，组成一个动也不动的圆环。巨像长得吓人的胳膊把手掌伸向他们，仿佛要抓住这个花环送上天去。

富豪、元老、妇女以及全体群众都挤在祭司们身后或者站在房屋的平台上。彩绘的巨大星星不再转动，圣龛都落了地，香炉里冒出来的烟柱笔直地上升，在蔚蓝的天空中散开的青烟就像棵大树展现它的枝桠。

有些人昏倒了，另一些人由于神志恍惚而变得呆滞和僵硬。观礼者的胸中都沉沉地压着无边的焦虑。最后的几声喊叫逐渐平息，——迦太基人全都屏住呼吸，全神贯注于对恐怖的渴求。

最后，摩洛神的大祭司把左手伸进孩子们的纱巾，从他们前额揪下一小绺头发扔进火里。然后披着红色一口钟的人们唱起圣歌来：

——向你致敬，太阳！你是阴阳两界的君王，自我繁衍的造世主，父亲和母亲，父亲和儿子，天神和女神，女神和天神！

他们的声音很快就被同时奏响的各种乐器淹没了，这些乐器演奏的目的主要是为了遮掩被燔祭者的哭闹。八根弦的舍米尼特、十根弦的基诺，还有十二根弦的内巴，发出刺耳的吱嘎声、尖锐的呼啸声和震耳欲聋的雷鸣声。插着许多风笛管子的巨大羊皮袋，发出扎心的咕噜咕噜的噪音；在乐手的全力敲击下，猛烈而急促的铃鼓声响个不停；并且，尽管狂热的喇叭吹破了天，铙钹还像蚱蜢扇动翅膀一样继续在敲。

圣奴们拿着长长的钩子，打开了摩洛神身上的七层隔舱。最高一层装的是面粉，第二层放了两只斑鸠，第三层是一只雄猴，第四层一头公羊，第五层一头母羊，第六层由于没有公牛，只好放进一张从圣殿取来的鞣制过的牛皮。第七层张着大口留在那里。

在还没开始以前，最好先试试巨像的两只胳膊。两根系在它手指上的细链子越过肩膀，从背后垂下来，有人从巨像背后抓住链子，把它两只张开的手一直拉到同胳膊肘一样的高度，然后两只手合拢来，搭在它的肚子上。他们反复移动了几次，只是突然轻轻跳动了几下，这时乐器安静下来，火堆烧得呼呼直响。

摩洛神的大祭司们在巨大的圆石板上走来走去，审视着群众。

现在需要一个人来作牺牲，他必须完全自愿，以便带动别的人去作牺牲。可是始终无人响应，通往巨像跟前的七条小径上空荡荡的。于是为了鼓动群众，祭司们从腰带中拔出锥子拉伤自己的脸，把躺在外边地上的虔诚信徒领进围栏，扔过去一堆吓人的废铜烂铁，让他们自选愿受的刑罚。有人把铁扦扎进胸口，有人割破脸颊，有人往头上套上荆冠，然后他们交叉起胳膊，围着那些孩子组成另一个大圆圈，时而扩大，时而缩小。他们退到栏杆边，又向里冲回去，循环往复，用这种伴随着血和呐喊的眼花缭乱的动作把群众吸引过来。

逐渐有人进来了，一直走到小径的尽头。他们把珍珠和金的瓶子、酒杯、烛台，他们所有的财富，全都扔到火里去，祭品越来越多也越来越昂贵。终于，一个因恐惧而脸色苍白、容颜狰狞的男人，推着一个孩子，趔趔趄趄走了过来，接下去就见一团小小的黑东西托在巨像的手里，并且转眼间就消失在黑魆魆的洞口里。祭司们弯着腰在圆石板的边沿上俯视，——新的歌声又轰然响起，赞颂死的欢乐和永恒的复活。

孩子们慢慢地登上去，由于浓烟在消散时形成巨大的涡旋，从远处看来他们仿佛消失在云里。没有一个孩子能动一动。他们的手和脚都被捆住，裹住全身的黑纱又使他们什么也看不见而且也无法被辨认出来。

哈米加像摩洛神的祭司一样，也披着红色的一口钟，他直立在摩洛神旁边，在它的右脚的大脚趾前面。在第十四个孩子被带过来的时候，所有的人都看得见他做了一个恐惧的手势。但很快就恢复了常态，抱着胳膊，看着地面。在神像的另一边，主祭司像他一样动也不动。头上戴着一顶亚述人的法冠，低着头注视胸前那面镶满命运宝石的金牌，火焰反映在上面现出绚烂的虹彩。他脸发白，神情恍惚。哈米加低着头。两个人十分靠近火堆，以致他们一口钟的下摆扬起来时经常拂着火焰。

铜手臂越挥越快，几乎没有间歇。每当一个孩子被放上去时，摩洛神的祭司都把手伸到他的身上，以便把人民的罪恶都加给他带走，同时大声叫喊：

——他们不是人，是公牛！

周围的群众应声说：

——是公牛！是公牛！

虔诚的信徒们叫喊：

——主啊！请享用吧！

普洛塞庇娜女神的祭司由于害怕而顺从迦太基的需要，呶呶不休地吟诵厄琉息斯①的祷词：

——下雨吧！繁殖吧！

祭献的孩子一挨近洞口就消失了，就像一滴水遇到了烧红的铁板，接着一阵白烟便从一片猩红色中升腾起来。

然而天神的饕餮远未餍足。它还在索要。为了加大给它的数量，祭献的孩子被成堆地码放到它的手里，并且还用粗链条系住，免得他们散开。开头，虔诚的信徒还想要

---

① 厄琉息斯是古希腊地名，主产小麦和大麦，当地有崇拜谷物女神和珀尔赛福涅的秘密教派。

计数，看看他们的数目是否同太阳历一年的日数相同，可是祭献的孩子不断地添加，在那可怕的手臂眼花缭乱的动作当中，根本不可能分辨清楚。燔祭持续了好久，没完没了，一直拖到傍晚。这时内部隔板的红光变弱了，人们才能看见在焚烧的人肉。有些人甚至认为自己能从远处分辨出头发、四肢和整个身躯。

夜晚来临，摩洛神像的上方堆积着云雾。燔祭的火堆里已经没了火苗，只剩下金字塔般的火炭，没过它的膝盖。它全身通红，仿佛一个浑身是血的巨人，脑袋后仰，好像醉得快站不稳了。

祭司们越匆忙，人们就越热狂。还没被祭献的孩子已经不多，有些人高喊饶了他们吧，另一些则说不够还要增加。站满了人群的墙壁，在恐怖和神秘快感的吼声中几乎要坍塌了。接着，又来了一批信徒，拽着自己的孩子进入小径。因为孩子拉住父母不放，他们就打他们，叫他们松手，然后把他们交给穿红袍子的人。奏乐的人由于已经筋疲力尽，有时会停下来，这时就会听见母亲们的哭喊声和人油滴落到火炭上的嗤嗤声。喝了天仙子汁的人，四肢着地绕着巨像爬行，像老虎那样吼叫，伊多南人在预卜未来，一些信徒张着豁开的嘴唇在唱赞歌。青铜格栅早已完全被毁，那些也想做出一份祭献的人都走了进来；——过去死过孩子的父亲们往火里扔孩子的肖像、玩具和保存的遗骨。有些带着刀的人向别的人扑过去，大家自相残杀起来。圣奴们用青铜簸箕收集撒落在圆石板边上的灰烬，他们把灰烬撒向空中，使得祭献物可以惠及全城，甚至所有星辰。

巨大的喧闹声和熊熊的火光把野蛮人吸引到了城墙脚下，为了能看得更清楚，他们攀在攻城塔的残骸上张望，全都被惊得目瞪口呆。

十四　斧子隘

迦太基人还没有回到屋里，天上已是乌云密布；那些抬头仰望巨像的人，都感到有大滴的水珠掉落在额头上，开始下雨了。

雨下了一整夜，而且是瓢泼大雨；隆隆的雷声，就是摩洛神在吼叫；它战胜了达妮媞；——她受孕了，在天顶袒露出巨大的乳房。有时在黑云散开露出一线明亮青天的短暂时刻里，可以看到她依在白云靠垫上。接着一切复归黑暗，仿佛她还是觉得太过疲劳，想继续入睡。于是迦太基人——笃信水是月亮给的——便高声呐喊，帮助她顺利分娩。

雨水泼洒在平台上，然后又溢了出来，在院子里汇聚成池塘，在楼梯上形成瀑布，在街角上酿成漩涡。它像海量的温水倾盆倒下，既重且密，高大建筑物四角的粗大排水口喷涌出带泡沫的水柱，墙壁仿佛被挂上一层朦胧的白色的幕布，冲洗后的庙宇屋顶在闪电照耀下乌黑发亮。上千条急流从卫城上奔腾下泄，房屋突然垮塌了，檩条、灰泥、家具，全都被在石板地上汹涌的急流卷走了。

双耳尖底瓮、长颈瓶、帆布都被摆到屋外接水。可是火把熄灭了，于是从摩洛神的火堆里引来了火种，迦太基人仰着脖张开嘴喝雨水。另一些人趴在泥塘边上，臂膀没进水里直到腋窝，拼命喝水喝到像水牛似的呕吐。凉气渐渐散布开来，他们呼吸着湿润的空气，活动着四肢，陶醉在幸福之中，很快便涌起了无穷的希望。所有的苦难全被置诸脑后。他们的国家又一次获得了新生。

他们感到迫切需要向别人发泄自己心中无法排遣的狂怒。他们决不能白白作出这样的牺牲；——即使他们不感到悔恨，却也明白自己被共同参与无可挽回的罪恶所引发的狂热弄得头脑发昏了。

野蛮人也在挡不住暴风雨的营帐里吃足了苦头，冻得浑身发僵的他们不得不一清早就在泥泞里拖着脚步寻找已损毁和丢失的装备与武器。

哈米加亲自去拜访哈龙，凭借他的绝对权力，把军事指挥权托付给他。这位老徐率特在积怨和权欲之间犹豫了几分钟，终于接受了。

接着哈米加调出一艘双桅战船，在船的头尾分别武装了一座投石机。随即把它泊在海湾中，正对着野蛮人投放的浮木。之后他让自己最精锐的部队登上还能使用的舰船。他显然是想逃跑，他借着风力向北驶去，很快就在雾里消失了。

但是三天以后（正当野蛮人打算重新开始攻城的时候），从利比亚海岸来了一拨闹闹哄哄的人。哈米加到过他们那里。他在到处征粮，而且正在向整个地区扩展。

于是野蛮人被彻底激怒了，仿佛哈米加背信弃义欺骗了他们。那些早已厌倦围城的人，尤其是高卢人，毫不犹疑地离开城墙，试图去找他和他交战。司攀笛想重建攻城塔，马道已策划了一条从他的营帐攻到麦嘉辣的想象中的最佳路线，并且暗暗发誓决不放弃。所以他们的手下都没有骚动。可是其他那些归欧塔芮特指挥的人都走了，丢下西面城墙不管。野蛮人粗心大意到了极点，居然没人想到要派人去接替他们。

纳哈法一直在山里远远地窥伺着他们。他连夜带着他的全部人马沿海边登上潟湖的外岸，进入了迦太基。

他像救世主一般现身，带着六千人和四十头大象，每个人的一口钟下都藏着面粉，每头象都驮着饲料和干肉。大家很快就围了上来，给大象起昵称。对迦太基人来说，看到这些奉献给摩洛神的健壮的动物比援军的到来更令他们高兴。这象征天神垂怜，证明它终于要介入战争保卫他们了。

纳哈法接受了元老们的致谢和慰问。然后登上去萨郎宝宫殿的路。

自从上次他在哈米加营帐里，五支部队中间，领略了握着她那冰凉柔软的小手的感觉之后，就再也没有见过她。订婚仪式一结束，她就回到迦太基。他那一度受到其他野心压制的爱情，又回来了；如今他打算享受他的权利，娶了她，占有她。

萨郎宝弄不懂这个年轻人怎么会变成她的主子！尽管她天天都在向达妮媞祈求马道的死亡，可是她对这个利比亚人的恶感却在慢慢消退。她模模糊糊地感觉他那困扰着她的怨恨，有某种近乎宗教的意味，——他的强暴迄今还在使她眩惑，她很期望在纳哈法身上也看到这种表现。她愿意多了解他，可是他的到来又使她觉得困窘。所以她让人传话说她不想见他。

况且哈米加也吩咐过手下人，不准奴米第亚国王去见她；他想把这赏赐保留到战争结束，以便维持纳哈法的忠诚。于是纳哈法出于对徐率特的畏惧，退走了。

可是对国务会议的百人委员他却显得异常倨傲。他随意改变他们的安排。为他的手下要求特权，让他们身居要位；因此，当野蛮人看到奴米第亚人出现在碉楼上，无不大吃一惊。

迦太基人更加吃惊，因为他们看见一艘陈旧的布匿三层桨战舰运来了四百个自己人，他们是西西里之战中被罗马囚禁的迦太基战俘。原来，哈米加曾经秘密地把推罗各城背叛以前所俘获的拉丁船的船员交还罗马公民，于是，作为回报，如今罗马也送还它的俘虏。撒丁岛反叛迦太基的佣兵向罗马发出的呼吁，它讥为敝履，甚至拒绝接受雨地克的居民归顺为它的属民。

锡腊库扎的统治者希罗二世[①]由此深受启迪。为保住自己的国家，他必须尽力保持这两大民族之间的平衡；因此，他关切迦南人的安危，宣称自己是他们的朋友，给他们送来了一千二百头牛和五万三千内贝尔[②]的纯净小麦。

他们救助迦太基还有更深层的理由，那就是感觉一旦佣兵获胜，从兵士到洗碗的奴仆都将揭竿而起，那时任何政府，任何名门望族，都将无力抗拒。

在此期间，哈米加正在东部地区四处游击。他击退了高卢人，使所有野蛮人感觉自己反而处于某种被包围的状态。

然后他就开始对他们进行骚扰。他突然来袭，又很快撤退，反复使用这样的战术，终于把他们引出了自己的营地。司攀笛不得不顺从他们，最后马道也像他一样屈服了。

但马道从不越突尼斯雷池一步。他把自己关在这座城

① 希罗二世原是叙拉古贵族的私生子，在伊庇鲁斯国王皮洛士离开西西里期间被委任的叙拉古将领，公元前270年在西西里的米拉佐为保卫叙拉古而击败墨西拿的佣兵叛军首领马迈耳提，旋即就位锡腊库扎国王，直至公元前215年去世。锡腊库扎在第二次布匿之战中因倒向迦太基在公元前212年被罗马灭亡。

② 内贝儿是古代一种计量单位，约相当于55升。

内。这种固执看来十分明智，因为不久人们就看到纳哈法率领他的象群和兵士出了嘉蒙城门。纳哈法是哈米加召他过去的，这时别的野蛮人已经追着徐率特在各省到处乱转。

哈米加在克利佩亚接收了三千高卢人。他又从昔兰尼加得到了马匹，从布鲁提屋穆搞到了盔甲，然后重新开始战斗。

他的天才从来没有像现在这样引人注目，得到这样淋漓尽致的发挥。五个月来他一直牵着敌人的鼻子走。他要把他们引到自己早已设想好的目的地。

野蛮人起初想用小股的分遣队包围他，可总是被他逃掉。他们也就不再分散兵力了。部队总数多达四万人左右，有好几次他们得意地看着迦太基人从他们面前退却。

最使人困扰的是纳哈法的骑兵！往往在最疲倦的时刻，正当他们在武器的重压下打着盹穿越平原，远处突然腾起一股浓密的烟尘，飞一般疾驰而来，云雾中尽是冒火的眼睛，射出密集似雨的标枪。那些奴米第亚人身披白色一口钟，举着胳膊，高声呐喊，用膝盖紧紧夹住直立的骏马，然后猛地勒转马头，转眼间消失得无影无踪。他们总是把驮着备用标枪的骆驼留在较远的地方，等补充好了标枪回扑过来就显得更加可怕，他们像狼一样嚎叫，像兀鹰一样倏忽而逝。排在队列外侧的蛮族兵士一个接一个倒下来，——他们就这样一直折腾到傍晚，然后才设法躲进山里。

虽然走山路对象群来说有危险，哈米加还是这样做。他沿着海耳买屋穆岬到扎古昂峰的一连串山脉跋涉。野蛮人认为这是他掩饰自己兵力不足的策略。可是他使他们长期处在这种不战不和状态中的做法比打了败仗更让他们恼火，终于把他们激怒了。但他们并不灰心，仍然跟在他后面追赶。

最后，有一天晚上，在银山和铅山间的山隘入口处的巨大岩石堆中，他们意外地撞上了一队轻步兵；他们的大部队一定就在前面，因为能听到杂沓的脚步声和军号；迦太基人迅速钻进峡谷逃走了。峡谷向下通往一个铁斧形的平原，四周围着巍峨的悬崖峭壁。为了追赶这队轻步兵，野蛮人也冲了进去。平原深处有别的迦太基人夹在疾驰的牛群中乱糟糟地奔跑。其中有个人披着红色一口钟，这一定是徐率特；他们这样大声相互叫嚷，陡然激增的忿怒和快乐冲昏了他们的头脑。有些人因为懒惰或是谨慎，留在了峡谷入口处。可是从树林里突然杀出一队骑兵，用长矛和马刀把他们赶了进去。于是，不一会儿所有野蛮人全都聚到了山脚下的平原上。

随后，这一大队人马前后左右晃动了一阵之后，终于停了下来，他们找不到任何出口。

那些最靠近隘口的人向后退了回去，可是那条通道已经消失了。他们大声呼喊前面的人催他们继续前进，他们被挤得紧贴住峭壁，只能从远处痛骂同伴太笨，居然连刚走过的路都找不到。

事实是，野蛮人刚一下到平原，躲在岩石后面的迦太基人就用撬棍把岩石掀起，推了下去；由于山坡很陡，这些巨石往下乱滚，于是狭窄的出口被彻底堵死。

平原的另一头伸展着一条长长的峡谷，四壁布满石罅，它通向一道冲沟，上面是陡峭的高山台地，布匿军队就驻扎在这片台地上。峡谷中贴着峭壁事先安装了许多梯子，依仗弯弯曲曲的石罅的掩护，轻步兵们在被追上以前，就抓住梯子攀了上去。有几个人一直跑进了冲沟的底部，他们靠着缆绳才被拉了上去，因为沟底全是流沙，而且如此倾斜，即使用膝盖爬也上不去。野蛮人几乎同时赶到。可是一道高四十肘、宽度和峡谷完全一致的狼牙闸突然在他们面前像是一道铜墙铁壁从天而降。

徐率特的谋划就这样实现了。没有一个野蛮人熟悉这片山区，队伍的先锋把其余的人全给带进了鬼门关。这里的岩石上宽下窄，本来就很容易被推倒，而且，野蛮人在奔跑追逐的时候，还听到他的部队在天际发出类似身陷绝境的大声尖叫。说实话，哈米加的确有可能葬送掉他的轻步兵，他们最终也只有一半得以逃生。然而，为使这样的行动成功，损失再大二十倍他也愿意。

野蛮人整夜都在不停地以密集的队形，推挤着从平原的这一头走到另一头。他们用手触摸山体，想要找出一条通道。

天终于亮了，他们看清四周全是高大陡峭的白色崖壁。没有逃生的办法，没有一点希望！这条死胡同的两个天然出口，一个被狼牙闸挡住，另一个被一大堆岩石封死。

于是大家面面相觑，死一般寂静。他们颓然倒下，觉得一股凉气直透背脊，而且眼皮沉重得睁不开来。

他们猛地跳起来，向岩石扑去。可是最下层的岩石，在上层石块的重压下，根本无法移动。他们想攀着岩石爬到山顶，然而那些鼓胀如鼓的巨大岩体又无处下手攀爬。他们打算劈开隘口两侧的地面，结果只是工具全部报废。他们用支营帐的柱子烧起一场大火，但火烧不毁高山。

他们又折回狼牙闸。闸门上布满了长钉子，它们和木桩一样粗大，如豪猪的刺一般尖利，又密集得像刷子上的毛。可是他们已被愤怒激发到疯狂的程度，竟然奋不顾身地直扑上去。第一批人被刺穿了脊椎骨，第二批人又涌了上去，结果全跌了下来，只是把撕碎的皮肉和沾血的头发留在了那些可怕的枝桠上。

等到沮丧的情绪稍为缓和些以后，他们开始检查储粮。佣兵的行李全丢了，所剩的粮食还不够他们吃两天，其他的人则一无所有，——因为他们在等待南方村落许诺的粮车。

不过，还有些公牛在周围游荡，它们是迦太基人散放在峡谷入口用来引诱野蛮人的。他们用长矛把牛刺死吃掉，肚子一填饱，思想也就不那么悲观了。

第二天，他们又把大约四十头骡子全给杀了，刮净骡皮，砸碎骨头，煮熟脏腑，还没感到绝望；因为驻扎在突尼斯的部队，肯定接到了警报，很快会过来。

可是到了第五天傍晚，饥饿加重，他们开始啃食刀剑的皮带和垫在军盔里的海绵。

这四万人都被压缩在高山围成的一块形如竞技场的地方。有些人留在狼牙闸前或者岩石脚下，其他人则杂乱无章地散布在平原上。强壮的人彼此避开，胆小的人去依附勇敢的人，可是那也救不了他们。

由于轻步兵的尸体发出恶臭，他们很快就被掩埋了，现在已踪迹难寻。

所有野蛮人都垂头丧气地躺在地上。有时会有老兵从他们行列间穿过，这时他们就咆哮着大声咒骂迦太基人，咒骂哈米加——甚至咒骂马道，尽管马道同这场灾难毫无关系，可他们总觉得如果有马道一起分担痛苦，他们就会好受多了。接着他们继续呻吟，有些人就像小孩一样低声啜泣。

他们去找队长，恳求赐给他们一些东西，可以减轻他们受到的折磨。队长们默不作声，——或者大发脾气，捡起石头往他们脸上扔。

的确有些人小心翼翼地在地洞里藏了一点口粮，几把椰枣或者一点面粉，并且等到晚上才吃，而且躲在一口钟里，曲着身子，低着头。有剑的人把出鞘的剑握在手里，多疑的人背贴着山站。

他们责备甚至威胁他们的首领。欧塔芮特却毫不惧怕抛头露面。仗着一股野蛮人不屈不挠的韧性，他每天不下二十次跑到峡谷尽头的岩石跟前，每次都希望能发现它们可以被挪开；他摇晃着披着兽皮的沉重肩膀，使他的同伴们联想到在开春之际跑出洞穴的一头熊，想要看看外面的雪是否已经融化。

司攀笛在希腊人环伺下，躲在一道石罅里；因为他实在害怕，就让人放风说他已经死了。

现在他们都变得骨瘦如柴，皮肤上尽是一块块暗蓝色的大理石斑纹。第九天晚上，三个伊比利亚人死了。

他们的同伴吓坏了，离开了那里。死者的衣服被剥掉了；白色的赤裸的尸体便直接晒在阳光下，躺在沙地上。

于是嘉辣芒特人开始慢悠悠地绕着他们踱来踱去。他们是些喜欢独居而且不信神的人。最后，这帮人里面最年长者做了个手势，他们就屈身用刀子从尸体上割下几条肉，然后蹲坐在脚后跟上吃起来。其他人站在远处张望，他们发出厌恶的叫嚷；——不过，其中有不少人在内心深处却嫉妒他们的勇气。

夜半时分，这些人中有几个走了过来，为掩饰自己热切的欲望，声称只要一小口尝尝味道。胆大的人跟了过来，人数越来越多，很快就变成一大群人。不过，几乎所有人嘴唇一触到冰冷的人肉后，就都垂下手放弃了，然而有些人却恰恰相反，开怀大吃起来。

为了效仿这个榜样，他们相互鼓励。原先拒绝过的人，又走过去查看嘉辣芒特人，而且留下不走了。他们用剑尖把肉叉在火上烤，把尘土当盐撒在上面，还争着要最好的那块。等到三具死尸被吃干净之后，他们便抬眼查看整个平原，希冀发现别的死尸。

他们手里不是还有二十个迦太基人，上次交战抓住的俘虏，不是一直没人注意过吗？于是这些人立刻就被消灭了；再说，这样做也算是一种复仇。——这以后，由于必须活下去，由于已经习惯了这种味道，由于快要饿死了，他们就割水夫、马夫和所有佣兵仆役的喉咙。他们每天都在杀人。吃得多的人又有了活力，也不再忧戚了。

没多久这个来源也告罄。他们又把邪念转向伤病员。反正也治不好，还不如帮他们早点解除痛苦；因此，只要谁步履蹒跚，所有人立刻大喊说这人没救了，应该献给别人享用。有人还使诡计加快他们的死亡：偷走他们最后分得的那点秽肉，假装不小心往他们身上踩，弄得那些濒死者为显示自己还有活力，拼命伸胳膊、起立、装笑。一些晕厥者痛醒过来，惊觉自己的肢体正在被破损的刀片切割；——他们有时还毫无必要地、残暴地杀人，只为宣泄满腔怒火。

这一地区每年冬末常有的一团温暖而且沉重的浓雾，在第十四天的时候，降临到这支部队头上。气温的变化导致了大批人死亡，被四周崖壁留住的温暖的潮气惊人地加剧了腐败的速度。落在死尸身上的蒙蒙细雨使它们软化，不久整个平原就成了腐烂尸体的巨大停尸场。白蒙蒙的水蒸气在空中飘浮，它刺激鼻腔，渗透皮肤，破坏视力。野蛮人认为透过死人呼出的气息可以看到同伴的灵魂。他们被极度厌恶的感觉压垮了。他们再也无法忍受，宁可去死。

两日后天气转晴，饥饿又开始施虐。感觉像是有人在用钳子拧他们的胃。于是他们痉挛得满地打滚，把泥土往嘴里塞，咬自己的胳膊，发了疯似的狂笑。

更难忍受的是口渴，因为他们一滴水也没有，羊皮口袋从第九天起就已经干了。为了排遣这种需要，他们用舌头去舔腰带上的金属片、刀把上的象牙球饰和剑身。过去在商队当向导的用绳子把肚子勒紧。有的人去吮鹅卵石。他们喝铜盔里晾凉的尿。

他们始终在等待突尼斯的救兵！按他们的揣测，既然已经过去那么长的时间，正说明他们马上就会到来。何况马道是位勇士，绝不会抛弃他们。他们相互宽慰说：

——也许明天就到！

然而明天又照样过去了。

起初，他们做祷告、许愿，尝试各种各样的咒语。如今对他们的神祇只剩下憎恨，而且作为报复，尽可能不再相信它们。

性格暴戾的人最先死，非洲人比高卢人更有耐力。查耳萨斯摊开手脚躺在巴莱阿里人中间，头发披散在胳膊上，生气全无。司攀笛发现了一种阔叶多汁的植物，他宣称这东西有毒，从而留下它们，独自用来充饥。

他们虚弱得甚至无力拣块石头去击落飞鸦。有时一只兀鹫落在一具尸体上，啄食了很长时间，于是会有个人用牙齿叼着一支标枪匍匐着向它爬过去。他用一只手撑住身子，仔细瞄准后，掷出武器。那只白毛猛禽，受到声音的滋扰，稍作停顿，就像憩歇在礁石上的鸬鹚那样镇定自若地扫视了一下四周，然后继续用它那黄色的可恶的尖喙啄下去，而那个人只能绝望地把脸埋在尘土里。有些人成功发现了变色龙和蛇。可是使他们能活下来的，主要还是依靠对生命的热爱。他们把整个灵魂都专注在这唯一的信念上，用意志力坚持生存，延长他们的生命。

最能坚忍的人彼此聚在一起，在平原中央东一处西一处地围成一圈坐在死尸中间。他们用一口钟裹住自己，静静地沉浸在忧伤之中。

城里人在回想喧闹的街衢、酒肆、剧院、澡堂，以及可以听到海量传闻的发廊。别的人眼前再次呈现了落日下的原野，金灿灿的麦子在风中摇曳，脖子上套着犁铧的大公牛又在爬上山岗。旅行家梦想着蓄水池，猎人梦想着森林，老兵梦想战斗；——在这种使人麻痹的昏昏沉沉的状态中，他们的思维同激烈而鲜明的梦境发生冲撞。他们突然产生了幻觉，他们要在山里寻找一扇逃生之门，而且试图穿越过去。另一些人认为自己正在暴风雨中航行，而且要给船只下达命令，或者看到云端出现了布匿人的军队，吓得直往后退。还有些人想象自己在赴宴，就唱起歌来。

许多人有了一种怪癖，不停地重复同一句话，或者做同一个手势。然后，当他们偶然抬起头来相互注视，发现彼此容貌可怕极了的蜕变，一阵抽泣使他们哽噎。有些人已经忘却痛苦，为了打发时间，争相讲述以前死里逃生的经过。

死亡对所有人都是必然的，近在眼前的。为了打开一条逃生之路，他们不知道试过多少次！至于说向战胜者乞降，用什么办法？他们甚至连哈米加在哪儿都不清楚。

风从峡谷方向吹来。沙子打在狼牙闸上直直地像瀑布般倾泻下来，野蛮人的一口钟和头发上铺满了沙子，好像土地掀到头上，要把他们埋了似的。周遭没有任何动静，每天早起，永世长存的高山似乎变得更高了。

有时，湛蓝的天空有鸟群在自由地翱翔，他们闭上眼睛不看。

起初，他们觉得耳朵里嗡嗡直响，指甲变黑，胸口发冷；他们侧着身子躺下，一声不吭就咽了气。

到了第十九天，两千个亚洲人死了，还有一千五百个爱琴海群岛的人，八千个利比亚人，雇佣军中最年轻的人和整个部落的人；——总起来有二万名兵士，或者说是部队的一半。

欧塔芮特只剩下五十个高卢人，他正想以自杀来结束这一切，忽然看见他面前的山顶上似乎站着一个人。

由于这人位置太高，看上去像个侏儒。可是欧塔芮特认出来他的左手举着一面三叶形的盾牌。他喊了起来：

——一个迦太基人！

刹那间整个平原上，狼牙闸前，岩石下面，所有的人都站了起来。那个兵士在悬崖边上走来走去，野蛮人在下面注视着他。

司攀笛捡起一个牛头，用两条腰带做成一顶王冠，挂在牛角上，再用长竿挑起牛头表示求和。那个迦太基人不见了。他们等待着。

最后，挨到傍晚，就像一块松动的石头从崖顶坠落似的，一副肩带突然掉了下来。这是一条缀满刺绣的红色皮带，还镶着三颗金刚钻的星星，中间盖着国务会议的印记：一匹马立在一棵棕榈树下。这就是哈米加的回复，他给他们送来的安全通行证。

再没什么让人害怕的了，无论命运将如何改变都意味这场灾难的终结。他们喜出望外，互相拥抱，嚎啕大哭。司攀笛、欧塔芮特、查耳萨斯、四个意大利人、一个黑人、两个斯巴达人自告奋勇充当谈判代表，他们立刻得到了认可。可是他们不知道怎么才能出去。

然而岩石那边传来了噼里啪啦的响声，最高处的一块岩石摇晃了一下，就跌跌撞撞滚落到底部。其实，在野蛮人这一侧它们的确是无法撼动的，因为必须把它们往斜坡上推(何况还要面对狭窄的隘口)，而在迦太基人那边则恰恰相反，只要用暴力猛推一下，它们就向下滚了。迦太基人就这样把它们推下来，天亮时，它们已经在平原上被堆摞起来，就像一座巨大的楼梯废墟的石磴。

野蛮人还是爬不上这些石磴。于是梯子被放了下来，所有人都一齐往上拥。一台投石机把人群逼退，只有那十个人被带走了。

他们被夹在胸甲骑兵中间行走，手扶在马屁股上免得跌倒。

最初的兴奋已经过去，他们开始感到担心。哈米加的条件一定极为苛刻，但是司攀笛宽慰大家道：

——让我来说，放心吧！

他吹嘘自己知道该说些什么来拯救部队。

在所有的灌木丛后面都埋伏着哨兵，看到司攀笛披挂着的肩带，全都立刻拜倒致敬。

到达布匿军营时，一大群人围拢过来，他们觉得听见人们在悄声议论和窃笑。一座营帐的门打开了。

哈米加坐在帐篷最里面的一把椅子上，身边的桌子上一把出鞘的利剑在熠耀。军官们围着他站着。

见到这些人，他向后挥了挥手，然后欠身仔细审视他们。

他们的眼珠子大得出奇，眼睛周围有一大片黑晕，一直扩展到耳根；发青的鼻子兀立在干瘪的两颊之间，脸上刻着深深的皱纹；身体上的肌肉萎缩，皮肤松弛，而且被完全湮没在鼠灰色的尘土之下；嘴唇粘着黄牙，身上散发出一股恶臭；简直可以说是从打开的坟墓里爬出来的活的僵尸。

营帐中央，一张供军官们坐的蒲席上，放着一托盘冒着热气的南瓜。野蛮人目不转睛地盯着它，四肢哆嗦起来，眼睑溢满泪水。可他们使劲克制住自己。

哈米加掉过头来要和人说话。他们立刻向那盘子扑了过去，平趴在地上。他们把脸埋到油里，吞咽声同他们发出的快活的呜咽声交织在一起。迦太基人肯定是出于惊愕，而非怜悯，让他们把那盆南瓜吃了个干净。等他们重新站起来以后，哈米加做了个手势，命令那个披挂肩带的人上来说话。司攀笛由于害怕，说起话来都磕磕巴巴的。

哈米加一边听着他说，一边转动着手指上的一枚粗大的金戒指，肩带上的那方迦太基印记就是用它盖上去的。他把戒指掉到了地上，司攀笛立刻凑过去把它捡了起来；在主子面前，他的奴性又复发了。其他人被他这种卑贱行径气得浑身发抖。

可是希腊人抬高了嗓门，细数哈龙的罪行，他知道后者是巴喀的政敌，又试图用他们悲惨遭遇的情景和过去效忠的回忆来博取怜悯。他说了很长时间，急促、狡诈，慷慨激昂，最后，头脑发热到忘乎所以的程度。

哈米加回答说他接受他们的辩解。和约马上就可以缔结，而且是一劳永逸的！可是他要他们交出十个佣兵，任他挑选，而且不能携带武器和穿军服。

想不到条件会这么宽厚，司攀笛嚷起来：

——啊！主子，你要的话，给二十个也行！

哈米加安静地答道：

——不！十个就够了。

他们被领出营帐去商量。当身边没有旁人时，欧塔芮特为牺牲了的伙伴鸣冤叫屈，同时查耳萨斯责怪司攀笛道：

——你为什么不杀掉他？他的剑就放在你手边！

司攀笛叫了起来：

——杀他？！

他又接着重复了好几遍：

——杀他？！杀他？！

仿佛这是根本不可能的事，哈米加是绝不会死的。

他们疲累之极，仰面朝天、摊手摊脚躺在地上，全都没了主意。

司攀笛劝他们让步。最后，他们都同意了，就返回了营帐。

于是徐率特依次把自己的手放在这十个野蛮人手里，按了一下拇指，接着在衣服上揩了几下，因为他们黏糊糊的皮肤摸上去既粗糙又软塌，油腻，令人发麻，浑身起鸡皮疙瘩。然后他追问他们道：

——你们的确是蛮族人的首领而且能为他们作担保吗？

他们回答：

——是的！

——真不勉强，发自内心，愿意履行你们的诺言?

他们保证，一回去就实施。

徐率特回应道：

——那就好！根据我，巴喀，同佣兵的使节所达成的和约，我就选择你们，要把你们留下！

司攀笛晕倒在蒲席上。其他的野蛮人似乎已舍弃了他，彼此紧靠在一起，一言不发，也不怨诉。

一直在等着他们的伙伴们，不见他们回来，确信自己被出卖了。毫无疑问，这些使节卖身投靠了徐率特。

他们又等了两天，第三天早上，他们作出了决定。他们把绳子、铁镐和箭摆放在破布条之间做成梯子的踏脚，终于爬上了岩石；他们把大约三千名身体最衰弱的人留在身后，便开始行军，去同突尼斯的部队会合。

隘口的上面是一片草地，有一些稀疏的灌木，野蛮人把嫩芽全给摘吃了。接着，又发现了一块蚕豆地，转眼间一切都被吃净，仿佛一大群铺天盖地的蝗虫从这里经过。三小时以后，他们到达了第二片高地，四周围着一溜绿色的山丘。

在这些起伏的山丘之间，每隔一段距离，就有一束银白色的东西在熠耀；野蛮人被阳光照花了眼，只模糊辨识出这些银白色的东西下面有大块黑色的支撑物。它们像鲜花绽放似的立了起来。原来它们是武装到吓人的大象和象塔中的长枪。

除了它们胸前的长矛、獠牙顶端的铁尖、身上披挂的青铜护甲、固定在护膝铠甲上的利刃以外，——在它们长鼻的末端还有一个皮套，里面插着一把弯刀的刀把。它们同时从平原深处的各个方向冲出来，齐头并进。

无名的恐怖惊得野蛮人骇住了。他们根本来不及逃走。他们被完全包围了。

象群插进这一大堆人里，用胸前的冲角把他们划开，獠牙上的矛尖像犁头一样把他们挑翻，鼻子上的镰刀又切又割又砍，象塔里全是火矛[①]，就像一座能移动的火山。在这一大堆东西里只能分辨出白色的斑点是人肉，灰色片状的是青铜碎甲，红色火花是血；这些可怕的畜生从它们中间走过，犁出一道道黑色的垄沟。最凶猛的一头象由一个头上戴着羽饰王冠的奴米第亚人驾驭着。他用可怕的速度投掷标枪，不时发出一声尖锐的口哨；——这些巨大的畜生却像狗一样驯服，一边屠杀一边时刻注意着他。

它们的圈子在逐渐收紧，野蛮人虚弱得根本无力抵抗。象群很快便聚到了平原的中央。空间太窄，它们挤得几乎要立了起来，象牙也在相互磕碰。然而转眼工夫纳哈

① 火矛是古代伊比利亚人使用的一种长武器，前半截是铁矛，后半截是箭杆，可以添加易燃物投射。

法就使它们平静下来，并且都掉转屁股，跑回了山丘。

然而，有两组小方阵的野蛮人借助右边的褶皱地形躲过了屠杀，他们扔下武器，面向布匿人的营帐跪下，举起手臂乞求宽恕。

他们的手和脚都被捆住，一个挨一个平放在地上。然后，大象被领了回来。

他们的胸膛像被蛮力击碎的匣子那样爆裂开来，每一步踩烂两个，粗大的象足踏进人体时，象的屁股都要扭动一下，仿佛瘸了腿似的。它们一直走到这排人的尽头。

平原上又恢复了寂静。夜幕降临。哈米加被这幅复仇的景象陶醉了，可是他突然大吃一惊。

他看见，大家也都看见，左边大约六百步远的一座山岗上，还有野蛮人！事实上，四百名最精干的佣兵：伊特鲁利亚人、利比亚人和斯巴达人，从一开始就占据了高地，而且一直待在那里犹豫不决到现在。看到伙伴们遭到屠杀，他们拿定主意从迦太基人中间冲杀出去，他们已经以一种令人惊异的可畏的姿态排成密集的纵队走下山来。

一位迦太基传令官马上被派了过去。徐率特需要佣兵，他无条件地接收他们，因为他实在叹服他们的勇敢。这个迦太基人还说，他们只要再走近一点，到他指给他们看的地方，就能享受到许多食物。

野蛮人奔了过去，而且整夜纵情饕餮。于是迦太基人吵嚷起来，抗议徐率特对野蛮人偏心。

他是受到这无法餍足的仇恨爆发的压力，抑或这本来就是他精心设计好的背信弃义的诡计？第二天，他不挂佩剑，不戴头盔，只在一队胸甲骑兵护卫下亲自来到野蛮人面前，并且宣布说由于口粮不足，他本不想留下他们，可是他的确需要兵士，又不知该用什么方法挑出最好的，只能让他们彼此以死相拼，幸存者就可以成为他的贴身护卫。这样死总比别样死法强；——这时，他命令他的兵士让开（因为布匿军旗的遮挡使佣兵看不清地平线），并且指给他们看纳哈法的一百九十二头战象，它们排成一直线，挥舞着长鼻子上的大刀，就像巨人握着斧子的胳膊举在他们的头上。

野蛮人沉默地相互对视。脸色变得惨白，不是由于害怕死亡，而是被迫要进行的残忍的搏杀。

长期的军旅生涯使他们产生了深厚的情谊。对绝大多数人说来，军营取代了家园。没有妻小，情感的渴求转移到某个战友身上，他们在星光下同盖一件一口钟，并肩入睡。而且，在永无休止的转战过程中，他们一起走过各种国家和地区，一起经历各种死亡和冒险，他们产生了一种奇特的爱情，——一种卑污不洁的结合，但是却如婚姻般严肃，强者会在战争中保护弱者，帮他跨越深渊，替他揩去额上因热病而出的汗，为他去窃夺食物；而那位弱者，原是路边捡来的弃儿，终于也能当上佣兵，便以千般细心体贴和如妻的殷勤疼爱来回报。

他们交换项链和耳环，那都是过去在死里逃生以后，在陶醉的时刻为对方制作的礼物。他们全都求死，没人肯动手。随处可见年轻人在对胡子花白的长者说：

——不，不！你身体更强壮！你可以为我们报仇，杀了我吧！

对方则答道：

——我活不了几年了！别再多想，朝我心口扎吧！

兄弟们互相凝视，双手紧握；情人们彼此诀别，倚着对方的肩头哭泣。

他们脱掉盔甲，为了更方便刀尖刺入。这一下，倒是袒露出他们身上当年为迦太基作战留下的巨大伤疤，看上去就像铭刻在柱子上的碑文。

他们按照角斗士的样式排成相等的四行，开始畏畏缩缩地交起手来。有些人甚至蒙住了眼睛，他们的剑在空中挥动得如此轻缓，就像盲人的手杖。迦太基人嘘了起来，嘲骂他们全是胆小鬼。野蛮人被激怒了，格斗很快铺开，变得急促凶猛。

有时两个浑身是血的人停住手，互相拥抱，在亲吻中死去。没有一个人退缩，他们扑向伸出的利刃。他们像疯子般激昂热狂，使得在远处观望的迦太基人都感到害怕。

终于，他们全停了下来。他们的胸腔发出沙嗄的巨大声响，透过他们披散的仿佛刚从红色染缸中捞出来的长发，可以窥见他们的眼珠。有些人在原地疾转，像只额头受伤的豹子。另一些人动也不动地站着，目不转睛地注视着脚下的死尸，然后，突然用指甲狠抓自己的脸，双手握剑刺进自己的肚子。

最后还剩下六十个人。他们要求给水喝。迦太基人大声喊着命令他们把剑扔掉，然后才把水拿给他们。

趁他们埋头喝水的时候，六十个迦太基人扑上去，用尖刀从他们背后捅进去，把他们全杀了。

哈米加这样做既满足了他的部队的残忍本性，又借助这种背信弃义的诡计使自己的手下更加效忠于他本人。

战争终于结束了，至少他认为是这样，马道不可能再抵抗，徐率特急不可耐地下令部队立刻出发。

他的斥候来向他报告，说发现了一支武装的队列，正在向铅山前进。哈米加听了毫不在意。叛乱的佣兵一旦被消灭，这些游牧部落不足为虑。眼下最要紧的是攻占突尼斯。他要兼程急行赶到那里。

他已经打发纳哈法回迦太基传递捷报；这位奴米第亚国王傲然自得于自己的功绩，他要去见萨郎宝。

她在花园里的一棵大枫树下接见他，靠在一堆黄色的皮枕头中间，达纳克在她身边。她的脸上蒙了一条白色的披巾，绕过嘴和前额，只露出一双眼睛；但是她的嘴唇在透明的纱绢下熠耀，就像她手指上的宝石一样，——因为她的双手也用纱绢裹着，在整个谈话过程中都没有做过一个手势。

纳哈法向她宣布打败野蛮人的捷报。她用祝福感谢他给她父亲帮了大忙。然后他就开始讲述整个战役的经过。

鸽子在他们周围的棕榈树上轻柔地发出咕咕的叫声，草丛中还有许多别的鸟在鼓翼翻飞：有北非的白领燕鸻、西班牙的塔特苏斯[1]鹌鹑，还有布匿的珠鸡。花园已久未修整，如今草木丛生，更加茂盛，葫芦的藤蔓爬上了山扁豆枝，玫瑰花圃里点缀着尖尾凤[2]，各种各样的植物缠绕交织在一起，形成绿色拱顶。阳光斜射下来，像在林子里一样，把散乱的叶影铺陈到各处地面上。家畜又恢复了野性，稍有动静就立刻逃走。有时会见到一只羚羊闪过，小黑蹄上沾着散乱的孔雀毛。远处城市的喧嚣被海浪的絮语湮没。晴空碧蓝如洗，海上不见一只帆影。

纳哈法说完了，萨郎宝只是瞧着他，不作回应。他穿着一件下摆缀着金丝流苏，面上印着花的亚麻长袍，梳成

---

① 塔特苏斯是西班牙濒大西洋的一处古地名。

② 尖尾凤又称马利筋，别名莲生桂子花，萝藦科双子叶草本植物，白色乳汁有毒，可入药。

辫子的头发在耳际用两枝银箭挽住，右手搭在一根长矛的杆子上，杆上装饰着金银合金的环纹和一绺绺毛发。

她一壁瞧着他，一壁不由自主地陷入一大堆迷蒙的胡思乱想里去。这位嗓音绵软、体形窈窕犹如女性的年轻人，以其优美的风度引她注目，而且觉得他像是诸神派来保护她的一位长姐。对马道的回忆来到她心里，她忍不住想知道他眼下的处境。

纳哈法回答说迦太基人正在向突尼斯进军，准备占领它。随着他详细叙说他们获胜的把握和马道必败的弱点，她仿佛在为一种即将达成的非常愿望而兴奋。她的嘴唇颤抖，胸口急遽起伏。最后他许诺要亲手把他杀死，她失声叫道：

——是的！杀了他，必须这样！

奴米第亚国王回应说，他热烈地希望这死亡早日实现，因为战争一结束，他就能成为她的丈夫。

萨郎宝吃了一惊，垂下了头。

可是纳哈法还在继续这个话题，把他热切的期盼比做枯萎的花朵求雨，迷途的旅人等待天明。接着又说，她比月亮更美，比清晨的微风和东道主的笑容更贴心。他要从黑人的国度给她带来迦太基从未见过的奇珍异宝，将来他们所有的居室都要铺满金砂。

暮色苍茫，花香四溢。他们长时间地相互注视，沉默无语，——萨郎宝的眼睛隐在她的长纱绢下，就像云隙间闪露的两颗星星。不等太阳落山，他就告辞了。

元老们在他离开迦太基以后，才把一颗始终悬着的心放了下来。人民比第一次更加热烈地欢迎他。如果战胜雇佣军的功劳全归了哈米加和奴米第亚国王，那么，以后就没有办法再遏制他们了。因此，为了降低巴喀的声望，元老们决定请出他们最可心的老哈龙来分担拯救共和国的重任。

哈龙立刻向西部各省进军，为了对这片曾经见证过他兵败受辱的地方实施报复。可是当地居民和野蛮人不是死亡就是藏匿或者逃跑了。他只好向乡村泄忿。把已成废墟的地方再焚烧一遍，寸草不留，无论老幼病残一律严刑拷打，纵容兵士奸淫妇女然后割喉处死，最漂亮的全都送到他的轿子里，——因为那难挨的恶疾煽起他强烈的性欲，便以绝望者的疯狂纵情发泄。

时常能看到在山岗上，一些黑色的帐篷像被风刮翻一样倒塌下来，还有些边缘亮晶晶的大圆盘，明显是战车的车轮，带着哀怨的吱吱声慢慢地滚落下来，消失在山谷里。一些部落，放弃了围攻迦太基以后，就这样在各省游荡，为了等待时机或者有了佣兵得胜的消息就能回来。如今由于恐惧，或者因为缺粮，也都各自取道返回故乡，全不见了。

哈米加丝毫不嫉妒哈龙的成功。他只是急于结束战事，于是命令哈龙折回突尼斯；哈龙是爱国的，他在指定的日期到达突尼斯城下。

突尼斯的守卫者有当地的土著居民、一万二千个佣兵和全体吃“不洁之物”的人，他们和马道一样关注迦太基的动向，这些贱民和他们的统帅远眺着迦太基厚实的城墙，希冀着有朝一日也能享受城墙后面无尽的奢华。由于同仇敌忾，守城的组织工作风风火火地开展起来。羊皮袋拿来做成头盔，花园里的棕榈树全被砍了制作长矛，挖了一些蓄水池，至于粮食，他们在湖边捕捞了许多大白鱼，它们都是靠吃死尸和垃圾养肥的。他们的城墙，由于迦太基人的嫉恨而一直得不到修葺，如今已近颓圮，几乎肩头一碰就倒。马道拆了住房的石头填补城墙的窟窿。这是最后一战了，他不抱任何希望，不过还是用命运无常来宽慰自己。

走近来的迦太基人，都注意到城墙上立着一个人，腰部以上全超出了雉堞。在他的身边飞舞的乱箭似乎并不比翻飞的群燕使他害怕。最令人惊异的是，没有一支箭伤到他。

哈米加在南边扎营，纳哈法在他右边，占据着辣代司平原，哈龙沿湖滨驻扎。三位将军都各就各位，准备好同时向突尼斯发动攻击。

可是哈米加想先恐吓佣兵们一下：他们会像奴隶一样遭到严惩。他在城对面的一座小山丘上，把那十个使节依次钉上了十字架。

看见这幅惨象，被困的守军立刻弃城出战。

马道自忖，如果他能从城墙与纳哈法的营盘之间快速通过，使奴米第亚人来不及反应，他就能从背后扑向迦太基的步兵，使他们处于他的部队和城里人的夹攻之中。于是他就带领他那批久经沙场的老兵冲了出来。

纳哈法发现了他，于是越过湖滨向哈龙报警，请他立刻派兵援助哈米加。这是他认为巴喀兵力太弱难以和佣兵对抗，还是在耍诡计或是过于愚蠢？谁也不知道。

哈龙想奚落他的死对头，丝毫没有犹豫。他喝令吹响军号，让他的整个部队都向野蛮人冲过去。后者回转身，直接扑向迦太基人，把他们打翻在地，踏在脚下，而且就这样把他们一直逼退到哈龙的帐前。他这时身边正围着三十个迦太基人，都是些最负盛名的元老。

他被他们的勇猛吓晕了，还在拼命召唤他的军官们。人们纷纷把拳头伸到他的喉咙下面，厉声叱骂。大家使劲往前挤，那些抓住他的人几乎快要捉不住了。然而他还是强凑到他们的耳边说道：

——你想要什么我全给你！我很有钱！救救我吧！

他们把他提起来拖出去，尽管他这么重，脚也碰不到地。元老们也被拖了出去。他更害怕了，喊了起来：

——你们已经打败了我！我是你们的俘虏！我要赎回自己！我的朋友们，听我说呀！

他们把他侧过身来抬在肩膀上走，他不停地说：

——你们要干什么？你们想要什么？我是好商量的，你们看得很清楚！我是个好人！

一架巨大的十字架立在城门口。野蛮人吼叫道：

——这里！这里！

可是他叫得比他们更响，他以他们天神的名义，恳求他们带他去见他们的统帅，因为要向他吐露秘密，而且事关他们的生死存亡。

他们停了下来，有几个人说最好还是把马道叫来。于是派人去找他。

哈龙摔落在草地上，看见他周围还有更多十字架，仿佛把他将受到的折磨瞬间加重了数倍，他竭力说服自己他弄错了，只有一个十字架，甚至认为其实一个都没有。最后，他被拽了起来。

马道说道：

——说吧！

他提出他愿意出卖哈米加，然后他和马道一起进入迦太基，携手称王。

马道摆了摆手离开，让其他人快点动手。他认为这只是个诡计，纯粹为了拖延时间。

野蛮人错了，哈龙已经到了山穷水尽、什么都不顾的地步，何况他恨透了哈米加，极愿意把他连同他的所有兵士一起牺牲掉，只要能换来一点点获救的可能。

元老们瘫倒在三十具十字架脚下的地上，绳子已经穿过他们的腋窝。这时候老徐率特终于明白自己死到临头，哭了起来。

他们剥掉了他身上剩下的衣服——于是他那吓人的身子袒露无余。这堆无法称谓的肉块上布满了烂疮，腿上的肥肉遮住了趾甲，手指上像是挂着暗绿色的烂肉，眼泪在他脸颊上的肉瘤中间流淌，使他的脸显得格外可怕的悲惨，似乎他的眼泪要占据比其他人脸更多的空间。他那表示王族身份的头带，松脱开来，随同他的白发一同拖曳在尘土里。

他们认为没有足够结实的绳子把他拽到十字架顶上去，于是就采用布匿人的做法，在十字架竖起前就把他钉上去。痛苦使他恢复了自尊。他用谩骂攻击。他口吐白沫，扭动身躯，就像一只在海滩遭屠宰的海怪，他预言他们的下场会更悲惨，他的仇一定要报。

他的仇已经报了。在城市的另一头，如今升起了火焰和烟柱，佣兵的使节正在咽气。

其中几个原先昏迷过去的人，在凉风的吹拂下又苏醒过来；不过他们的下巴依旧贴在胸口，并且尽管胳膊上的钉子钉得高过脑袋，他们的身体却有点下坠；大滴的血从他们的脚跟和手掌缓缓地滴下来，仿佛成熟的果子从树枝上跌落，——而迦太基、海湾、山和平原，仿佛一只巨大的车轮在他们眼前旋转；有时，从地上升起一股尘云的涡旋把他们裹住，他们渴得冒烟，舌头在嘴里打滚，又觉得身上有冷汗在流，同时灵魂在慢慢离开。

然而，冥冥之中他们似乎在极深邃的地方瞥见了街道、行进中的兵士、挥动着的刀剑。战斗的喧嚣模模糊糊地传入他们的耳中，就像沉船的水手在桅杆旁弥留之际耳中听到的大海的咆哮。比别人更强健的意大利人还在尖声叫喊；拉塞代冒人阖着眼皮，一声不吭；一向精力旺盛的查耳萨斯，如今像折断的芦苇弯着腰；身旁的埃塞俄比亚人，脑袋向后倒在十字架的横梁上；欧塔芮特动也不动，转动着眼珠；他的长头发被木缝夹住，直立在额头上，喉间濒死的喘息却像在怒吼。至于司攀笛，唤起了一股异乎寻常的勇气，如今明确知道他将很快得到永恒的解脱，也就不再看重生命，泰然自若地等待着死亡。

不时有飞鸟的羽翼掠过他们的嘴唇，使他们从昏迷中惊醒。巨大的翅膀在他们周围投下晃动的阴影，空中的呱噪声不绝于耳；由于司攀笛的位置最高，第一只秃鹰就落在他的十字架上。于是他把脸转向欧塔芮特，带着难以形容的微笑，缓缓地对他说：

——还记得西喀路上的狮子吗？

高卢人一边咽气一边回答：

——它们是我们的兄弟！

这时候，徐率特已经攻破了城墙，占领了城堡。一阵风吹散了烟雾，眼前豁然开朗，可以一直望到迦太基的城墙，他甚至认为自己能分辨出有人在艾实穆神庙的平台上眺望。然后，收回视线，他发现左边的湖滨上有三十具大得异乎寻常的十字架。

事实上，为了使它们更吓人，野蛮人在制作时把支撑帐篷的柱子首尾连接了起来。于是三十具元老的尸体就这样高悬在空中。他们的胸前都有类似白蝴蝶的东西在飘拂，原来那是人们从底下射上来的箭上的尾羽。

最高的十字架顶端，有一条宽大的金色绶带在熠耀，它垂落在尸体的肩上，这一侧的胳膊已经缺失，哈米加费了好大劲才认出这是哈龙。他那海绵般的骨头已无法在铁钉上悬挂，四肢残缺不全，——十字架上只剩下一些不成形的残骸，如同猎人挂在门上的野兽的碎块。

徐率特对这些情况一无所知，他面前的城池屏蔽了城市后面发生的一切，陆续派到两位将军那里去的军官们又都没有回来。随后，死里逃生的败兵带来了事变的经过，于是布匿军队停了下来。想不到在胜利中竟然发生了这样严重的灾难，他们全惊呆了。连哈米加的命令也充耳不闻了。

马道趁此机会继续他在奴米第亚人中的砍杀。

摧毁了哈龙的营盘以后，他就扭头向他们扑去。大象出来了。但是佣兵们从墙上拔下许多茅草，挥舞着火把跨过平原前进，那些庞然大物吓坏了，狂奔着一直冲进海湾，在海水里拼命挣扎以致自相残杀，或者囿于沉重的铠甲而溺毙。纳哈法派出了他的骑兵，佣兵们马上趴到地上，然后，等战马驰进三步以内，就从马肚子下跳起来，一匕首把它们豁开，等巴喀率兵到来，奴米第亚人已死伤过半。

筋疲力尽的佣兵们已无力再抵抗他的部队。他们秩序井然地向温泉山退却。徐率特很谨慎，不去追赶他们。他指挥他的人马到马加尔河口驻扎。

突尼斯是他的了，不过它已成了一堆冒烟的垃圾。残砖碎瓦从城墙的缺口一直滚落到平原中央；——远处海湾的沙滩上，大象的尸首在海风的推送下互相撞碰，就像黑色礁岩的群岛漂浮在海面上。

纳哈法为了支持这场战争，把森林里所有的象，无论老、幼、雌、雄，统统搜捕一空，使王国的军事实力一蹶不振。从远处看见它们死亡的人们都伤心欲绝，男人们在街上哀号，呼唤亡友般呼唤着它们的名字：

——啊！我们的“战神”！“胜利女神”！“雷电”！“飞燕”！

第一天，人们谈论它们甚至超过阵亡的将士。第二天，人们看见了驻扎在温泉山上的佣兵的营帐。于是人们如此绝望，以致许多人，尤其是妇女，都头朝下从卫城的最高点跳了下去。

谁都不清楚哈米加的想法。他独自一人待在他的营帐里，身边只有一个年轻侍者，没有任何人同他一起进过食，包括纳哈法在内。然而，自从哈龙兵败以后，他对纳哈法处处表示特别的敬重；不过，奴米第亚国王觉得能否成为他的女婿关系到太大的利益，自然也不敢不谨言慎行。

哈米加表面的懈怠是为了掩饰他背后狡诈的行动。他用各种手腕去蛊惑各个村落的头人，结果佣兵们像野兽般到处遭到拒绝、驱赶和围捕。他们走进树林，周围的树木着起大火；他们去泉边饮水，水里投了毒；他们藏身岩洞过夜，洞口被人砌墙堵死。过去一直保护他们、视为同谋的居民，如今却在追捕他们，这些人中间时常能辨认出杂有迦太基铠甲的身影。

有些人脸上患了红色的脱皮性皮疹，他们认为是受哈龙的恶疾传染。别的人则认为是由于吃了萨郎宝的神鱼，他们不但不后悔，反而梦想再干些更恶毒的亵渎神灵的事，以便大大地羞辱一下布匿的神祇。他们真想把它们连根铲除。

他们就这样在三个月时间里沿着东部海岸逡巡，翻过了舍洛姆山，一直走到沙漠的边缘。他们要找一个避难所，无论哪里都行。雨地克和伊包茶芮特是仅剩的两个没有背叛他们的城市，可它们已经被哈米加包围了。于是他们又毫无目的地向北方乱走，连行军的路线也不清楚。由于经历的苦难太多，把他们的头脑都给弄昏了。

除了日益加剧的愤怒以外，他们再没有别的感觉；终于有一天，他们又到了科比斯峡谷，再一次回到迦太基面前！

于是零星的战斗日益增加。双方互有胜负，可是彼此都已极度厌倦这种无休止的小接触，渴望把它们换成一场大战，只要这是最后一战就行。

马道打算亲自向徐率特提出这个建议。但是他手下的一个利比亚人自愿替他。大家看着他出发，都认为他死定了。

然而当晚他就平安归来。

哈米加接受挑战。约定第二天日出时分在辣代司平原交战。

佣兵们还想知道，他还说了些什么，于是那个利比亚人补充道：

——我当时待在他跟前没走，他问我还等什么，我回答说："等你杀掉我！"他就回应说："不！你走吧！还是等着明天同其他人一起死吧。"

这样的宽容使野蛮人深感惊讶，有些人被吓着了，马道很遗憾派去的使节没有被杀掉。

他手下还剩有三千个非洲人、一千二百个希腊人、一千五百个坎帕尼亚人、两百个伊比利亚人、四百个伊特鲁利亚人、五百个萨莫奈人、四十个高卢人和一队那菲尔人[①]，后者是些居无定所的土匪，是他在椰枣地区遇见的，总共是七千二百一十九个兵士，但是没有一个完整的方阵。胸甲上的破洞靠四脚兽的肩胛骨来填补，破旧的布带鞋取代了青铜战靴。衣服上缀了些铜片和铁片，显得异常笨重，挂在身上的锁子甲也都破烂不堪，一道道伤痕像红线一样从臂上和脸上的毛发之间显露出来。

为同伴的牺牲激发的愤怒又回到他们心里，于是战斗力遽增。他们隐约觉得自己是替广泛存在于被压迫者心中的那个天神行事的化身，是万能的复仇之神的大祭司！过度的不公平使他们悲愤欲绝，尤其是看到远处地平线上的

---

① 那菲尔人是埃塞俄比亚的少数民族。

迦太基！他们发誓要敌忾同仇，齐心协力，战斗到死。

他们杀掉了驮东西的牲口，尽可能地吃饱，以增强体力，然后倒头就睡。有些人各自对着不同的星座祈祷。

迦太基人抢先到达了平原。他们用油涂抹盾牌的边沿，使射来的箭更容易滑下去；蓄长发的步兵，为安全起见都把头发剪短；哈米加从凌晨五点起，就下令把所有的饭盆都倒空，因为他知道过饱对作战不利。他的部队有一万四千人，比野蛮人几乎多一倍。可他却从未有过如此焦虑不安；因为一旦战败，共和国即将不复存在，他也会被钉上十字架；反之，如果获胜，他就能越过比利牛斯山、高卢和阿尔卑斯山直取意大利，巴喀帝国就会永垂不朽。他夜不成寐，无分巨细，亲自检查一切。至于迦太基人，由于长时间受到恐惧的折磨，也被激得怒气冲天。

纳哈法怀疑手下奴米第亚人的忠诚度。再说，他们很可能经不住佣兵的攻击。因此，一种无名的虚弱感压倒了他，拿着个大杯子不停地往肚子里灌水。

恰在这时，一个陌生男人掀开他的营帐，往地上放了一顶岩盐花冠，上面有硫磺和菱形珍珠母装饰的宗教图案，姑娘们有时会送婚冠给未婚夫，它是爱情的明证，也是邀约。

然而哈米加的女儿对纳哈法没有一点柔情蜜意。

只是对马道的记忆难以忍受地折磨着她，以致她认为除非这个人死掉，自己才能摆脱，正如被毒蛇咬伤，必须把它碾碎抹在伤口上一样。奴米第亚国王有求于她，他急不可耐地想要与她完婚，而婚礼只能在胜利后举行，因此萨郎宝送这件礼物来激励他的勇气。于是他的烦恼顿时烟消云散，一心只想着占有这样一个标致女人的快乐。

同样的念头也困扰过马道，可他马上就把它丢开，并且把抑制住的爱情，转移到战友身上。他疼爱他们如同手足，共担仇恨，——由此更觉精神高昂，膂力倍增；他要完成的一切，全都在眼前清晰可见。即使偶尔发出一声叹息，也是因为想起了司攀笛。

他把野蛮人排成相等的六行。伊特鲁利亚人排在中间，用铜链拴在一起，弓箭手排在后面，那菲尔人分布在两翼，骑着光背骆驼，骆驼身上披挂着鸵鸟的翎羽。

徐率特也用同样的方法安排迦太基兵士。在步兵外面排列着胸甲骑兵，紧挨着轻步兵，后面是奴米第亚人。天亮时分，双方就这样排成行，脸对脸相峙着。他们远远地瞪大了冒火的两眼互相怒视。起初还有些犹豫，随后两支部队就行动起来了。

野蛮人慢慢地前进，避免呼吸急促，用脚蹬踏着土地；布匿部队的中央凸出，形成一条弧线。然后，可怕的冲突爆发了，就像两支舰队接触时互相猛烈撞击一样。野蛮人的第一排迅速闪开，藏身背后的射击手们马上投射弹丸、箭矢和标枪。这时，迦太基人的弧线渐渐拉成直线，然后又凹了进去，随之两边的轻步兵展开成两条平行线，像圆规的两只脚合拢过来。正在凶猛地攻击方阵的野蛮人落入凹陷的罅隙，即将被吃掉。马道及时制止，——由于迦太基的两翼在继续前进，他把队列最里面的三排人调到外面，他们立刻护住了侧翼，使他的部队加长了两倍。

可是安排在两头的野蛮人力量最弱，尤其是左边的，他们的箭袋已空无一物，因此和迦太基的轻步兵一接触，就被杀了许多。

马道把他们撤了回来。他的右边是手持板斧的坎帕尼亚人，他派他们去对抗迦太基人的左翼，中部继续进攻，另一头的队伍已脱离危险，将迦太基的轻步兵挡在一定距离以外。

于是哈米加把他的骑兵分成若干大队，放在重装步兵中间，叫他们向佣兵们进攻。

这个锥形的队伍以骑兵为先导，它的两侧是许多排密集挺立的长枪。野蛮人简直无力抵抗，他们中只有希腊步兵有青铜铠甲，其他人所有的只是长棍上绑着的一把切菜刀、从农场捡来的长柄镰刀，或者用轮辋打造的双刃剑；柔软的剑身一触即弯，等他们用脚跟把剑弄直的时候，迦太基人就趁机左右开弓肆意屠杀。

然而用铜链拴在一起的伊特鲁利亚人却不受扰动，战死者不会跌倒，尸首成了障碍，这条粗大的青铜线时而变宽，时而收拢，柔软如蛇，又坚固似墙。野蛮人躲到他们背后重整旗鼓，略作喘息，——然后，拿起那些残破武器重新出来厮杀。

许多野蛮人早已手无寸铁，他们就像恶狗一样扑到迦太基人身上用嘴咬他们的脸。高卢人脱下外套示傲，远远地炫耀自己白色的魁梧身躯，还故意弄大身上的伤口吓唬人。在布匿人的方阵里，已无法听见传令兵的吼叫声，全靠在烟尘上挥舞的军旗传达号令，每个人都在周围人群的裹挟下，跟着来回移动。

哈米加命令奴米第亚人投入战斗。对面的那菲尔人马上扑过去迎击。

那菲尔人穿着宽大的黑袍子，脑壳上留一撮毛，举着犀牛皮的盾牌，挥舞着用绳子系着的无柄飞刀，骑着的骆驼浑身竖满鸟羽，发出拉长的刺耳的格格声。他们的刀总在很准确的地方落下来，迅猛的一击之后再升上去，后面跟着被斩断的肢体。凶悍的骆驼四蹄腾空冲进方阵。有几只骆驼腿被打折了，只好像受伤的鸵鸟一样跳着走。

整个布匿步兵转身向野蛮人扑过来，把他们截断了。野蛮人的小队彼此失联，原地乱转。迦太基人锃光瓦亮的武器像金冠一样把他们围住。中间人头在攒动，阳光照在剑尖上反射出无数耀眼的白色光斑。然而，一排排阵亡的胸甲骑兵还躺在平原上，佣兵扒下他们的铠甲穿在自己身上，再去投入战斗。迦太基人给弄懵了，好几次错站到他们队伍里去。于是只好傻傻地愣着，不知如何行动；抑或集体退却，这时远处便响起胜利的喝彩声浪，仿佛海浪在推送风暴中沉船的漂流物。哈米加越来越绝望，一切都要被马道的天才和佣兵的无敌勇气葬送了。

可是地平线上突然爆出了响亮的铃鼓声。那是一群老人、病人、十五岁的孩子，甚至还有妇女，因为实在受不了焦虑的煎熬，离开了迦太基；为了有个庞然大物做保护，他们从哈米加的家里牵来了共和国仅剩的一头象，——就是那头被割掉鼻子的大象。

于是在迦太基人看来，似乎祖国已弃城前来，命令他们为国捐躯。加倍的愤怒激励着他们，跟着奴米第亚人冲了上去。

野蛮人背靠着平原中央的一座小山。他们已毫无胜利的，甚或是活命的希望，但他们是最精锐、最勇猛和最强悍的战士。

迦太基的百姓把铁扦、铁条和铁锤从奴米第亚人的头上扔了过去；那些使执政官丧胆的人，竟然死在妇女们抛掷的棍棒下；布匿的贱民正在歼灭佣兵。

佣兵们退到小山顶上。每次他们的圈子被打破后都能重新合拢。他们两次冲下山来，又被反击逼了回去；迦太基人乱七八糟地伸直胳膊，把长矛从同伴的腿间穿过去，向前面乱捅。他们在血泊中滑倒，地面坡度太陡，死尸都滚落下去。想爬上山去的大象的肚子几乎贴住了死尸，看样子它挺开心这样匍匐在它们上面，它那削短了的鼻子，末端粗大，不时抬起来，活像一条巨大的蚂蟥。

然后双方停了下来。迦太基人咬牙切齿呆呆地瞅着站在小山顶上的野蛮人。

最后，他们猛然向前冲杀，混战又开始了。时不时会有些佣兵让迦太基人走近来，大喊说要投降，然后发出瘆人的冷笑，突然就自杀了，死了的人一倒下，剩下的人就踩上去继续抵抗。就像在砌一座金字塔，越堆越高。

没过多久，上面只剩下五十人，然后是二十人，三个人，最后只剩两个人，一个手持板斧的萨莫奈人，还有马道，手里还拿着他的剑。

那个萨莫奈人屈着小腿，拿着斧子左挥右砍，同时还不断提醒马道防备人家对他的攻击：

——主子！这边！那边！弯腰！

马道的护肩、军盔和铠甲早已全没了，全身赤裸着，——脸色铁青比死人更可怕，毛发竖立，嘴角壅着两摊白沫，——他飞快地挥舞着手里的剑，围着他形成了一道光环。一块石头飞来齐根砸断了剑身，只剩下护手。那个萨莫奈人也被杀了，迦太基人如潮水般步步紧逼，已经挨到他身边。于是他向天空伸出两只空手，闭上眼睛，——张开双臂，纵身一跃，就像从海岬之巅投身大海一般，把自己掷向矛头枪尖。

可是它们忽然在他面前分开。有好几次他冲向迦太基人。他们总是迅速后退，并且把武器挪开。

他的脚碰到一把剑。马道想捡起它来，忽然觉得手腕和膝盖都被缚住，跌到地上。

原来纳哈法已经在他身后亦步亦趋地跟踪他好长时间，手里拿着一张捕捉野兽的大网，趁他弯腰的机会，把他套住了。

然后大家把他四肢撑开成十字绑在大象背上，在所有未受伤者的簇拥下，锣鼓喧天地直奔迦太基。

说也奇怪，从夜里三点起胜利的消息就传到了迦太基；嘉蒙庙的漏壶刚注满第五小时，他们就到达了马喀。这时马道睁开了眼睛。家家户户灯火通明，恍若全城浴在火光之中。

巨大的喧闹声隐隐约约地传入耳间，他仰卧着，望见天上的星斗。

然后，门关上了，黑暗笼住了他。

第二天，同一时间，留在斧子隘的最后一个人咽了气。

自从他们的伙伴离开之后，来了一些祖亚埃斯人，推开了堵住隘口的岩石，向他们提供了一段时间的给养。

野蛮人始终在等待马道出现，——由于气馁，由于衰弱，由于病人常有的拒绝挪动位置的执拗，他们就是不肯离开山谷。最后，粮食耗尽，祖亚埃斯人也走了。迦太基人清楚这里只剩不足一千三百人，而且根本犯不上派兵来消灭他们。

各种猛兽，尤其是狮子，在这三年战争期间，数量遽增。纳哈法发动了一次大规模的驱赶猛兽的行动，在它们前面每隔一段距离绑上一只山羊，引诱它们进入斧子隘；——如今它们全都在这里住了下来。这时候，元老院派了个人来查看残留的野蛮人怎么样了。

整个平原广袤的土地上遍布着狮子和尸体，死者混在衣服和铠甲中间。它们几乎不是缺脸就是少胳膊，难得有几个比较完整的；有些则已完全干瘪了，头盔里塞着满是灰土的颅骨；没了肌肉的腿骨从胫甲里直挺挺地伸出来，骷髅身上还披着一口钟；被阳光清理干净的骸骨在沙土中熠耀。

多数狮子在憩息，胸脯贴地，双爪前抻，在刺目的阳光下睐眼皮，阳光在白色岩石的反射下显得更为强烈。另一些狮子蹲坐着，定睛向前观望；或者蜷成一团在睡觉，脑袋半藏在浓厚的鬣毛里。全都是一副餍足、慵倦、无聊的神气。它们像四周的山岭和死尸一样动也不动。夜幕降临了，西边的天际抹上了几道宽阔的红霞。

平原上散乱分布的堆积物使地面显得高低不平，从它们中间缓缓爬起一个比幽灵更缥缈的形体。于是一只狮子动了起来，血红色的天幕上勾勒出它巨大身躯的黑色剪影；——等它走到那人身边，一掌就把他打翻在地。

然后，它平趴到他的肚子上，用獠牙的尖慢慢地叼出他的内脏。

接着它张开大嘴，发出一声持续了好几分钟的啸吼，山谷传来阵阵回声，最后才消逝在荒野的寂静之中。

突然间，山顶滚落下一些细小的砂砾。传来一阵急促脚步发出的窸窣声，——从闸门和隘口两边，出现了许多尖嘴竖耳的家伙，黄褐色的眼珠在熠耀。它们是一群来吃残骸的豺狗。

在悬崖上俯身张望的迦太基人，掉转头回去了。

十五　马道

迦太基沉浸在欢乐之中，——一种深邃、普遍、巨大而且狂热的欢乐。损毁的墙垣和房舍上的窟窿全给填补修葺，诸神的雕像统统油漆一新，街上撒满桃金娘的枝子，十字路口香烟缭绕，平台上挤满了人，他们的衣着色彩斑斓，好比一簇簇鲜花在空中开放。

挑水洗街的杂役的吆喝声压倒了一直没停的尖声欢叫；哈米加的家奴以主子的名义向大家派送炒麦粒和生肉；大家互相攀谈，边哭边拥抱；推罗诸城都已攻克，游牧人如鸟兽散尽，野蛮人被彻底歼灭。卫城完全被湮没在五颜六色的顶篷之下；三层桨战船在防波堤外一字排开，它们船艏的冲角锃光发亮，就像砌了一道金刚钻的堤岸；到处都可以感到旧秩序已恢复，新生活在重启，而且处处洋溢着幸福欢乐的氛围：因为这是萨郎宝同奴米第亚国王举办婚礼的大喜日子。

在嘉蒙庙的平台上，硕大的金银器皿摆满了三张长条桌子，祭司、元老和富豪将要在这三张桌子上就座，更高处的第四张桌子，那是为哈米加、纳哈法和萨郎宝准备的；萨郎宝取回圣衣，拯救了祖国，人民把她的婚礼变成一个全国欢庆的日子，大家都在下面广场上等待她露面。

可是另外一个更具刺激性的欲望，却在挑逗他们的耐性：处死马道的活动也安排在这场庆典中举行。

起初有人建议活剥了他，往他肚子里灌铅，让他饿死；或者把他绑在树上，让猴子在背后用石头敲他的脑袋，他触怒了达妮媞，应该让达妮媞的狒狒来为她报仇。还有人认为应该在他周身植入多根浸过油的亚麻灯芯，然后把他绑在骆驼上游街；——想到这头高大的畜生将驮着这个人穿街过巷，让他在火焰的炙烤下扭来扭去，像在风中摇摆的烛台一样，他们就开心之极。

可是哪些公民有权去行刑，凭什么剥夺别人的权利？最好有一种死法，能让全城的人都可参与，所有手，所有武器，所有迦太基的东西，就连街上的铺路石和海湾中的波浪，都能撕毁他，压碎他，消灭他。于是元老院决定让他从监狱走到嘉蒙广场，没有任何人押送，只把他的双手绑在背后。禁止打击心脏，尽量延长他受折磨的时间；禁止弄瞎眼睛，使他能一直看着自己受刑；不准往他身上扔东西，不准对他施加超过三个手指的打击。

虽然要等到日暮他才露面，可是不时会有人误传已经看见了他，人群就向卫城奔去，街道也被清空，然后大家又长时间地说着牢骚话回来。有些人从头天晚上就占好位置，他们隔空互相打招呼，并且显示自己已经留好指甲准备深挖他的皮肉。另外有些人无休止地来回走动，有些人脸色苍白，仿佛是在等待自己受刑。

突然，高大的羽毛扇从马巴勒岬区的人群头上展现出来。这是萨郎宝离开了她的宫邸；大家总算松了一口气。

不过这个队伍要花很长时间才能到达，因为他们是一步一步地在走。

排在最前面的是凶神巴泰克的祭司，然后是艾实穆神的祭司，麦喀耳提神的祭司，以及别的祭司，络绎不绝，标识与顺序都和上次燔祭大典时一致。摩洛神的大祭司低着头走过，群众都怀着歉意远远避开。这回辣拜媞娜的祭司却迈着骄傲的步伐前进，手里抱着里拉琴；女祭司跟在他们后面，披着黄色或黑色的透明长袍，发出嘤嘤的鸟鸣声，像蛇一般扭动着腰身；或者伴着笛声旋转，跳着模仿星辰运行的舞蹈，随着罗衫的飘动把一股股柔和的香气送到街上。夹在这些女人中的克德希神[①]的祭司，激起群众的鼓掌欢呼，他们是雌雄同体神祇的代表，涂眼影，洒香水，穿女人的衣衫，只是胸口扁平，臀部狭窄。再说，在这一天里唯女性为大，掌控一切，颠倒一切，沉闷的空气

① 克德希神是阴阳两性同体的神祇，起源于叙利亚，后引入希腊。

中充斥着一股神秘的色情氛围，在圣林的深处早已点起了火把，当天夜里会有大规模的卖淫活动，除了从西西里岛运来的三船娼妓，还有些来自沙漠地区的。

祭司们陆续到达，排列在神庙的院子里、外廊上和双折楼梯上。这种楼梯沿着墙从两侧上升，到上面又合成一股。成排的白色长袍在廊柱之间出现，建筑物里充斥着这样的人体雕塑，动也不动和石像一样。

接着财政主管、各省总督和所有的富豪都来了。下边响起了一片喧哗声。人群从附近的街道里拥出来，圣奴用棍子把他们赶回去。随之在头戴金冠的元老们中间，萨郎宝出现在一顶有红色华盖罩着的轿子里。

于是人群立刻爆发出巨大的欢呼声，铙钹和响板敲得更加响亮，铃鼓也声震如雷，高大的红色华盖隐没在神庙入口的两扇塔门之间。

华盖又在二楼出现。萨郎宝在它下面款款而行，然后穿过平台，走向里面自己的座位，坐到一把用龟壳刻制的宝座上。有人递过一张有三级踏板的象牙脚蹬子，放到她的脚下；两个小黑孩跪在第一级踏板的两边，有时她会把胳膊支在他们头上，因为她戴了许多太重的手镯。

从脚踝到腰部，她紧裹着一件贴身的锁子甲，锁环模仿鱼鳞，像珍珠贝母那样在熠耀；一条蓝色的带子扣紧腰肢，顶端开了两个新月形的叉口露出双乳，两颗红宝石吊坠恰好遮住乳尖。她戴着孔雀翎毛做的头饰，上面洒满繁星似的宝石；一件洁白如雪的宽大的一口钟垂在身后，——两肘贴身，双膝并拢，上臂套着一堆金刚钻圆环，腰板挺直，一副正襟危坐的姿势。

下面低一些的位置上，坐着她的父亲和丈夫。纳哈法穿着一件金黄色的华丽长袍，戴着岩盐王冠，冠下露出两条发辫，鬈曲犹如阿蒙神头上的羊角；哈米加穿着一件有金色葡萄藤蔓图案的紫色长衫，腰间佩挂着战剑。

在桌子围成的空地上，艾实穆神庙里的蟒蛇在一些粉红色的油坑之间，咬着自己的尾巴盘成一个巨大的黑色圆圈。圆圈的中心立着一根铜柱，柱顶放着一枚水晶蛋，它在太阳的照耀下向四周发出耀眼的光芒。

在萨郎宝后面，排着一溜达妮媞的祭司，穿着亚麻布的袍子；她右首是头戴金冠的元老，形成一长条金线；左首是手握绿宝石权杖的富豪，连成一长条绿线，——排在最下首的是摩洛神的祭司，他们披着的红色一口钟看上去像一道红墙。其他祭司都站在下面几层平台上。街道上挤满了人。甚至爬上了屋顶，而且沿街一直排到卫城的最高处。她脚下是人民，头上是苍穹，四周是辽阔的大海、港湾、山峦和远方各省，光辉夺目的萨郎宝与达妮媞合成一体，似乎成了迦太基的真神，成为它有形的灵魂。

酒宴要通宵达旦，枝形烛台像棵小树一样立在铺着染色羊毛毯的矮桌上。高大的琥珀长颈壶、蓝色玻璃的双耳尖底瓮、玳瑁壳的勺子和小圆面包摆放在两排珍珠镶边的盆子中间，带着枝叶的成串葡萄码在像酒神杖[1]一样的象牙支架上，大块的冰雪在乌木托盘中融化，柠檬、石榴、角瓜、西瓜像小山一样摞在高高的银餐具里，张着嘴的野猪在调料粉末里翻滚，盖上皮毛的兔子像要在鲜花丛中跳跃，贝介里塞的是喷香的混合肉糜，糕饼的形状都有特殊的含义，揭开餐盘上的钟形罩，鸽子仿佛要飞出来。

与此同时，奴隶们卷起长衫，踮着脚尖来回走动。时不时，里拉琴就弹奏一段圣曲，或者响起吟唱圣诗的歌声。百姓的喧嚷像海浪的涛声一样持续不断，隐隐约约地在筵席周围飘荡，似乎要将它带入更宽容的和谐境地。有些人回忆起佣兵的那次盛宴，他们都陶醉在幸福的梦幻中；夕阳西下，新月已从另一边天际升起。

但是萨郎宝却仿佛有人呼唤她一样，回过头来。那些注视着她的百姓也跟着她的视线望过去。

卫城山顶，神庙脚下，从岩石中开凿出来的黑牢，刚把牢门打开，黑魆魆的洞口站着一个人。

他弯着腰走了出来，神色惊恐，好像一头猛兽突然被

① 酒神杖是古罗马神话中酒神巴克斯手持的权杖，顶端是颗松果，杖上缠绕葡萄藤蔓或系飘带。

释放出来那样。

光线晃眼，他茫然呆立了片刻。所有人都认出了他，而且全屏住了呼吸。

在他们眼中，这个受难者的身体有点特殊，几乎带着某种神圣的光辉。他们都向前探着身子看他，尤其是妇女。她们渴望看一眼那个使她们的孩子和丈夫失去性命的人，她们克制不住发自内心深处有些可耻的好奇心，——一种想彻底了解他却又夹杂着几分愧疚的欲望，很快它就转变成更深的憎恨。

终于他向前移动了，惊奇导致的茫然过去了。数不清的胳膊举了起来，他被挡住看不见了。

卫城一共有六十级台阶。他走下来的时候，就像是从高山之巅随着急流在滚落。有三次人们看见他跳了起来，一直落到山下才两只脚重新着地。

他的肩膀在流血，胸脯剧烈起伏，大口喘气；他使了那么大劲要挣脱把两臂交叉反绑在赤裸的腰身上的绳索，以致肌肉隆起像一段段粗壮的蛇身一样。

从他所在的位置，前面有好几条街道伸展出去。每条街上都拉着三排铜链，一头固定在凶神巴泰克的肚脐眼里，然后三排铜链平行地延伸出去，它们把群众挡住，挤在房屋前面；元老的仆役们则在街心挥舞着皮鞭，来回走动。

他们中的一个狠狠抽了他一鞭，逼他前进，马道开始迈步。

人们从铜链上伸出胳膊，大声叫嚷给他留的路太宽了；他沿着街向前走，一边被所有这些手指触摸，刺掐，撕扯；他走到一条路的尽头，另一条路又开始了；有好几次他向人群冲过去要咬他们，大家急忙闪开，铜链子把他拦住，于是人们哄堂大笑。

一个孩子撕裂了他的耳朵，一个年轻姑娘把纺锤的针尖藏在袖子里，划破了他的脸颊。他们一把一把扯掉他的头发，一条一条抠下他的肌肉。有人用木棍绑住粘满秽物的海绵，弄脏他的脸。一缕鲜血从他脖子的右侧喷涌出来，立刻引发了狂热。这最后一个野蛮人对他们来说就代表全体野蛮人，代表整个叛军，他们要为自己遭受的全部灾难、恐惧和耻辱，对他进行报复。人民的狂怒越得到满足就越加强烈，弯曲的链子超过了负荷，快要折了。人们毫不理会奴隶要他们后退的鞭打威胁，有些人爬上了房屋的凸出部分，墙上所有的开口都挤满了人头。凡是他们不能亲手实施的暴行，便吼叫着鼓动别人去做。

他们的谩骂既恶毒又下流，还夹杂着讥讽的挑唆和诅咒，并且，对他现在所受的折磨似乎还不满足，向他宣告来生还要承受更可怕的酷刑。

狗吠似的谩骂充斥整个迦太基城，而且愚蠢地持续下去。往往一个音节——一个沙哑、深沉、狂热的音调——会被所有人反复喊上好几分钟。墙壁从头到脚都在颤抖，马道觉得街道两边仿佛在向他挤压，把他从地上提起，仿佛有两条巨大的胳膊要把他在空中扼死。

然而他想起过去也曾有过类似的感受。那时平台上也挤满了同样的人群、同样的目光、同样的愤怒，可那时他是自由地走着的，所有的人都向后退让，有位神祇在佑护着他；——这个回忆渐次变得清晰起来，带来沉重的悲哀。各种影像从他眼前掠过，整个城市在他的脑子里旋转，血从后腰的一个伤口汩汩涌流，他觉得自己即将死亡，小腿一弯，慢慢倒在石板地上。

有人从麦喀耳提神庙列柱廊下的三脚烤架上取来一根炭火烧红的铁棍，从第一条铜链子底下伸进去，杵在他的伤口上。肌肉冒起烟来，群众的嘲骂声盖住了他的喊叫，他站起来了。

他又走了六步，期间摔倒不下三四次，总有新的酷刑使他再站起来。他们用管子把沸腾的油滴到他的身上，把碎玻璃撒在他的脚下，他继续走着。到了萨泰布街的拐角，他靠在一家商店房檐下的墙上，再也不走了。

国务会议的奴隶用河马皮的鞭子使足了劲抽他，抽了许久，长衫贴边的流苏都被汗湿透了。马道显得毫无知觉，突然，他向前一冲，漫无目的地狂奔起来，嘴唇像在严寒中哆嗦的人那样出声。他经过波德斯街、索珀街，穿过草市，来到了嘉蒙广场。

现在他全归祭司处置了。奴隶们把人群赶走，广场空多了。马道望了望四周，眼睛遇上了萨郎宝。

从他迈出第一步，她就站了起来。然后，随着他的靠近，她也不由自主地一步步来到平台的边沿；所有外界的一切很快就都不复存在，她眼里只有马道。灵魂深处一片寂静，——全世界都在这一个思想、一个回忆、一个注视的压迫下消逝于一个无底深渊。这个向她走过来的男人吸引着她。

除了那双眼睛，他已失去人的模样，只是一个上下通红的长条物体；断掉的绳子搭在大腿上，和手腕上袒露的筋腱完全无法区分；他的嘴仍大张着，眼眶中喷出的火焰似乎要一直升到头发里；——而这个可怜的人还在继续走着！

他走到了平台底下。萨郎宝俯身在栏杆上，那对可怕的眼珠凝视着她，她的内心意识到他为她所受过的一切痛苦。尽管他已处于濒死的痛苦状态，可她却再一次看见他在营帐里跪着，用胳膊搂着她的腰，喃喃地说着甜言蜜语；她渴望再感受，再听一次；她不要他死！她差点喊出声来，这时，马道剧烈地颤抖起来。他向后翻倒，再也不动了。

萨郎宝几乎昏厥过去，殷勤地围在她身边的祭司赶紧把她带回宝座。他们向她祝贺，这是她的功劳。大家鼓掌、顿足，高呼着萨郎宝的名字。

一个男人扑到那具死尸上。这个人虽然脸上没长胡子，肩上却披着摩洛神祭司的一口钟，腰带上系着一把切割祭肉的刀，刀柄的末端变成一把金抹刀，他一刀就剖开了马道的胸膛，挖出心来放到勺子上，于是沙哈巴瑞举起胳膊，把这颗心献给太阳。

太阳已经落到海浪后面，它的光线就像长长的箭射到这颗通红的心上。随着心跳渐渐慢下来，太阳也渐渐没入大海；等它最后一跳结束，太阳也完全隐没了。

于是，从海湾到潟湖，从地峡到灯塔，在所有的街道上，在所有的房屋和所有的神庙上，响起一种喊声；有时它停下来，不久又重新开始；建筑物都震动了，迦太基仿佛在异乎寻常的欢乐与无限的希望中痉挛了。

纳哈法在扬扬得意中陶醉了，他把左臂伸过去挽住萨郎宝的腰，表示占有；他用右手拿起一只金爵，要为迦太基的保护神干杯。

萨郎宝同她的丈夫一样站了起来，手里拿着一只酒杯，也要干杯。她突然倒了下去，脑袋后仰，跌倒在她的宝座的靠背上——脸色苍白，全身僵直，张着嘴——散落的头发一直拖到地上。

哈米加的女儿因为接触过达妮媞的圣衣，就这样死了。

图书在版编目(CIP)数据
萨郎宝/(法) 居斯塔夫 · 福楼拜著;李健吾,李昡译.
—上海: 上海译文出版社, 2017.9 (2023.5重印)
(福楼拜小说集)
ISBN 978-7-5327-7533-0

Ⅰ.①萨… Ⅱ.①居… ②李… ③李…Ⅲ.①长篇小
说-法国-近代 Ⅳ.①I565.44

中国版本图书馆 CIP 数据核字(2017)第 109423 号

GUSTAVE FLAUBERT
Salammbô

萨郎宝
Salammbô

GUSTAVE FLAUBERT
居斯塔夫・福楼拜 著
李健吾 李昡 译

出版统筹 赵武平
责任编辑 缪伶超
装帧设计 董茹嘉

上海译文出版社有限公司出版、发行
网址: www.yiwen.com.cn
201101 上海市闵行区号景路159弄B座
江阴市机关印刷服务有限公司印刷

开本 890×1240 1/32 印张 13 插页 6 字数 180,000
2017 年 9 月第 1 版 2023 年 5 月第 2 次印刷

ISBN 978-7-5327-7533-0/I · 4604
定价: 69.00 元